文 庫

君よ憤怒の河を渉れ

〈新装版〉

西村寿行

徳間書店

目次

第一章　罠

1

交番にやってきたその女は、青ざめていた。

二十七、八——そんな年頃だった。ジーンズをはいていて、ほっそりした顔だちのわりにはゆたかなバストとヒップが目立った。

人妻らしいとわかる濃い色気があった。

「強盗犯人をみつけたんです！　はやくきてください」

小走りにやってきた女の声は、すこしふるえていた。

「強盗犯人？」

交番には警官が三人いて、最初から女をみていた若い岡本が腰を上げた。

「こっちです」

女は雑踏を指しながら、踵《きびす》を返した。

新宿駅西口地下広場の雑踏を、女は足早に縫った。夕刻で、人混みはかなりのものだった。ゴーンという足音と声が地下全体にこもっていた。その人混みの一画で赤電話をかけている一人の男に向かって、女は細い槍を投げるようにするどい声を放った。

「この人です！　この人がうちに強盗に入った男です！」

周囲のひとびとがいっせいに女を振り向いた。女に指さされた長身の男もそうだった。受話器を置いて振り向き、女が青ざめた顔で自分を指しているのをみた。女の背後に警官が顔をこわばらせているのもみた。一瞬、怪訝《けげん》そうな表情を浮かべただけで、逃げようとはしなかった。

「ちょっと君、交番にきてもらおうか」

うむをいわせぬ力を岡本は腕にこめて男の肩を押えた。獲物をとらえた量感がずんとこたえた。ここではどんなことでも起こり得た。あらゆる種類の人間が集まり散って行く中心地だった。凶悪犯罪を犯したばかりの者もいれば、聖人もいる。浮浪者もいれば超能力者もいるというぐあいだ。強盗犯人が被害者に発見されて交番に突き出されるということも、めずらしくはない。

長身の男は岡本に引きずられながら、いったい何がどうなったのかわからぬという驚きの表情だけで、女をみていた。

「さて、くわしいことをうかがいましょうか」

交番に男を閉じ込め、ほっと一息ついてから、岡本は女に訊いた。女の顔はまだ青ざめたままだった。かわいた唇が小さくふるえていた。

「五日前の真夜中です。このひとがわたしのアパートに強盗に入ったんです！」

女は細いしなやかな指を男に突き刺した。ふるえのこもったかん高い声だった。そして、視線を岡本に戻した。女は、自分は水沢恵子であると名乗った。独身で、新宿駅からさほど遠くない西大久保にあるアパートに住んでいる、という。

「何かのまちがいではないのかね？　人ちがいということもある……」

男の声はおちついていた。三十前後──と、そんな感じだった。むだのない風貌といえた。しまっていて、どちらかといえば目がするどかった。目のするどいというのは職業的なものを思わせた。しかも知的なタイプのするどさだった。

岡本も、ふっと人ちがいではあるまいかと思った。犯罪者の相にはよくみればどこかの一点に隠しようのない狭小さがあるというのが、岡本の持論だった。それがない。それに声がなめらかだった。動揺していれば、声は声帯を傷つけるようにして出てくるものなのだ。

「まちがいなんかではありません。絶対にこの男です！」

水沢恵子は体を引いて、また細い指を突きつけた。指先に剣のようなものがひそんでいた。

五日前の九月十二日の真夜中、水沢恵子は鈴の音で目が醒《さ》めた。鍵《キー》につけた鈴が小さく鳴っていた。醒めてみると、枕もとの暗闇で男がハンドバッグを探っていた。叫ぼうとしたがおそろしくてにわかには声が出なかった。そっと手をのばして、スタンドをつけた。男は棒立ちになった。つぎの瞬間、男はすばやい早さで水沢恵子の口を押えた。出かかった叫びが、もがきに変わった。

「騒いだら、殺す」男はひくい声でいった。その一言で水沢恵子は諦《あきら》めた。男は水沢恵子を後ろ手に縛り、十二万円あった銀行から下ろしてきたばかりの金をうばい、枕元に置いてあったエメラルドの指輪をポケットに入れた。

それだけでは済まなかった。男の目が水沢恵子のネグリジェに止まった。水沢恵子は尻で這《は》って後じさりした。「じっとしていろ、怪我をしたくなければな」男はそういって無造作に水沢恵子をつかまえ、布団に横たえた。騒いだり抵抗して殺されたくはない——水沢恵子はそれだけを念じた。男の目から額のあたりに獣欲が燃えて、残忍な気配が浮かんでいた。皮膚の下にひそんでいたものがにわかに浮き出た感じがした。水沢恵子の下半身が押し拡げられた。

「けだもの！」

岡本は、声をふるわせてそう叫ぶ水沢恵子をみて、人ちがいかもしれぬと思ったいちまつの不安を捨てた。恥も外聞も忘れた女の醜鬼《しゅうき》といったものが出ていた。

「住所姓名は――」

岡本は、男に向かって声を強めた。

「ここでいうわけには、いかない」

男はもの静かにいった。

「なんだと！」

すぐ昂奮するたちの岡本は、目を吊り上げた。

「署にいって話す」

男はひくい声でいった。

「…………」

ふざけるなと、そう出かかった一喝を、岡本は呑み込んだ。なぜか、呑み込まざるを得ないなにかを、男の物腰に感じた。

新宿署の調べ室にきても、男の態度は変わらなかった。

「なぜ自分の名がいえないのだ」

豹《ひょう》のように陰惨な目をした、小川刑事がいった。

「わけがあっていえないのだ。それより、あの女の告訴の裏づけを急いでやってもらいたい。人ちがいだとわかれば、それで済む」

「そうかんたんには、済みはせんよ」

小川は、かすかに笑った。冷たく、ゆがんだ笑いだった。

「そうか……」

「そういうことでね」

小川は、タバコをすすめた。とらえた鼠《ねずみ》に餌をやるような感じだった。

「しかたがない」男は自分のタバコを取り出していった。「本庁捜査一課の矢村警部を呼んでもらいたい」

「矢村警部を？」

小川はタバコに火をつけるのをやめて、男をみつめた。――背は高いがその高さが険悪にみえるように痩《や》せていて、無口で、人づきあいの悪い矢村は知っていた。

「ま、いいだろう」

小川はタバコをどうしようかとちょっと考えて、結局、電話に手をのばした。

在庁していた矢村は、一時間ほどたってからやってきた。

「どういうことなんだね、これは……」

矢村は細い目を男に向けた。細いが鷲《わし》に似てするどい。鷲の目に東京地検刑事部検事、杜丘冬人《もりおかふゆと》の姿をとらえていた。

「説明はその刑事に訊いてくれないか」

杜丘はちょっと苦笑をしてみせた。水沢恵子という女が人ちがいをしたにしろ、現職の検事が強盗強姦犯人に擬《ぎ》せられたとあっては、おだやかには済まない。そのために名を秘したのだった。

「矢村警部――」豹の目を持った小川は、眉間に不満の立皺《たてじわ》を寄せていった。「その男が何者かの説明から、うかがいましょうか」

「わけがあってね」

矢村はそれだけいった。

小川はむかっ肚《ぱら》をたてたが、それを抑えて矢村に事情を説明した。

杜丘はだまって聴いていた。矢村という男は好きになれない男だった。三十なかば――朽ち木のような外貌の芯に一匹の蝮《まむし》をひそませている男だった。蝮の目はぶきみだ。その上に蝮は顔の両端に熱線を追尾しキャッチする器官をそなえていて、だから暗闇でも獲物への一打は外さない。矢村がそうだった。犯罪を追う勘と、蝮じみた非情さを、そげたほおに秘めていた。

しかし、不用意に杜丘の名前をいわないのは、さすがだった。

「それで、あんたは、やったのか」

矢村は、冷たい目を杜丘に向けた。

「信じないのか」

杜丘はかすかなおどろきをことばにこめた。

「おれは、だれも信じたりはせん」

「そうだろうな……」

矢村の目に、握り潰そうとする鷲の爪を杜丘は感じた。自分が矢村を嫌うのと同様に、矢村もはっきり自分を嫌っていた。一月ほど前に起きた事件を挟んで、自殺説をとる矢村と他殺説を主張する杜丘は、和解のしようのないほどの深い溝を掘って対峙《たいじ》していた。

味方だと思って呼んだわけではない。この突発的な事態を収拾するには矢村は適任だった。それに、対峙してはいるものの、好き嫌いの念とは別に、矢村のするどさに、杜丘は信をおいていた。だが、いま矢村の目にあるものを見て、杜丘は自分の置かれた立場にふっと重量感のようなものを感じた。

そこへ、別の刑事がサラリーマン風の若い男を連れて入ってきた。

その男は杜丘をみて、あっという表情をした。

「この男です！　ドロボウに入ったのはまちがいなくこの男です！」

そう、叫んだ。

「どこのどなたか知らんが、もう観念するんだな」小川がいった。「水沢恵子のアパートに押し込む一時間ほど前に、あんたはこの寺町俊明さんのアパートにドロボウに入り、ちょうど帰ってきた寺町さんと顔が合い、追っかけられた。しかも、二つのアパートは同じ町内にあって、こっちのほうは被害届けが出ていたんだ」

「まさか」とだけ、杜丘はいった。「まさか……」

「その晩の、その時刻、どこにいた」

矢村は、ゆっくり振り向いた。

「矢村警部」小川がいった。「あなたは口出しをしないでもらいます」

「わけがあるといったはずだ」

「わけはこっちにもあってね」

小川は一歩も引かなかった。

「アリバイはない――」杜丘はいった。語尾がすこし乱れていた。「ある事件の容疑者を尾行していたのだ。たしか、その時刻は新宿の歌舞伎町にいたと思う」

「容疑者を尾行――」

小川の目に複雑なものが浮かんだ。

「署長に連絡をとってくれんか」

そういった矢村の目には、暖かみがなかった。

2

緊急逮捕――杜丘冬人は留置場に収容された。

「調べは明日からだ。身柄は明日になれば本庁に移す手配をしてある」

矢村はそういって帰って行った。痩せた長身の背にはいっさいの情実を拒むものがあった。

杜丘は留置場の壁によりかかった。秋が深まろうとして、牢獄に似た留置場の壁はひやりと冷たかった。

――どういうことだ?

目を閉じた。水沢恵子と寺町俊明とかいうあの二人は、おれをだれとまちがえたのだ。おれと瓜二つの男がいたのか。そんなことがあるわけはないと、杜丘は否定した。一卵性双生児でもないかぎり、そこまで似るということはあり得ない。そして、おれにはそんなものはいない。

悪意のこもった何ものかの跫音《あしおと》を、杜丘は周辺に感じた。遠くを歩く看守の足音のかすかなのに似た音が壁や檻《おり》を伝わって感覚にひびいてくるようだった。

寺町俊明なる男はともかく、水沢恵子は縛られて強姦されたという。そこまでの関係を持ったものなら、よく似ているだけではなく、たしかにまちがいないといい切れるだけの陰影を自分に見たことになる。そうでなければならず、そして自分は身におぼえのないことだから、引き出せる結論はただ一つ、水沢恵子も寺町俊明も虚告をしたのだ。

——なんのために？

杜丘にはわけがわからなかった。

これまであの二人に会った記憶はなかった。容疑者として取り調べをしたおぼえもない。杜丘の側からみるかぎり、まったく無縁の通行人にすぎなかった。触れ合い、擦れちがって行く何万何十万という意味を持たない流れの中の個にすぎないのだ。それが、あの二人は群集の中からわけもなくこちらを識別した。識別するにはそれだけの周到な用意がなければならない。杜丘があの時刻に新宿駅地下広場の雑踏に姿をあらわすことを知り、五日前の深夜にアリバイの証明のつかないことを計算に入れる何者かの狡智《こうち》な読みがあったはずだ。

まったく気配さえも感じなかったが、何者かの張りめぐらしたぶきみな網があって、それが徐々に絞られていたのだ。思うと、慄然《りつぜん》とした。

――どうすべきなのか？

その不安がしだいに強くなっていた。最初はまちがいだと笑って済ませられるという余裕があった。いまはその余裕が消えつつあった。それだけのお膳立てをした者がいたとすれば、たやすく網を破ることはかなわないかもしれない。反証がないのだ。

不吉な新聞の見出しが見えた。現職の検事が強盗強姦魔に――二人の証人があって反証がなければ、世間はかんたんに信じてしまう。激務でノイローゼ気味になり、犯罪を犯した検事が世間を騒がせたばかりなのだ。つづいて、とひとはみる。ひとがどう思おうがかまいはしない。問題は、もしこの魔の網を破ることがかなわなければどうなるかだった。

検事だけに、その先ははっきりみえた。

破るてはないか――見えない魔手を知って、杜丘は焦躁《しょうそう》の触手をあらゆる可能性のひだに伸ばしててだてを探ってみた。無策なのがわかっただけであった。告訴した二人が、まちがいだったといわないかぎり、どうにもならない。

簡明すぎるのだ。簡明なものほど、破りがたい。何かができるとすれば、弁護士がサジを投げてすすめるにちがいない、犯行を認めるかわりにノイローゼを主張し、情状を酌《く》んでもらうという意見にしたがうくらいだといえる。

背を向けた矢村の朽ち木のような背にあった冷たいものを、思いだした。捜査に指揮権を持つ検事の立場から、一転して強盗強姦魔におちてしまったのだ。警視庁の取り調べに一片の情もないことは、覚悟しなければならなかった。

留置場を出されたのは翌日の午後だった。

上司の伊藤守検事正が、矢村と一緒に来ていた。

「えらいことになった……」五十をすこしすぎた伊藤は、顔色が冴えなかった。「まだ、報道は抑えてあるが——検察庁はじまって以来の不祥事だ」

「しかし、検事正——」

杜丘は強い口調で伊藤をみた。抑えていた、わけのわからない、締めつけてくる魔手への憤りが、検事正の青い顔をみて堰《せき》をきった。部下にたいする思いやりは、そのおびえに沈んだ目にはなかった。

「わかっておる」伊藤は吐き出すようにいった。「君が無実だとしてもだ。君は検事という身を厳正に保たねばならん立場にあるのだ。深夜まで刑事まがいの捜査をやる必要があったのかね」

「これは異なことを」

「いや、わたしは専門の刑事に尾行などはまかせるべきだったと、いっとるのだ」

「専門の刑事はその矢村警部です。かれがわたしの捜査指揮にしたがったと思いますか。あの件で他殺説をとなえたのは……」

「もういい」伊藤は顔の前で手を振った。「とにかく、これからわれわれは君の家の捜索をしなければならん」

「家宅捜索を?」

「内密でやる。君の無実は信じているが、一応は調べておかねばならんのだ」

「なるほど」杜丘はゆっくり首を振った。「だが、捜査一課の矢村警部がなぜきたのです。強盗強姦なら……」

「この件は上層部を除いては、わたしと矢村君以外にはだれも知らんのだ。また知らせてはならんのだ。いずれ隠し通すことはできんが、それまでにわれわれには時間が必要だ。だから矢村君にきてもらっている」

「そういうことですか」

うなずいて、杜丘は矢村をみた。相変わらずの目をしていた。

「両手を前に出してもらおう」

矢村がいった。

「手錠を、かけるつもりか」

杜丘は一瞬、たじろいだ。

「それが規則なのは、知っているはずだ」

矢村はにべもなかった。手錠を取り出し、無造作に杜丘の片腕に食い込ませた。

蛇の肌に似た感触だった。その感触は体の芯に冷えびえとしたものを送り込んだ。

「矢村君」伊藤がみかねていった。「わたしが責任をもつから、それはかんべんしてやってくれないか」

さすがに酷に思えた。

「おれは自分の責任は自分でとる主義でね」

「そいつはわかっている。しかし、その姿では目立っていかん。わたしは、君に借りをたのんでいるのだ」

「いいだろう」

矢村は手錠を外した。

かけられたとき以上の屈辱感が、皮膚に痕を残していた。

杜丘冬人の家は目黒区の学芸大学駅近くにあった。独身で、三年前に母が亡くなってからは独りぐらしだった。五十坪ばかりの庭があって、庭先の下り路は駅に通じていた。通行人が多く、電車の音もひびいて、あまり閑静という感じではなかったから、売ってマンションにでも住もうかと杜丘はこのところ考えていたのだった。

覆面パトカーで三人が着いたのは、三時前だった。

車の中で、杜丘は黙っていた。伊藤も矢村も喋らなかった。沈黙は杜丘の心の翳《かげ》りをしだいに濃くしていた。家宅捜索をしたところで何もあるわけはない。犯人である証拠品もないかわりに、そうでない証拠もあるわけではないのだ。無駄骨だった。そのむだな捜索に、太った重い体を運ぶ伊藤のおそれているものは、もしや盗品の山が——ということであった。

矢村が何を考えているのかは、わからなかった。どのみち、矢村に一片の好意もないことはわかっていた。

事件が起きる。捜査陣が編制される。警察は強制捜査権を持ち、独自の捜査をやる。捜査権は検事にもある。いや、捜査員を使う指揮権も検事にはある。指揮に従わない捜査員の懲罰を申請もできる。いきおい、捜査員と検事には表面には出ない溝が掘られる。検事に肚をたてない捜査員というのはない。何かことが起きれば、検事を葬ることに快をおぼえる捜査員は掃いて捨てるほどいる。杜丘のかけられた容疑が、警視庁の捜査員に好意をもって調べられる希《のぞ》みは、あまりない。

矢村は別だった。警部ともなれば、検事の指揮権などは屁とも思わない。若い検事が捜査員を叱ると、そくざに矢村のようなベテランから憎しみのあらわな抗議がくる。新米検事の出しゃばりを抑えられないなら覚悟があるぞと、すご味のある台詞《せりふ》が出る。警察に反感を持たれては検事生活は勤まらない。

だが、事件で矢村とかかわりを持つようになってはじめてわかったことだが、矢村の性格はさらに変わっていて、検事を路傍《ろぼう》の石のようにみていることがわかった。尊敬も憎しみもなかった。矢村の興味のあるのは犯罪を追うことへの暗い情念だけだった。暗いのは矢村の性格が描くものだからであろう。チームワークを無視したような感じがあって、よくいえば名人芸、わるくいえば陰惨だった。それだけに、犯罪者として擬せられた杜丘を、矢村がどう思うかは、明らかだといえるのかもしれなかった。

杜丘はしだいに絶望的な思いが深まるのを、どうしようもなかった。

ドアを開けた。一晩留守にしただけだが、カビの臭いがした。カビは主の不運を嗅ぎつけてはやくも忍び込んだようであった。

「ご自由にお調べください」

「そうさせてもらうよ。これは君を信じる信じないではなくて、いってみれば気やすめにすぎんのだが……」

伊藤はいい訳のようにいって、手近の机から調べはじめた。矢村は洋服ダンスを開けてスーツのポケットなどを探した。

杜丘は立って見ていた。気やすめにすぎないといいながら、二人の視線は入念に隅々まで舐《な》めていた。獲物の臭線を追う猟犬の感じがした。おもに小物を捜していると知って、杜丘は自分にかけられた容疑が濃厚なのを知った。二人が捜している目的物は盗品の山ではなくて、水沢恵子から奪ったというエメラルドの指輪のようだった。指輪は母の遺したのがあるだけだ。水沢恵子の指輪が出るわけはない。指輪が出なければ容疑も晴れるのならよいのだがと、杜丘は苦笑した。

居間が済み、応接室に移った。

同じ、綿密な捜索がつづいた。

「この紙幣はなんだね」

絨毯《じゅうたん》をめくってみた伊藤が、緊張した声をだした。みると、手に十枚ばかりの一万円札を持っていた。

「君が用心のために隠したのか」

「いや、そんなところに紙幣を隠したおぼえはない――」

杜丘は首を振った。暗雲に似たものが、部屋にこもりはじめていた。金は隠さねばならぬ必要はなかった。なのに、なぜそんなところから紙幣が……。

紙幣はちょうど十枚あった。伊藤はそれを持って、ソファに腰を浅くかけた。ポケットから数字を書いたメモを取り出して、紙幣と照合をはじめた。

杜丘は顔から血の失せるのがわかった。

――罠だ！

だれかの仕組んだ罠だと、叫びたかった。絨毯の下から紙幣の出てくるわけはないのだ。それが出たところをみれば、伊藤の表情をみるまでもなく、照合する数字が割り符のように一致することは、明らかだ。

この瞬間、新宿の雑踏の中で正体不明の何者かから、目には見えない悪意のコートをかぶせられたのを、杜丘は知った。目には見えず、脱ぐことはかなわず、だが、しだいに締めつけてくるコートを……。

「強奪された紙幣は、ちょうど連番になっていたんだが……」

杜丘に向けた伊藤の目は、絶望に落ちて暗く、暗い中にはげしい憤りを浮かべていた。

「罠です！」

「罠か——」

と、矢村が受けた。

殺気だった重い空気が、狭い応接室にただよった。

「君は、検察史に、汚名を残してくれた……」

重病人のうめくような、伊藤の声だった。この発見がどんな苛烈な波紋を拡げて行くか、伊藤にはみえた。暗く、長い冬がくる……。

「どこへ行く」

ドアに向かった杜丘に、矢村がかぶせた。

「吐いてくる。逃げたりはせんよ」

事実、吐きたいようなものが胸に詰まっていた。何かの澱《おり》に似ていた。ウイスキーが飲みたかった。応接室を出た杜丘は、玄関に脱いだ靴をみて、ふっと足を入れた。逃げるという明確な意志が湧いたのは靴を履いてからだった。表に出てみると、覆面パトカーは入り込んできた車のために移動を余儀なくされていた。

駅に向かって走った。

玄関のドアの閉じた音で、矢村は外に出てみた。かなりの前方を、力いっぱい走って逃げる杜丘の姿がみえた。
バカめ――とつぶやいて、矢村はパトカーに走った。

3

なぜ逃げたのか、杜丘にもよくわからなかった。逃げてどうするというあてがあったわけではなかった。衝動に駆られて足を踏みだしたのだった。踏みだしてみると、背後には際限もなく厚い闇が重なって行くのがわかった。人生を拒否し、いな、生そのものをすら拒否する分厚い闇が、逃走する足元からしだいに膨れあがって背後に重なるのだった。

もはや後戻りはかなわなかった。進むこと、生きて行くには背後から呑み込もうと迫る闇の触手の一歩先を、ともかく走りつづけるしかなかった。

非常線が張られつつある気配が感じられた。駅前で拾ったタクシーの窓からみる陽の落ちた街に、パトカーのスピードが速かった。

矢村警部の激怒する顔がみえた。杜丘自身も靴に足を入れるまでは逃げようという意志はなかったのだから、矢村の油断はむりはなかった。手錠をしておくべきだったと後悔しているにちがいない。伊藤検事正のたのみだからとはいえ、杜丘を逃走させるはめになっては、矢村のおちどはまぬかれなかった。あるいは、緊急逮捕をしておきながら正規の部署を通さず、捜査一課の警部と検事正の二人だけでことを穏便に済ませようと計ったものと、一般にはとられるかもしれない。逃亡も合意の上だと勘ぐられるおそれもある。

激怒した矢村のあの蝮に似た性格から、逃げ切れるだろうか。また、どこまで逃亡すればよいのか――なんの思案も、杜丘にはなかった。逃げたのは、あのままでいれば確実に強盗強姦犯人に仕立てあげられてしまうという恐怖からであったが、逃亡したからといって事態になんら好転はなかった。ただ、逃げのびて行くという、細い糸を渡るに似たかすかな自由があるだけだった。

糸の先がどこに通じているのかもみえなければ、タクシー代を払えば、杜丘のポケットにはわずかの小銭しか残らなかった。

――金を作らねばならない。

さし迫ったその問題で、杜丘はとほうにくれていた。どう考えてみても金を得られる方法はなかった。銀行には多少の預金はあるが、オンライン・カードを持ってなかった。よしんばあったにしても、銀行に近寄るのは危険この上ない。警察がマークしているとみねばならず、それに明朝になれば強盗強姦で逮捕された逃亡検事の記事で社会面は埋められるにちがいない。テレビが顔を流し、週刊誌が派手に騒いで、いたるところに杜丘の顔が知れる。

　買いたたかれることを覚悟なら不動産業者に自宅を売ることはできようが、それには家から実印や権利書を持ち出さねばならない。

　友人知己に連絡するのも、危険だった。

　あらゆる思案の背後に、冷たい矢村の顔をみて、杜丘は身の竦《すく》む思いがした。

　――逃げられないのか。

　さしあたっては、今夜の食事から寝る場所に杜丘はおびえねばならなかった。浮浪者のように電話ボックスの中やビルの陰で寝ることは、いざとなればやってやれないことはなかったが、何日もそんなことはつづかない。なによりも問題は空腹を満たすことであった。もの乞いができなければゴミ箱をあさるしかないが、いくらなんでもそれは杜丘にはできない。矜持《きょうじ》が許さなかった。物語りではともかく、いざとなってみると、逃亡生活の容易でないことを悟らないわけにはいかなかった。これまで断罪してきた逃亡犯罪者の不敵な面構えの裏にあったおびえの正体を、杜丘はみたと思った。

　品川で電車に乗りかえ、池袋で下りた。人混みにまぎれて西口に出た。警官の姿がチラホラと見えた。いつもより注意深く警官は群集に視線を注いでいるようだった。

　西口から環状七号線に出る通りを歩いていた杜丘は、前方から二人連れの警官がやってくるのをみて立ち竦んだ。避けるには路地がなかった。全都に非常線が張られたにしろ、まだ顔写真は出ていない。挙動不審な一メートル七十七センチの身長で薄いブルーのスーツを着た男――指令はたぶんそのていどだ。このまますれちがっても発覚する可能性はすくないかもしれぬが、杜丘は挙動不審に自信がなかった。

第一線の警官が群集の中から手配の犯人を捜すのは、一にかかって警官を意識する目の動かしかた、声をかけたときの体のギコチなさにあるという。

吸い込まれるように側《そば》の喫茶店に入った。コーヒーをとった。コーヒー代ぐらいしか金はなかった。運ばれてきた暖かいコーヒーカップを両掌で握って暖をとった。冷えびえとした心にかすかなうるおいがさしたが、スプーンに溜まった濃い液をみつめると、それは黒ずんだ自分の心のような気がした。

長い脚の警官は、外を通りすぎていった。

警官の姿がこれほどぶきみなものだとは、杜丘は考えたことがなかった。警官だけではない。群集の一人一人がそうだった。群集の中のだれかが指をさし、声をあげて特定の個人を告発することで、たちまち指された男は烙印《らくいん》を捺《お》され、人生をうばわれるはめになるのだ。恐怖政治に似た悪夢が街角に植物の双葉《ふたば》に似た黒い目を炯《ひか》らせて犠牲者を待ち受けている――そんな感じがした。

逃亡者か——と、杜丘は心につぶやいた。おとといまでの人生は闇のかなたに消えていた。これまで、何十人、いま自分が味わっているおびえと同じ経験をした犯罪者を弾劾《だんがい》してきたことかと、思った。それらの中には、悪意や偶然などのさまざまな証言や証拠のために、逃がれることのかなわなかった無実の者もあったかもしれない。逃亡することでしか理不尽なロープを切る方法はなく、逃亡に必要な金を得ようとして、あるいは飢えてやむにやまれず犯罪を犯しながら泥沼に身を堕《お》として行ったということも、充分考えられる。

杜丘に残された道もそこにしかなかった。逃げなければ犯罪者にされてしまう。可能なかぎり逃げて、何者の仕組んだ陥穽《かんせい》なのかを突きとめねばならない。そのためには資金が必要だった。そして、資金を作るには、法にそむくしかなかった。

立って、電話をかけた。先方の男は会うことをそくざに承諾した。

この道が危険でないとはいえなかったが、杜丘がいくらかの逃走資金を得る道は他になかった。

喫茶店を出た。注意深く警官の姿を避けながら、千早町に向かった。

江藤信吉とある表札を見て、ブザーを押した。

応接室に案内されて、しばらくたって江藤が入ってきた。

「これはこれは——」五十過ぎの江藤は、眼鏡の奥の目を細くした。その分だけするどくなっていた。

「杜丘検事のご訪問をいただけるとは」

「私的なことで……」杜丘は視線を江藤から外した。「近所まで用事できたものですから……」

「いや、大いに結構です」江藤は相好を崩した。崩すと残忍な顔になるのが特徴だった。

「つき合って、いただけるでしょうな」

「ええ」

江藤がウイスキーを出すのを見て、杜丘はうなずいた。

「わたしは刑事事件の弁護士。あなたは担当検事です。しかし、ここでは仕事の話は禁句にしましょうや」

「賛成です」

江藤がそういう意味は明らかだった。酒を飲んで、おとなの歓談で別れようというのだ。

杜丘は手にとったグラスを充たした琥珀色《アンバー》の液体に屈辱を感じた。しかし、その液体は喉《のど》を灼《や》いたついでに食道に詰まった嘔吐感をも灼いて、胃に落ちた。

「愉快ですな」

顔色が悪いですなというかわりに、江藤は愉快だといったのを、杜丘は承知だった。

「そろそろ失礼します」

グラスを乾《ほ》して、杜丘はいった。五分とたっていなかった。

「そうですか」

引き止めもせず、江藤は玄関に送って出た。

杜丘は会釈した。

「杜丘検事」

振り向いた杜丘の前に、江藤は紙包みを差しだした。

「お忘れものですよ」

杜丘は黙ってその紙包みを受け取った。かなり重かった。

通りに出て旅館を探した。植え込みのある旅館があって、そこに入った。部屋に通ってビールを注文した。飲みながら包みを開けてみた。一万円札で百枚あった。

明日になって自分が強盗強姦犯人で逃亡したのだとわかったときの、江藤の苦虫を嚙む顔を想像して、杜丘は声のない笑いを洩らした。笑いは石のように凍った心の化石から出てくる冷えたものだった。それは淋しいなどというものを通り越した、吹きっ晒《さら》しの荒野に身を置いているさむざむしさだった。ついに汚職をやってしまった。いや、検事の職にはもうないのだから、この罪名は何になるのか――。

受け取った百万は、ある事件で被疑者になった会社社長から、江藤を通して抱き込み工作のあった金だった。江藤は個人的に飲もうとなんどか誘いをかけていた。杜丘は拒絶した。検事が弁護士と飲んで何も悪いことはないが、そこは法を執行し、裁判を公正に導く職務にある者としての矜持があった。

悪徳弁護士と交際するほど堕ちるつもりはなかった。

その正義感はたった半日足らずの逃走で埃《ほこり》にまみれて汚濁していた。どれほどはかないものだったかと、索漠たる思いがした。追われる者に正義はなかった。正義も法もつねに追う側のものだった。杜丘は自身の体に入れ墨の彫られたのを知った。消えることのない入れ墨だった。

明日を失ったことを、杜丘は覚悟した。

そして、過去も……。

女中が入ってきて、若い娘《こ》がいますが——といった。杜丘は断わった。詐取してきた金で女を買うには、まだ抵抗が残っていた。残り滓《かす》にすぎなかった。いずれ、逃亡中にはそんな抵抗は消えてしまう気がした。

床について、まどろんだとたんに浅い夢をみて醒めた。雑踏の中で水沢恵子に指弾されている夢だった。

――水沢恵子。

どう考えても解決のつかない苦悩がまた襲いかかって、脳のひだに爪をたてた。水沢恵子にも寺町俊明にも記憶がないのだから、だれかが二人を雇って虚告をさせ、お膳立てをしたとしか考えられないのだが、その人物の見当がつかない。

杜丘が取り調べ中の事件は四件あった。その四件の一つが江藤弁護士の賄賂だから、これは消える。残る三つのうち二つは担当検事を犯罪者にしたてねばならぬほど重いものではなかった。可能性があるとすれば、最後の一人だった。

世田谷区にある自宅の庭で、厚生省医務局医事課技官の朝雲忠志が死亡したのは、八月二十九日だった。服毒薬はアトロピンとわかった。もろもろの事情から、警視庁捜査一課の矢村警部は自殺だと判定した。他殺の疑いがあると主張したのは、杜丘だけであった。警視庁の判断を一検事が真向から否定するわけにはいかないから、根拠を求めて独自の捜査をはじめた。

死亡の前夜、三人の来客があって、朝の三時近くまでねばっていた。同じ厚生省薬事局薬事課長の北島竜二と、朝雲の同僚である青山禎介、それに東邦製薬営業部長の酒井義広だった。

杜丘はおもに酒井に焦点を絞った。強盗に入ったと指弾された晩は、その酒井を尾行していたのである。酒井が水沢恵子と寺町俊明を雇って陥穽を設けたという推定は立たないわけではない。ただし、強引に考えればだ。

警視庁が自殺と判定して捜査本部を設けないものを、たかが一人の検事が追及しても、他殺の根拠から証拠をつかむことは、まず不可能に近い。酒井が犯人であったとしても、おそれる理由はないのである。なんらかの証拠の一端でもつかめばだが、そうでないかぎりは、捜査指揮権で矢村を動かせる力量は杜丘にはないのである。そのくらいのことは連中は知っている。まして、尾行をはじめたばかりだった。

それでなお――となれば、杜丘自身ではまったく感づかなかったが、尾行したりなどの杜丘の動きの中にその事件の核心に迫る何かがあったということになる。

――そうだろうか?

それらしい影は、どんなに想像をたくましくし、曲解をもってしても、浮かんではこなかった。

だが、そうとでも解釈する以外に、陥穽を設けた主を推測することはできなかった。まさか、過去に取り調べた犯人が報復をしたとは思えないからである。

――水沢と寺町を追及してみるしかない。

闇の中で杜丘の眸が炯っていた。

最初は、何かのまちがいだから二人を追及すれば容易にことは解決すると、その希みがないではなかった。しかし、自宅から、強奪したといわれる紙幣が出てきては、その希みは光を失わざるを得なかった。家宅捜索までに、あの矢村の冷たい視線と伊藤検事正の必死の視線が二人の告訴人を舐めているにちがいなく、その上での捜査だから、杜丘がいまさら二人を追及してみたところでかんたんに口を割るわけはなかった。口を割れば虚告の罪に問われるから必死の防戦に出ることは明らかであった。

だが、それを承知で杜丘は反撃に出るしかなかった。さいわい、江藤から詐取した百万がある。当分の逃走資金にはなる。吐こうが吐くまいが、いや、どんなことをしても吐かせるつもりだった。反撃に出れば矢村の網にかかる危険率は高い。やつはたぶん待ちかまえている。つかまっては反撃どころではないが、このまま逃亡をつづけていたのでは永久に冤罪《えんざい》は晴れない。

危険は覚悟の上であった。囲まれて逃げおおせる自信はないが、臆病な狸《たぬき》のようにおびえの穴にうずくまっているわけにはいかなかった。売られた喧嘩は買う。権力を剝がれた瘦せ狼の自分が警視庁を相手にどこまでたたかえるかは心もとないが、ともかくやるしかなかった。それに、二人の虚告を突き崩せば、背後にある大きなもの、厚生省医務局医事課と製薬会社の、自分を呑み込んだみにくい全貌があばけるかもしれない。

手傷を負った杜丘は、闇に静かな闘魂の目を開いていた。

4

現職検事、強盗強姦魔に——大見出しの新聞をみたのは翌朝だった。社会面の半分近くを記事が埋めていた。

詳細を追う記事の背後には、逮捕しながら手錠を怠った矢村の失態をつき、そこからなれあい捜査をなじる記者の言外のことばが露骨に出ていた。

新聞には顔写真が載っていた。杜丘は新聞を捨てて歩いた。顔写真が出た以上、一両日は危険だと思った。

新聞の写真は実物とは似てない印象を受けることが多い。とくに強盗強姦魔などの犯人だとなると、それなりの先入観をもってみるから相《そう》が険悪に、いかにも犯罪者らしくみえる。実際に本人に会ってみると善人にみえることがわりと多いのである。そのちがいが犯罪者の逃亡を救《たす》けることになる。だが、杜丘は自分の相を信じなかった。わずか三日の間に険相がただよいはじめたのが自分でわかるのだ。やつれが、その感じを深めてもいた。写真とよく似ていると思う。

映画館とパチンコ屋に入って一日をつぶした。パチンコとはこれまで無縁だったが、入ってみるとけっこう時間潰しにはなった。それに、これまでパチンコ店で犯人が逮捕されたことがないというのを、杜丘は思い出していた。

夕刊には続報がでていた。警視庁および検察庁はメンツにかけても逃走検事を逮捕すると、それぞれの談話が出ていた。それとは別の記事に杜丘の目が引きつけられた。報道陣をさけるために証言者が二人ともアパートを引き払って行方が知れず、取材できないというものだった。

――行方をくらませた……。

ガックリ、肩が落ちた。新聞記者が捜して行方の知れないものを、逃亡中の自分がどうやって捜すのか。だが、なぜ行方を？　強姦された水沢恵子のばあいは新聞や週刊誌を避けたいという理由が立つが、男の寺町俊明がそうする理由はない。警察はそのことについては触れてなかった。警察には行先を教えてあるのか、それとも警察にも報《しら》せず、こっそりと……。

やっかいなことになったと、杜丘は思った。反撃の第一歩で早くもつまずいてしまった。そうなってみると、つづく矢がなかった。

――アパートの管理人にあってみるか。

もし何かてがかりが得られるとすれば、それは管理人だけであった。越した先までは知らなくても、運送屋の名前くらいはおぼえているかもしれない。

翌一日待って、夜半近く、杜丘は水沢恵子の住んでいた新宿西大久保のアパートに向かった。歌舞伎町から入ったホテル街の外れにあるかなり古ぼけたモルタル二階建てのアパートだった。警察が網を張っているかもしれないと用心しながらそのブロックに近づいたが、どうやらその気配はなさそうだった。矢村がここに罠を設けないのは妙だという気がして、一度は通りすぎたが、考えてみればいかに激怒はしても矢村の狙う獲物は殺人犯である。ケチな犯罪者にいつまでも未練を抱く男ではないのかもしれない。

入り口にある管理人室を思い切ってノックした。出てくるのは刑事かもしれないから、逃げ腰はとっていた。ドアを開けたのは、六十過ぎのがんこそうな感じの老人だった。

「管理人さんですか」

すばやく中をみたが、人気《ひとけ》はないようだった。

「わしは家主じゃよ。どなただな」

「お話があります」杜丘はそういいながら強引にドアの内に入った。「ご心配はいりません。お話をうかがうだけです」

「なにも心配などはしとらん。喧嘩ならわしはあんたなどには負けはせん」

老人はブスッといった。

「じつは、ぼくはお宅のアパートに強盗に入ったといわれている、元検事です」

反応をうかがった。率直にいったのには理由があった。老人が一人暮らしらしいこと、すでに週刊誌などが根掘り葉掘り訊いてそれでなお行先がわからないのだから、老人が何かを知っていてもめったなことでは喋るまいと思う予感があって、それなら真実から回答を引き出すしかないと判断したのだった。自分に不利な真実をいえばときに人の心を打ち、とくにがんこな人間にはなおさらだということを、杜丘は検事生活で学んでいた。

「まあ、上がるがよい」あまり驚いたふうもみせずに、それでもちょっと間をおいて、老人は顎《あご》をしゃくった。「で、何が訊きたいのだな」

「水沢恵子のことです」

「わしは何も知らん。警察や新聞記者に答えたとおりじゃ」

「警察も引っ越し先を調べているのですか」

なにか、妙な気がした。

「そうらしい。ところで、水沢恵子を捜してどうする気だな……」

卓袱台《ちゃぶだい》を挟んで、老人は枯れた目で杜丘をみつめた。

「ぼくは、無実です」

「そんなことはわかっておる」

「と——おっしゃると?」

「わしはいささか骨相をみるのだ。それに、犯人なら水沢恵子を捜したりはすまい。しかし……」老人はことばを切って、杜丘をみつめた。「あんたも無謀なことをする男だ。今にここへ警官がやってくる」

「警官が——」

杜丘は腰を浮かせた。

「逃げるのか……」

「つかまりたくはありませんから」

「それァ、そうじゃろ。先方はつかまえたがっとる。二十分置きに……」

老人が口を閉じた。自転車の停まる音がした。杜丘は靴をとって窓に向かった。それを老人が指で制した。押入れを指していた。とっさのことで杜丘はとまどったが、だれかがドアを叩く音に運を賭けた。押入れに入った。老人が売る気になれば、それまでだった。ドアを開けて応対する警官の耳に、自分の鼓動の高鳴りをきかれそうな気がした。

ドアが閉まって、自転車の去る音がした。杜丘は押入れから出た。

「これで、わしも共犯になるのかな」

老人はひくい声で笑った。

「そういうことになります」

「わしは政府がきらいじゃ。だから、こういうことをする……」

そういった老人の目には、なぜか、わびしさに似たものが浮いていた。

「おかげで、たすかりました。いつかは……」

「なんの」と、老人はいった。「毎日がたいくつじゃでな。ところで、わしが知っておることといったら、水沢恵子が九月九日に越してきて九月十九日に出てったことだけかな……」

「九月九日？」

九月九日に越してきて十二日に強盗に入られ、十七日に新宿駅で犯人を警察に引き渡し、十九日に失踪したのか……。

できすぎているなどというものではなかった。明らかに計画のにおいが濃い。

「引っ越しのときの運送屋はわかりませんか」

「運送屋などありやせん。手荷物だけ持ってやってきたから、出て行くのもそれァかんたんだて。なんでも、夫婦喧嘩をしての別居だということだった。もとの鞘《さや》に戻ったのかもしれず、だから新聞や週刊誌をおそれて逃げたのだと、わしは思うとった」

「そうでしたか……」

これではどうしようもなかった。手繰る糸は絶たれたも同然だった。警察も、まさか逃げ出すとは思わないから、戸籍など厳重には調べてなかったにちがいない。ふつう、被害者調書には現住所と職業・年齢しか記入しない。

いま、水沢恵子が行方をくらませても、女が夫婦喧嘩をしてここにかりに住んでいたのなら、たとえ偽名で申告したのだとしてもその辺の事情を考慮して深くは怪しまない。強姦の扱いはそうした考慮がはたらくものである。

だが寺町俊明も失踪している。杜丘の自宅に強奪した札束があったからといって、なぜ二人の行方を強力に捜そうとしないのか。それとも、ひそかに手配はしているのか？

「検事さん――」老人の目に孫を見るようななごみが出ていた。「わしは水沢恵子が被害者だと思うとったから、女の生涯をこわしてはならんと、だれにも教えなんだことがある」

「どんなことでしょう」

「部屋を開け渡すとき、ちらと、小荷物の送り先を見たんじゃよ」

「どこでしたか、それは」

「石川県の能登半島西側に能登金剛という名所があってな、そこに生神《うるかみ》という村がある。送り先はたしかそこになっとった。わしはもっと先の輪島の生れだから、記憶していたのだ」

「宛名はみませんでしたか」

「わしのみたのは地名だけでな」

「よく教えてくださいました。感謝します」

杜丘は深く頭を下げた。老人の気骨にふっと感じるものがあった。犯人でないとみたとはいえ、警察に追われて逃走中の人間にかかわるのは気骨がなければできないことだった。沈みかけていた絶望の淵に一筋の光明を得た杜丘は、いまの自分を人の善意に飢えた野犬のようだと思った。たったの何日かで、彷徨《ほうこう》する野犬の臭いがしみついてしまっていた。これから先、野犬の追跡がどこまでつづくのか――。

丁重に礼を述べて出た。

細い路地に出て新宿駅に向かおうと左に折れた杜丘は、急にビルの角から自転車で出てきた警官の姿をみて、体が竦むのをおぼえた。逃げれば怪しまれる。一本道だった。どうしようかと思ったときは、すでに警官は側にきていた。懐中電灯で正面から顔を照らされた。杜丘は目を閉じ、片腕で覆うようにして顔をそむけた。全身の血が引くような感じがした。警官はしかし、何もいわなかった。チェーンをガリガリ鳴らして去って行った。

第二章　のびる魔手

1

能登半島のつけ根にある羽咋《はくい》についたのは午後おそくだった。半島の西側には鉄道は通じてなかった。バスに乗った。

夕刻の日本海がときおり車窓からみえた。海は荒れ模様だった。十月まで余すところ四日しかなかった。海はすでに冬の気配をにび色の波に含んで、全体にくすんだ調子が荒涼と見えた。

観光客もこの季節にはないのか、すくない乗客は土地の人たちのようだった。

杜丘は車窓にほおを寄せていた。車が割《さ》いて行く道の両側の森は樹木が低く、そのせいで半島全体が箱庭であるような錯覚があった。日本海気候と呼ばれる冬の厳しさは樹々の生長を押えるのかもしれない。

能登金剛にはホテルがあった。断崖絶壁の先端に白い海鳥の止まったように、その金剛ホテルはみえた。

ホテルに入った。

部屋の目の下は海であった。湾曲した磯がつづいて小さな突端になり、陸地の視界はそこまでで、あとは海ばかりであった。

ビールをとって、窓辺によりかかって飲んだ。飲みながら海を眺めていると、事件の捜査で出張してきている錯覚がふっとかすめた。そうだったらいいとか悪いとかを思うのではなかった。記憶のひだに何かが刺さった感じがしただけだった。わずか数日の間に、その前の過去はおそろしく遠いかなたに隔っていた。

蜃気楼《しんきろう》に似ていた。蜃気楼は見る者の心象が映ってどんなものにでもみえる。いまの杜丘には、検事生活は記憶の中を揺曳《ようえい》する蜃気楼にすぎなかった。

検事という職業だからではなかった。刑事であっても、ふつうのサラリーマンであっても同じことだった。職業というのは、しょせん揺れ動くたよりないものでしかなかった。一つまちがえば、たちまち権力の座からも金銭からも、家庭からさえも見放されてしまう。過去は揺曳する蜃気楼となる。待っているのは、何ものかを追うか、追われる苦しい旅路だけだといえた。そして、杜丘の旅路の行きつくところには救いがなかった。

たとえ、明日、水沢恵子に会うことができ、問い詰めたあげく、仕組まれた罠だったとの自供がとれても、もはや検事生活に戻ることはかなわない。江藤弁護士から詐取した金が、心に烙印を押していた。自ら捨てた明日であった。

——だが、はたして自供がとれるか？

それさえも、おぼつかなかった。水沢恵子がここに戻ってきていることは、ほぼまちがいなかった。夫婦別れしたという夫の許に戻るのなら小荷物をこちらに送ったりはするまい。たぶんここが郷里で、しばらくは郷里にひそんで様子を見守るために戻ったのであろう。

しかし、会って、どう詰問するか——一筋縄で行かないことはわかっていた。女は、はっきりとした証拠を目の前に突きつけられても平気で否定することができる。証拠よりも口のほうが強いと思っている。男の折れやすさとはちがう。いや、男の折れやすさは理性であって秩序を否定することができないが、女は理性を超越しているといってもよかった。いったんついた嘘は墓場まで身につけて行こうとする執念が、女にはあった。

まして、杜丘は今は検事ではない。警察に追われている逃亡者にすぎないのだ。それを逆手にとって、警察を呼ぶと脅かされることも、充分に考えられた。

遠雷に似た小さな冬の音が、海からきこえていた。

翌二十七日、昼前にホテルを出た。

生神《うるかみ》は小さな村だった。海辺の断崖に落ちそうな場所に、農家が樹陰に点在していた。役場を訪ねることは避けた。警視庁も水沢恵子を捜しているといったが、鵜呑みにはできなかった。水沢の郷里を知っていて、待ち受けているということも考えられた。

畑に出ている人にさりげなく訊いてみた。しばらく考えて、そんな人は知らないといわれた。国道249号線沿いにある雑貨屋で訊いてみたが、やはり水沢恵子という名前にはおぼえがなかった。点在する家々が思いの他に広く散っているのを杜丘は知った。

風が海から吹き上げて、半島を西から東に走っていて、口の中が土埃《つちぼこり》でザラザラしていた。

何人かに訊いてみた。その結果わかったことは、水沢という姓はないということだった。

――やはり偽名か。

偽名は覚悟していたことだから、さほど落胆はしなかった。アパートの家主はこの生神を宛名にはっきり見ているのだ。偽名であろうと水沢恵子がここにきている公算は強い。水沢姓がないとなると、最近、東京から戻ってきた二十七、八の女がいないかどうか、訊いてたしかめるしかなかった。偽名には似た感じのものを使うというが、杜丘は信じなかった。とっさのばあいならしらず、計画犯には通用しない。

それらしい女がいた。畑仕事をしていた老人が、隣りの加代ちゃんでは――といった。五、六日前に東京から戻ってきたらしいという。年頃が合っていた。今朝早く家族が一泊旅行に出かけて加代ちゃんが留守番しているはずだからと、親切に教えてくれた。

礼をいって、教えられた家を訪ねた。

防風林に囲まれた中にその家はあった。農家のようだった。手塚民雄と表札がかかっていた。声をかけたが、返答がない。

どこかで猫の鳴く声がして、家の裏木戸辺りで物音がしたが、それっきりだった。鶏が一羽、庭先で首をかしげて杜丘を見ていた。防風林を渡る風の音がきこえた。

もういちど声をかけて、玄関を開けた。広い土間の左に板敷きの居間があって、囲炉裏が切ってあった。その奥にある畳敷きの部屋が、すこし開いている襖《ふすま》の間からみえた。女の素足がその隙間に横たわっていた。

その女に何度か声をかけたが、返事がなかった。

動かない。

杜丘の足が釘づけになった。女の足はピクリとも動かなかった。死んでいる――ほぼまちがいなかった。隙間から一部を見るだけに、死のなまなましさが白い肌のその部分に濃く集まってみえた。

足がかすかにふるえた。死体に驚いたのではなかった。死体なら惨殺死体をはじめ何十体も見ていた。現地解剖にも立ち合ったことがある。検事の職務だった。それどころか、都の監察医務院では死者の血だらけの臓器が宙を飛んでいた。心臓や肺などを切り取って放り投げ、秤《はかり》にかけるのである。あっというまに解体は終わる。兎一匹ほどのひまもかからない。

足がふるえたのは別だった。これが加代なら、ここまで追ってきたのが水の泡に――その不安が杜丘の心にふるえていた。

唯一の証人が――。

上がってみた。やはり、女は死んでいた。絞殺だった。首にストッキングが二重に巻いてあった。鬱血《うっけつ》してチアノーゼを呈した顔を、杜丘は凝視した。水沢恵子――相は変わっているが顔に見覚えがあった。新宿の雑踏で声高に、なかばヒステリックに自分を強盗強姦犯人だと指弾したあの女にまちがいなかった。体に触れてみると、まだ柔らかかった。死人特有のあの冷えた鉛のような冷たさも、まだない。

ぼうぜんと、杜丘は死体を見下ろしていた。だれかが先回りして殺した。これで、水沢恵子が殺されたことで、もう無実を晴らす道はなくなった。死体とともに永遠に消えてしまった。もう一人の寺町俊明は、最後には錯覚でした、そうだったかもしれないで、逃れられる。かりに、錯覚だったと証言させることができても、水沢恵子を犯し、金を奪った容疑は、もう晴らすことはできない。

――だれが、殺《や》ったのだ。

見えない敵のたくらみに冷や汗が出た。

杜丘は踵《きびす》を返した。ここでぐずぐずしているわけにはいかなかった。だれかに目撃されてはいい逃れができない。

部屋を出がけに、柱に状差しがあるのが目に入った。数葉の葉書の上に、手塚民雄様方、横路《よこみち》加代様とあるのが目についた。差出人は北海道様似《さまに》郡小海辺《こうみべ》、横路敬二。投函は九月二十二日、千歳《ちとせ》郵便局になっていた。ポケットに入れて出た。

鶏はまだ首をかしげていた。

国道に出てバスに乗った。バスの中で葉書を読んだ。文面はかんたんだった。

〈故郷に来てみると自然の雄大さにいまさらながら感心します。秋の景色に包まれて、この分なら病気もすぐによくなり、近いうちに一緒になれるものと思います。寝冷えをしないようにね〉

それだけだった。

文面から判断するまでもなく、横路敬二と横路加代、つまり水沢恵子は夫婦のようであった。結婚して東京にいたが横路が病気になり、転地の必要が生じた。それで故郷の北海道に、妻は自分の故郷に……。

まてよ、この横路なる男は、行方をくらませた寺町俊明ではないのか？　杜丘はふっと、小さな衝撃を受けた。かりに病気で転地の必要が生じても夫婦が別々の故郷にというのは妙ではないか。なんらかの事情があったにせよ、だ。病気ならとうぜん看護人がなければならない――。

――夫婦だったのか、やつらは。

杜丘は遠い目を車窓に投げた。水沢恵子も寺町俊明も同じ町内のアパートにいた。そして、同じ晩のわずかちがいの時刻に強盗に入られた。姿をくらませたのも同じ頃だ。偶然にしては符牒が合いすぎた。

何者かに買収された横路夫婦は、それぞれが偽名を使ってアパートに移ったのだ。目的を達すると、それぞれが故郷に帰り、しばらく様子をみる。そして、騒ぎがおちついた頃をみはからって……。

〈危ない！〉

杜丘は心中で叫んだ。買収した人物はすでに水沢恵子を殺した。つぎの魔手は寺町俊明にのびる。二人とも殺してしまえば姿のない依頼者の姿は、それこそかき消えてしまう。

そこまで考えて、杜丘はふっと周囲を見回した。だれかに見張られているような感じがしたのだった。水沢恵子を殺した犯人は、たんに口を塞《ふさ》ぐことだけが目的ではなかった。口を塞いで、その犯行を杜丘に転嫁する機会を狙っていた――そうとしか考えられなかった。死体はまだ冷えきってなかった。殺したばかりだったのだ。そこへ杜丘が訪ねて行った。犯人はあのとき裏口から逃げたのだ。

徐々に顔色があせて行くのが自分でわかった。雑貨屋をはじめ、何人に水沢恵子のことを訊ねたことか。うかつにも、水沢恵子殺しの容疑が自分にかかることを、杜丘は今になって気づいた。犯人のたくらみにまたもや落ちてしまった。動機が、抜きがたい動機が杜丘にはあることになる。強盗強姦を告訴した水沢恵子を追って、報復したのだと……。

バスの乗客には、それらしい人物は見当らなかった。

――殺人容疑。

引いた血に混じって、ゆっくり沈下して行くものがあった。殺人容疑となれば指名手配が出る。全国にベタベタ貼られた指名手配のポスターをくぐって、どこへ逃げればよいのか。どこまで逃げれば安全圏があるというのか……。

〈安全圏などは、どこにもない〉

心にむなしくつぶやいた。強盗強姦容疑で逃亡中の身に殺人容疑が加わっては、寸尺の安全圏もない。杜丘自身、そのことは承知していた。強大な国家権力が総力を上げ、牙を剝いて向かってくるのだ。空港にも、駅頭にも、ホテルにも、雑踏にも、あらゆるところにするどい探索の目が光ることになる。

そうなるまでの時間の余裕を、杜丘は想定してみた。まず死体発見が問題だった。家族は一泊旅行に出たという。それがじじつなら明日の晩までは発見されないかもしれない。明日の晩になって警察がきて、死亡時間を推定し、きき込みをはじめる。一時間たらずで杜丘の人相風体がわかる。県内はもとより、隣接各県警に非常警戒が発せられる。横路加代が住んでいた東京にも照会が行く。

杜丘はかすかに愁眉をひらいた。横路加代がどこに住んでいたかは知らないが、夫婦で家を出て、偽名を使ってアパートに入り、またそこを出ている。警視庁といえどもそうたやすくは新宿のアパートの水沢恵子に結びつけられはしまい。水沢恵子に結びつくまでは、杜丘の存在はわからないのだ。

かりにだれかが訪れて死体発見が早くなっても、うろおぼえの人相風体だけでの非常警戒は、さほどおそれることはないかもしれない。

――北海道に行くべきだ。

杜丘はそう決心した。いまこの立場でとる道はそれしかなかった。殺害者の魔手が横路敬二におよぶ前に、そして横路加代殺害容疑で指名手配される前に、最後に残された可能性を自分の手でつかまねばならない。横路が殺されては、それとて完全なものではないが、証拠はいっさい消え失せてしまうのだ。

羽咋で国鉄に乗りかえた。小松空港に出ていったん東京に戻り、北海道にジェットで渡るのが最短時間だった。永遠の逃亡者になるかどうかは、殺人者より先に横路敬二を手中にすることにかかっていた。

2

「わたしには、まだ、信じられない」

伊藤検事正は額を押えていった。白い額に指の痕が弱々しくついていて、伊藤の困惑を物語っていた。

「あんたが信じようと信じまいと、そんなことはどうでもいいことだ」

矢村警部はそっけなかった。

「ほんとうに杜丘君が、その横路加代を殺したのだろうか？　あの杜丘君が……」

伊藤は同じことをまたいった。杜丘が逃亡したために、令状もとらず、部署もちがう者が内々で家宅捜索をしたことを、なれあいだと新聞が噛みついた。世評もそれに同調した。伊藤は検事総長に呼ばれてきびしい叱責を受けた。綱紀を締め、犯罪の実情を明確にするために全力を上げて杜丘冬人を逮捕せよと、厳命が下った。早期の逮捕がかなわぬかぎり、検察庁の威信が保てないというのだ。

伊藤は警視庁に日参した。東京地検内に特捜班を設け態勢はととのえたが、これは捜査よりは逮捕が主眼だから、それには矢村の力を借りるしかなかった。矢村は伊藤の顔をみてもろくにものもいわなかった。手錠をかけてさえいれば逃亡はさせなかったのだから、伊藤はただ頭を下げるしかなかった。

その上の、証人殺害だった。伊藤の顔色は重病人のように沈んでいた。

「やつは今日中につかまえてやる」

「今日中に？　そううまく行くだろうか」

「いくさ」

矢村は横を向いたままうなずいた。

石川県警から連絡の入ったのは、昨二十七日の夜半だった。杜丘に手塚家を教えた老人が、夜になってなにげなく声をかけてみて、死体を発見した。県警が調べてみると、水沢恵子なる女の所在をきいて回っていた男があったとわかった。水沢恵子なら新聞記事でおぼえていた捜査員がいた。水沢恵子と横路加代が同一人物なのか、県警では不明だった。そこで警視庁に指紋の照会がきた。強盗強姦を告訴した被害者調書に捺《お》した指紋と合致した。杜丘の写真を電送して証人に見せたところ、手塚家を訊ねた男と一致した。玄関から採取された指紋も杜丘のものだった。

今日中にと、矢村はいった。県警が旅行中の家族を呼び戻して事情を訊くと、加代の夫は病気静養中で北海道にいるとわかった。葉書に住所があったはずだと探したが、葉書はなかった。その事情をきいて矢村は、杜丘がそちらに向かったものと判断した。もしそうなら、横路敬二と寺町俊明は同一人物かもしれぬ。手塚民雄の証言で横路の住んでいた品川区の住所を調べてみた。住民登録を調べて本籍が北海道様似郡小海辺だとわかった。

道警にはすでに連絡をとってあった。石川県警からも刑事が出向いているはずであった。態勢はすべてととのっていた。

「しかしね、矢村君。杜丘君が復讐鬼になったのだとしてもだ、強盗で告訴した二人が夫婦で、偽名を使って別々に住んでいたとすれば、どう解釈すればいいのかね」

「何か裏があることは事実だ。しかし、やつは殺しをやってしまった」

強盗や強姦などのケチな犯罪に矢村は興味はなかった。裏切って逃亡した杜丘に肚《はら》だちはあったものの、矢村には積極的にかかわる気はなかった。いずれ、しおたれた恰好でどこかの警察に逮捕されるのがおちだ。しかし、杜丘は殺しをやった。管轄はちがうが、殺しは矢村の領分だった。矢村は遠い目に、復讐をはたしながら逃亡の旅をつづける杜丘の長身を思いうかべた。思った以上に根性のある男だった。道警が万一しくじれば、なんらかの形で自分にかかわってくる相手かもしれぬという気がした。

「横路敬二がどんな人物で何をしていたのか、まだわからんのかね」

「もっかのところはね。いずれ道警が逮捕すればなにもかもはっきりするさ」

「それならいいんだが」伊藤は心配そうにいった。

「君が北海道に行ってくれるものだと、わたしは思っていた」

ここで逃がしては、伊藤は検事総長に申し開きがたたなかった。

「道警もバカじゃない」矢村はほおをゆがめた。「それともあんたが特捜班員を連れて乗り込み、指揮をしたらどうです」

伊藤は答えなかった。

3

テレビを見たのは九月二十八日、千歳空港に渡った翌朝だった。列車の時間待ちに入った喫茶店で見た。

石川県で人妻殺される

そのテロップを見て、杜丘は体を引き締めた。発覚が時間的にそう早いとは思わなかった。問題はつぎに解説される内容だった。水沢恵子を訊ね歩いたことがどう受けとめられ、そして、石川県警がどこまで杜丘の洗い出しをしているかだ。

〈石川県能登半島の生神で若い人妻が白昼に殺されました。昨二十七日午後六時半頃、同町に住む農業五十川平治さんが隣家の手塚さん方を訪ねたところ、同家の二女で東京から帰郷していた横路加代さん二十六歳が何者かに絞殺されているのを発見しました。

県警の調べでは、同日昼前後に水沢恵子なる女の住所を訊ねて近辺をうろついていた男のあることがわかりました。背の高い三十前後の男だとのことで、五十川さんが、水沢姓はないがそれにあてはまる女性なら隣家の加代さんかもしれぬと教えたところ、男は礼を述べて手塚家に向かったと証言しております。

死亡推定時刻は男の訪ねた午後一時前後と判明しました。

なお問題の男ですが、県警では警視庁の応援を得て同夜中に男の身許を割り出すことに成功しました。この男は先頃、逃亡検事として話題をまいた元東京地検刑事部検事、杜丘冬人三十一歳と判明しました。杜丘は去る九月十二日深夜、新宿区内に住む水沢恵子なる女性の部屋に強盗に入り、金を奪ったのち、同女を強姦したとして警視庁に逮捕され、家宅捜索中に隙をみて逃走したものであり、警察の調べでは、杜丘は告訴された腹癒せに同女の後を追い、絞殺したものとみています。手塚さんかたの玄関のガラス戸と襖に杜丘の指紋があるところから、犯行はまちがいないと断定されています。

厳正に身をつつしむべき現職検事が強盗強姦罪を犯し、あまつさえ逃亡して復讐に狂った殺人鬼となったことに、検察当局は混乱をきたしている模様であります。検事総長名で即刻逮捕の厳命が下され、東京地検内に特捜班が設置されました。また警察庁としても警視庁の怠慢を厳重にいましめ、警察の威信回復のために早急な逮捕を指示しました。

なお、殺された横路加代さんは水沢恵子なる偽名で新宿のアパートに住んでいたものですが、杜丘告訴と同時にいま一人の告訴人である寺町俊明なる男と同じ頃に行方を絶っていたもので、不審に思える行動があることから、検察当局では横路加代殺害はともかく、杜丘の強盗強姦容疑には疑点もないではないとしております。

横路加代の夫である横路敬二さんの行方が知れず、県警では捜しています〉

杜丘は顔をそむけて聴いていた。ウインドウの外には北海道らしいトウモロコシ色に澄んだ秋の陽射しがまぶしかった。

〈検事総長に、警察庁か……〉

そっとつぶやいた。蛇のようにいつも冷たさを崩さない矢村の顔が見えた。矢村が追跡の陣頭に立つかもしれぬと思った。県警がどうの管轄がどうのといっているばあいではなかった。検察当局と警視庁の威信につながるとなれば、追ってくる第一人者は矢村をおいてほかにない。

そげたほおに憤りを秘め、全力で追ってくる姿がみえた。肌寒い光景だった。

ウエイトレスが水を運んできたのに、杜丘は街路をみているふりをして顔をそむけていた。顔写真をテレビが流したばかりだった。ここで奇声を上げられては――そう思うと、冷たい汗が流れた。

汗はおのれのうかつさを呪うものでもあった。警視庁が横路加代を水沢恵子だと確認するまでには何日かのひまがあると踏んだが、事実はその晩に判明してしまった。水沢恵子の家を訊ね歩いたことをうっかりしていたのだった。だれかが水沢恵子といわれたのをおぼえていれば、それなら殺害者は杜丘だとなるのは幼児でもわかる。緊張していて、そんなことさえ思いつかなかったうかつさの冷や汗が半分はあった。

いつヘマをやってつかまるかもしれぬと思う、自分自身を信用できないおびえがあった。

だが、警察はなぜ横路敬二の居所が知れないと発表したのか？　杜丘の疑念はそこにするどく刺さっていた。加代の家族が横路の実家を知らないというのはおかしい。またそこまでわかったものなら警視庁は横路の戸籍は調べてなければならない。

――発表を伏せた罠か！

矢村の顔が、瞼《まぶた》の奥の闇でゆがんだのがみえた。

道警が待ち伏せているのか？

それとも、あるいは横路の実家はすでに北海道にはなく、知人の家か旅館かに静養に行っているのか？　それなら、わかる。手塚の家族は北海道からきた横路の葉書をみなかったということも考えられる。

――いや、そうではあるまい。

杜丘はにわかに焦躁《しょうそう》をおぼえた。横路を訪ねるのは危険だと心の鐘は乱打を打っていた。横路と寺町が同一人物なら、道警に石川県警、それに東京地検特捜班の連中が待ち受けている。あるいは、矢村もきているかもしれない……。

――どうすべきか。

危険地帯には近づくな、逃げろと、焦躁の鐘は騒ぎたてていた。だが、どこへ逃げるのだ。杜丘は自身に反問した。検察庁と警察庁――国家権力の総力を相手にして、いったいどこに逃げろというのか。安全圏などは、日本のどこにも存在しないのだ。あるとすれば、ただ一つ、無罪を証明するしかない。強盗強姦が設けられた陥穽《かんせい》であったことを証明し、その証明を得るためには横路加代殺害犯人をあばかねばならない。帰る家のない流浪の逃亡生活は、そうしないかぎり終わりはしない。

だが、はたして行手に何も見えないこの巨大な闇をあばくことが可能だろうか。水沢恵子はすでに口を封じられた。その上、横路敬二の口が封じられれば……。

杜丘は立った。逡巡《しゅんじゅん》は捨てねばならなかった。道は一本しかないのだ。殺人者はすでに横路敬二の周辺に跫音《あしおと》をたてているかもしれない。迷っているばあいではなかった。生きのびるためには殺人者より先に横路を確保しなければならない。

たとえ道警が張っていようと。

レジでも顔をそむけて金を出した。係は二十《はたち》くらいの女の子だった。伝票をみて金を受け取り、なぜか杜丘の横顔に視線を据えた。何かに気づいたような視線に思えた。杜丘の心が凍りはじめていた。女が叫びだすのではあるまいか――。

女はゆっくり精算をした。しながらも杜丘を見ていた。

「ありがとうございました。お気をつけて」

「どうも」

杜丘は会釈をして出た。

駅に向かいながら、商店のウインドウに映る自身の表情の険しいのに、たまらない孤独を感じた。

千歳から苫小牧《とまこまい》に出て、日高本線に乗りかえた。旅行の時期は盛りをすぎて、車内は空いていた。北海道ははじめてではなかった。学生時代に一カ月ほどかけて全道を周《まわ》ったことがあった。たとえはじめてでも風景を観る気にはなれなかった。座席にもたれて目を閉じた。

喫茶店のレジがどんな意味で「お気をつけて」といったのか、それが心に残っていた。たんなる旅行者にいったことばなのか。それともテレビで見たばかりの犯人を目前にして、だったのか。

たぶん、後者だったと、杜丘は思った。抑揚にそう思わせるものがあった。だとすれば、そこに庶民の正常な感覚のようなものを感じないわけにはいかなかった。凶悪犯罪者だと知って「お気をつけて」という感覚は、検事時代には想像もできないものだった。そんな人に会えば、通告の義務を怠ったことを厳しく責めた自分にちがいなかった。

逃亡者を支える庶民感覚とでもいうものを感じた。逃亡者はなにも犯罪者ばかりと決まったわけではない。さまざまな事情を持つ逃亡者たちは、そうした小さな善意の支えがあるからこそ、流浪の生活に耐えられるのかもしれない。

「単調ですな、北海道の海岸線は」

向かいの座席にいた初老の紳士が、杜丘に話しかけた。

かすかに笑うことで杜丘は答えた。そっとしておいてほしかった。

「わたし、東京から独り旅にきた大内と申すものです」関西訛りで大内は挨拶した。「老妻に先立たれましてね。あなたも東京からですか」

「ええまあ」

「どちらまでです」

「終点まで行こうかと……」

「わたしもですわ。今夜は様似町で泊って、明日は襟裳《えりも》岬から黄金道路を経て帯広に出る計画です。ところであなた、どこかでお見受けしたかたのように思えるのですが、ホテルでご一緒でしたかな」

「さあ、どうでしたか」

あいまいに答えて、杜丘は海に視線を投げた。観るほどの風景のない海がただはてしなかった。この老人から逃げるにはどうすべきかと、杜丘は焦っていた。

「今朝の新聞みましたかいな」

「いえ」

杜丘は老人の無聊《ぶりょう》がおそろしかった。

「なんでしたら、おみせしましょうか。逃亡検事があなた、ついに殺人をやりましてな」

「ああ、それなら読みましたから、けっこうです」

網棚の荷物を取ろうとする大内を、杜丘はあわてて引き止めた。ものをいう顎のあたりがすこしこわばっていた。

「そうですか」大内は腰を下ろした。「それにしても、ちと無軌道な検事ですな……」

話相手のできたことを、大内は喜んでいるらしかった。

「ええ、まあ」

「しかし、いまは社会全体にカチッとしたところがのうなってますからね。わたしは銀行支店長を停年で辞めたものですが、昔はね、あなた。あなた、現金窓口限りというの、ご存じですか？」

「いえ」

「そうでしょう。わたしらの頃は窓口でどんなにたくさんの現金をまちがって渡しても、戻してはもらわなかったものです。客のほうで気づいて返されても、当行にかぎってまちがいはございませんと、突っ撥《ば》ねたものです。信用と気概でした。それがどうです。去年でしたか――わたしの行きつけの店のマスターが銀行で金を下ろしたところ、なんのまちがいか、六万いくらの金が六十七万余分に入っていましてね。ところが、マスターが家に戻ってみると、もう二人の銀行マンがきて待っていた。ポケットから引き出すようにして持って帰ったそうです。千円の菓子折一つでね……」

「損をしましたね」

話がそれたことを、ほっとした。

「マスターはぼやいとりましてね。それァ、返すのがあたりまえですが、わたしらの頃はたとえ銀行の支店が潰れても、そんな汚ないことはしなかったものです。多く渡したから返せで通るなら、いったん帰った客が、現金が少なかったと苦情を持ち込んでも、突っ撥ねることはできん理屈でしょうが」

「そういえば、そうです」

理屈に合っていた。

「世間からカチッとしたところがのうなったせいです。逃亡検事が無軌道なのも、しかたがないともいえますな。しかし、わたしは、検事たるべき者は、たとえ罪を犯しても自己にきびしくなけれァならんと思います。それでなければ他人の罪を糺弾できんはずでしょうが」

杜丘はうなずいた。

――無軌道か。

無実の罪から逃れるための逃亡が、無軌道だろうか。だが、世間はすでに犯罪者の烙印を杜丘に捺してしまっている。

「しかし、逃亡検事は無実だという説もありますな……」

大内は、話題をそこから離そうとしなかった。

「人はだれでも、目先のことはみえるようでみえない。ほんとうをいや、明日のことがわからんのです。堅いといわれている銀行マンでも同じでしてね、酒と女の接待の罠にはまって外に流れていった者もいます。わたしも、あわやと思ったことがなんどかあります。いまから思うと、疎外者というか、逃亡者によくならずにすんだものだと、ぞっとしますな。もっと堅い職業の検事だってあなた、明日のことはわかりゃしません――」

――明日のことはわからないか。

杜丘は窓外に視線を向けた。

列車は単調な海岸線をひた走っていた。

真実の解明に向かうにしては車輪の音に勢いが感じられなかった。何かを暗示するような重い音に、杜丘にはきこえた。

4

小海辺《うみべ》は海辺川上流にあった。地図でみると、路は二つに分かれ、一本は郡境を越して幌別《ほろべつ》川に向かい、一本はエサマンベ川、タッキナイと登って日高山脈に向かっていた。日高山脈は襟裳岬からピロロヌプリ、オロクンネヌプリとつづいて神威岳《カムイヌプリ》から北上し、平野を二つに分けており、小海辺はその南西にあった。

杜丘は終点の様似までは行かなかった。三つほど手前の小さな駅で降りた。どんな網が張られているかわからないから、様似駅は避ける必要があった。

バスを乗り継いで様似に入ったのは、陽暮れだった。西様似の街外れから徒歩で海辺川沿いの路を登った。針葉樹林帯が路の両側に拡がっていた。ハンノキなどの広葉はすでに落ちていた。九月下旬ともなると北海道は初冬であった。晩秋がなくて、秋の幕が落ちると冬が登場するのだった。

警官の姿はどこにもなかった。ときに木材の運搬車が通るだけで、それもしだいに間遠になった。陽が落ちかけていた。靴の音が高く鳴った。

——横路敬二はいるだろうか？

問題はそこだった。テレビか新聞を見たとすれば、妻の実家に向かって出発したかもしれない。あるいは、寺町俊明と横路敬二が同一人物なら、妻の死を知って逆に身を隠すということも考えられた。妻を殺した復讐鬼をおそれるだけではなく、真相の追求からも逃げなければならないからだ。それに、殺人者——殺人者が横路加代のばあいと同じく一足先に、というおそれもないではなかった。

ともかく、突きとめてみるよりなかった。方針をたてるのはそれからだった。

コートの襟を立てた。もう影も路には映らなかった。寒さが身にしみる気候であった。

川沿いに村落が点々とあった。日高山脈の南西は北海道中でも最も雪が少なく、気候は温暖であった。山脈が北風を防ぐからで、そのせいでアイヌ部落《コタン》がいたるところにあった。点在する部落もアイヌのものだった。

暗くなって杜丘はアイヌの老人に路を訊いた。その老人はものをいわなかった。ジロリと風体をみて、上流を指さしただけだった。どうにもならなかった人生に肚をたてているような暗い表情なのが、印象に残った。杜丘は驚きはしなかった。かつて北海道を旅行した折、そうしたアイヌの老人には何度か会っていた。ときに残忍な光がかれらの目に宿る

 こともめずらしくなかった。それがいいのか悪いのかは、杜丘にはわからなかった。風が雑木林に音をたてた。裸木の多いその雑木林の側《そば》が目的の村だった。灯りの洩れている家を叩いた。

「横路敬二さんの家はどちらでしょうか」

「すぐ先の――」いいかけた中年の主婦は、語尾を濁らせた。「お知り合い、ですか」

新聞かテレビで事件を知っていることが顔に出ていた。暗闇から触手がのびてきたような不安を杜丘は周囲に感じた。

「ええ、友人です」

「赤い屋根の家ですから」

そういって、戸を閉めた。

すぐ側の赤い屋根の横路家を、杜丘は闇にまぎれて長いこと窺《うかが》っていた。

心臓が危険のにおいを嗅いで高鳴っていた。横路家は存在した。立派に存在することがわかりながら、なぜ警察は行方が知れないなどと発表したのか。それとも、横路敬二はいったんはここに戻ったが、いち早く風をくらって、ほんとうに行方が知れないからなのか。

赤い屋根の、小さな家だった。窓に灯りが射していた。人影は見えないが、家族は住んでいるのだ。

杜丘は迷った。近所の者が横路加代の殺害されたことを知っているのだから、横路がここにじっとしているわけはない。石川県に行ったか、逃亡した公算が強い。とすれば、目の前の危険物を叩くことはない。

いや、まて。横路加代といっても、北海道とは出てないのだから、横路本人か家族が喋らなければ、村の者にはわからないということもある。さっきの主婦の態度も自分の勘ぐりすぎではなかったか。

三十分ほど待ってみたが、何の変化も起こらなかった。危険のにおいは鼻に馴れて心音は平静に戻っていた。

けものの予知能力が欲しかった。

杜丘は踏みだした。ここまできてだまって引き返すわけにはいかなかった。ゆっくり近寄って戸を叩いた。「どなた」というしわがれた、遠い声がした。

「お訊ねしたいことが……」

そこまでいって、声を呑んだ。すぐ戸の裏側でカチャリとかすかな音がした。金属の何かに触れた音だった。手錠！　とっさに体をひるがえした。手錠ではなかったかもしれない。しかし、戸のすぐ裏側に人がひそんでいたのだ。答えたのは遠い声だった。

走り出した瞬間に、戸が引き開けられ、大勢の足音が乱れて、鳴った。「待てッ杜丘！」

「逃がすなッ」「停まらんと撃つぞ!」

口々に叫ぶ声がして、闇に銃声が走った。

夢中で杜丘は走った。逃げ延びねばならない。そのことだけしか頭になかった。靴音はすぐ背後に迫っていた。獰猛《どうもう》なけものの集団に似た音だった。路を逃げたのではつかまる。杜丘は無我夢中で森に走り込んだ。

森は闇が支配していた。走る方角の見当はつかなかった。路から直角に、峠の方角へ向かった。森の中を懐中電灯が幾条も斬り裂いていた。叫び合う声がすぐ近くでした。

足元は見えなかった。わずかな星明りだけで、勘で動くしかなかった。

すこし距離が開いたのがわかった。走り勝ったのではなかつた。追うほうが相手を見失ったのだ。

ブッシュがいたるところにあった。ブッシュは光を妨げた。それが杜丘に逃走路を開いた。追跡者の声が遠くなると、徐々に杜丘は自信を持ちはじめた。かつて、狩猟《ハンティング》に打ち込んだ経験が杜丘にはあった。山を走るのは当時は馴れていた。その記憶がよみがえりつつあった。

——勝った。

そう確信したのは三十分ほどたってからだった。もう追ってくる人声も懐中電灯の光もなかった。足が突っ張ってガクガクしていた。それでも休まなかった。星明りをたよりに峠に向かって登りつづけた。路はなかった。ブッシュをくぐり、幾度も迂回しながら、それでも高みに向かって登った。一足でもこの地帯から遠ざからねばならなかった。夜明けとともに山狩りの捜索隊が出てくる。この辺の警察に警察犬はいなかろうが、ヘリコプターで空輸でもされ、追跡されることになっては、めったなことでは逃げきれない。

歩きつづけた。朝まででも、いや、それからでも歩きつづけるつもりだった。ともかく捜索隊を振り切れるところまでは、歩かねばならない。振り切って、それからどうやって脱出するかは、そのときに考えればいい。

暗くて地図は見えなかった。

杜丘は頭にある地図を探った。峠について登れば、様似川上流から郡境を越えて日高山系に入れるはずであった。警察犬を含む捜索隊を振り切るには、その辺りまで逃げる必要があった。

小舎《こや》を発見したのは翌日の昼前であった。朽ちかけた小舎で、鉱床掘りがはなやかな頃の遺物のようだった。もう小舎とは呼べないしろものだったが、ぜいたくはいっていられなかった。倒れ込むようにして横たわった。小休止しながらではあったが一睡もしていない体は、疲れはてていた。空腹もそうだった。今朝がた野イチゴとコクワの実を幾つか口にしただけで、空腹などという生やさしいものは通り越していたが、眠ることのほうが先決だった。

追跡隊の恐怖も、もうどうでもよいことのように思えた。

泥のように眠った。

――雪が降っていた。吹雪の中で杜丘は路を失ってしまった。行けども行けども荒野だった。刺すような寒さが襲いかかった。飢えもあった。このままでは凍死は避けられなかった。吹雪の遠くのほうでけものの咆哮《ほうこう》がきこえた。早く家に帰らねばならないと思った。暖かい家の記憶が残りすくなくなったエネルギーを脱出に駆りたてていた。

ふと、杜丘は足を停めた。帰る家がないことに気づいた。そうだ、戻るべき家はどこにもないのだった。過去は消えてしまっているのだ。心の中にも吹雪が吹きはじめた感じがした。家がないだけではなかった。かりのよるべさえもない身だった。どこへ行くのだ。どこへ行けばよいのだ。寂寥《せきりょう》のあらしの中に、杜丘は茫然《ぼうぜん》と立った。

けものの咆哮はしだいに近づいていた。

もがくようにして夢から醒めてみると、ほんとうに粉雪が舞いはじめていた。けものの咆哮だと思ったのは小舎の朽ちた板壁に鳴る風の音だった。

体が竦む思いがした。夢よりもはるかになまなましい現実の寂寥が目の前にあった。杜丘は立って、小舎を出てみた。

山ばかりだった。山と鉛色の空と粉雪以外には何も見えなかった。方角は完全に失われていた。ここまで逃げのびてきたそれがどの方角なのかも、見当がつかなかった。

腕時計をみた。午後を回っていた。小舎に戻って地図を調べてみた。現在位置を知ろうとしたが、それは無理な相談であった。目でたしかめられるものは小舎の外の斜面を埋めてはてしのないかなたへつづくエゾ松の巨木林だけであった。

歩いた時間で見当をつけるとすれば、様似川上流か、郡境を越した幌別川上流のメナシュンベツ川辺りではあるまいかと思われた。

〈どうしたものか〉

精気のない声で、杜丘はつぶやいた。どちらにしてもどこかの麓町に下りねばならない。日高山脈を越えることは、とてもできない相談だった。

――だが、それはいつだ？

今日や明日に下りたのでは警察が待ち受けていることは必至だ。つかまらないためには三、四日は山を下りないほうがよい。そうなれば警察は日高山脈を越えてどこかへ脱出したものと考える。しかし、その三、四日を食糧もなしに山ですごせるだろうか。いや、そんなことは不可能だ。はげしい逃走で体力は費《つか》い切っていた。

地図には川筋に点々と小部落があった。川沿いに部落に出て食糧を手に入れるか？　そうするしかあるまいと、杜丘は思った。山にある食糧といえば今朝がた幾粒か口にしたコクワの実と野イチゴだけだった。本土のマタタビに似たコクワの熟した実は発酵しかけてバターに似た果肉を持っていて美味だが、どこにでもあるというものではなかった。鳥や小獣や羆《ひぐま》に喰われて、もうほとんどなかった。

――羆！

杜丘は思わず周囲を見回した。肌に粟を生じる思いがした。逃走に夢中で気づかなかったが、ここは獰猛《どうもう》さでは陸上随一といわれる羆の王国なのだった。

夢の中のけものの咆哮を思いだした。あれは現実の羆の咆哮を夢できいたのではなかったのか……。

第三章　人間狩り

1

食糧を求めることはできなかった。

川を探し、水を飲んだ。うまかった。その流れに沿って下った杜丘は、小部落に行き当たった。なんという部落なのかはわからなかった。製材所のようなのが何軒か見えた。顔を洗って埃をはらい、ついでに靴の泥も洗い落として、できるだけ身なりをととのえて部落に近づいた。

オートバイに跨《また》がった青年が、路で擦れちがって、すこし行ってから車を停めて振り返った。何かを不審に思った様子だった。オートバイはまた発進した。

部落の入り口にある掲示板になにげなく目をやった杜丘は、さきほどの青年がオートバイを停めたわけを知った。指名手配書が掲示されていた。その側に、山中に逃げ込んだ杜丘の服装などが書いてあって、いつどこに下山するかもしれぬから厳重に注意するようにとあった。

オートバイの爆音が戻ってきた。

とっさに杜丘は、路から森に這い上がって身をひそめた。さっきの青年だった。砂塵を捲《ま》いて部落に走り込んだ。あとは見るまでもなかった。青年は手配書の人相やら服装を思いだしたのだ。

ひた走りに、森を走った。何台かのオートバイが爆音をたてて街道を走りはじめた音がきこえた。獲物を発見して猛り狂った男たちの高らかな爆音だった。叫び声もきこえた。それは人間が人間を狩る喜びの声だった。何事かわからないままに、犬までが昂奮して吠えたてていた。

——犬を出す気か！

根かぎり、杜丘は走った。文字通りこけつまろびつだった。足の筋肉が竹細工のように突っ張っていた。心臓が苦しい。だが、立ち止まる隙はなかった。連中は警官よりはるかに山には馴れている。足も強い。それに獰猛だった。オートバイの歌がそれを示していた。ハナイチモンメでも歌うように、爆音が歌をうたっていた。トッテウレシヤ、ハナイチモンメ——そういいながら、輪をちぢめ、マンハントのうれしさを爆音にこめていた。

やがて犬を先頭に輪を絞って追ってくる。つかまればどうなるかわからなかった。人が人を狩る——人がけものを狩るのとは較べものにならない残忍な喜びがそこにはある。

森を抜け、崖を攀《よ》じて走った。森に踏み込んできた若者の傍若無人な声が高らかに叫び合っていた。犬の啼《な》き声が先頭を切っている。逃げながら、もうだめだと杜丘は思った。羆《ひぐま》狩りに使うアイヌ犬の獰猛さを、杜丘はよく知っていた。狸や狐よりも杜丘は無防備だった。夜とちがってひそむ闇がなく、たとえあっても犬の前には無力だった。かろうじて走ってはいるものの、体力は限界にきていた。

それでも、走った。

走っているうちに凶暴なものがかすめた。立ち止まって死力のかぎり闘うべきではないか——なぜ、やつらは追ってくるのだ。なんの権利があって自分たちにかかわりのない無実の人間を狩りたてねばならないのだ。やつらは警官ではない。警官でもない者がなぜ、犬を先頭に追ってこなければならないのか。やつらは逃走犯人が無実かもしれぬと思ったことはないのか。やつらは一片の告示で犯罪者を悪魔だと思いこんでいる。悪魔を狩る無邪気さで、マンハントを愉しんでいる。それが庶民というものなら、その庶民こそ悪魔ではないか。そうした庶民が支えている国家権力というものは何なのかと、杜丘は思った。

路なんかはなかった。ブッシュをかきわけて進んだ。そうこうしているうちに、ならず者よりもおそろしい若者たちに取り巻かれてしまうのではあるまいかという不安が、体を染めていた。

後ろで物音がした。振り返ると、それは犬だった。白い体毛のアイヌ犬が流れるように一直線に迫っていた。狩猟の経験のある杜丘は、アイヌ犬がどんな気性の犬だかはよく知っていた。警察犬などの比ではなかった。羆に立ち向かってひるむことを知らない、死をおそれない犬だった。

棒切れを拾おうとした。棒さえあれば、一匹ならたたかえる。だが、手頃な棒はなかった。犬はもう追いついていた。追いついて杜丘を尻目に、そのまま駆け抜けて姿を消した。

杜丘はほっとした。ほっとすると、血の気のない青い顔に苦いわらいが拡がった。犬は何を追っているか知りはしないのだ。男たちが大騒ぎして放したものだから、犬たちは昂奮して獲物の臭いを求めてそれぞれが突っ走ったのだ。犬が描いた獲物はエゾ鹿だったかもしれないし、狐だったかもしれない。ともかく、杜丘ではなかった。

人間を狩る犬は警察犬だけだった。

犬はすぐに戻ってきた。立ち止まって一、二度杜丘に尻尾を振ってみせ、いそがしそうにこんどは方角のちがう森に走り消えた。

夕刻になって、杜丘は別の小舎《こや》をみつけた。鉱床探掘の朽ち小舎はところどころにあるようだった。小舎とは名ばかりで、雨露がしのげるほどのものではなかった。夜空が見え、隙間から星が落ちてきそうな穴が無数にあいていた。

横たわった。もう動くことはむりのようであった。放心して、ただ、星をみつめた。星はみつめているうちにだんだん輝度を増して、硬くなっていった。

——自首するしかないのか。

飢え死なないためにはそれしかあるまいと思った。都会でならともかく、この山中ではどうにもならなかった。警察はそれを知っていて兵糧攻めにするつもりかもしれない。こんな山中で朽ち果ててしまいたくはなかった。それくらいなら無実の罪で刑務所に入ったほうがましだという気がした。

あちこちが破れたコートを、顔から胸にかけた。粉雪は厳しい冬の到来を告げて風花の舞いを舞っただけだったが、夜の冷えはいちだんと深まったのがわかった。

何かの音で、眠りを醒《さ》まされた。飢えと寒さだったかもしれない。と、遠くの峰のあたりで啼くけものの声が夜を割いた。

〈カイーヨ、カイーヨ〉

エゾ鹿の声であった。外に出てみた。凍ったような月明りに黒ずむ峰々がかすかに見えた。見当がたしかならその遠い峰はピリカヌプリかその辺りだった。ピリカヌプリとはアイヌ語で女神岳の意味だという。鹿の声はそんな遠くではなかった。すぐ近くの峰で啼いていた。啼き声は鹿たちに交尾の時期がきたことを告げていた。

〈交尾か〉

と、杜丘はつぶやいた。この厳しい自然の中で採食し、交尾して暮らしていける鹿たちがうらやましかった。人間はたった一日か二日山の中に閉じ込められただけで、飢え死ぬか、権力に伏して自ら自由を奪われるかの、二者択一を迫られる。そして、人間は飢え死ぬよりは、自由を奪われるほうを選ぶ。

〈カイーヨ、カイーヨ、カイーヨ〉

別の峰でまた別の鹿が啼いた。三度啼くのは三叉角の牡だ。さすがに力強い、夜の厚い闇を割いてよく透る澄みきった声だった。エゾ松の繁る峰々を渡って消えて行った。消えたあとも、凍りついた月の光が、音波の余韻を峰々に張りつかせた感じがした。それは、おそろしく孤高に満ちた情景だった。

三叉角の牡鹿の逞《たくま》しい啼き声に揺り動かせられたものがあった。杜丘は余韻の凍りついた山巓《さんてん》に向かってかすかな憤りの息を吐いた。逃げようという意志が戻った。いや、逃げるのではなかった。追跡だ。あくなき追跡でなければならない。逃げるのは、一時の方便にすぎない。主体はあくまでも、追うことだ。ここで挫折しては陥穽《かんせい》を設けた者の思う壺にはまる。そんなことをさせてはならなかった。

〈追い詰めてやる〉

自分を陥れた陰謀の裏になにがあったのか、それをあばくことはもちろんだが、あばいて無実を晴らし、自身の安泰をのぞむ気持ちは、もう杜丘にはなかった。罪が晴れようが晴れまいが、そんなことはどうでもいいことだった。ともかく追い詰めてこの理不尽な暗黒劇を演出した者の仮面を引き剝がすことだ。それに残る人生を賭けようと、この瞬間、杜丘は肚を決めた。死を賭ける気になった。

飢え死にをおそれて自ら自由を差し出すよりは、飢え死ぬまで生き抜いてみることだった。そう決意すると、空腹感はいくらかはやわらいだ。

――明日は、もっと奥に向かってやる。

警察とて、あらゆるところに網を張っているわけではあるまい。野イチゴや野生のシイタケを食い、コクワを捜しながら何日をかけてでも歩き通して警戒の手薄な部落を捜すのだ。飢えたぐらいで自由を渡してはならない。

警察が横路家に網を張ったことで、横路敬二と寺町俊明が同一人物だったことは、ほぼ確定的になったのだ。横路がどうなったのかは不明だが、収穫は無ではなかった。

小舎に戻った。

翌日は朝早くから小舎を出た。陽射しで方角の見当をつけた。北西と思われる方角に向かうことにした。獣径《けものみち》のようなものを辿って細い川を三つばかり越えた。地図を見ると、日高山脈からは無数の川が支流を拡げていた。警察に追われて逃げ込んだ位置から歩いた距離を計ると、渡った川は幌別川上流のメナシュンベツ川かシュマン川だと思えた。

このあたりには部落は印されてなかった。もしあるなら老人の多いアイヌ部落があってほしかった。人間狩りを愉しむような無邪気な残忍さを持った若者のいる部落には、まちがっても入りたくはなかった。

ゆっくり歩いた。足がぎこちなくふるえていた。野イチゴとコクワの実をすこし食べた。生のシイタケは喉を通らなかった。火を起こす元気はない。マッチもタバコもなかった。

水だけは豊富だ。水腹が、歩くたびに音をたてた。葦《よし》の草の中にナナカマドが真赤な実をつけて、その背景の日高連峰から抜き出た空は深いブルーだった。しかし詩情はなかった。兎を何羽か見た。殺すために石を持って歩いたが、その石もじきに捨てた。

路を踏み迷った。いや、迷うというのはあたらなかった。猟師径などを適当に判断して歩いているだけだから、最初から迷っているのだといえた。それでも、むやみやたらにということはなかった。山の地勢を判断し、猟師径を判断すると、なんとか北西に向かうことができた。狩猟をやっていたときの勘が働くのだった。しかし、いま踏み迷った路は明らかに獣径だった。鹿が踏み固めたものにちがいない。

獣径を歩くことは危険であった。どこで羆に遇わないともかぎらない。戻ろうと立ち止まった杜丘は、はっと体をちぢめた。目の前、十センチほどのところに細い糸が張ってあった。ゆっくり糸を目で辿った。糸の一端は繁みに消えていた。糸に触れぬよう、繁みに入った。繁みの奥の太いエゾ松の枝に古い村田銃が固定してあった。糸は村田銃の引き金につながっていた。

アマッポウ——内地でいう据《す》え銃であった。狩猟法で禁止されている猟だ。獣径をきた動物が糸にかかると銃が発射して弾が喰い込むという寸法だ。固定枠から銃を外して弾倉《マガジン》を開けた。鉛の一粒弾《ロケット》が装塡されていた。鹿か羆を撃つ弾だ。

冷や汗が出て、それが引いていったあとに、ぐったりした疲労が重かった。糸に触れていれば、まちがいなく腹部に弾が喰い込んでいた。

腰を下ろした。いったん腰を下ろすと容易には立てないから、朝から歩きづめだった。陽の落ちるまでには寝場所を捜すか、食糧を手に入れねばならないからだ。だが、今は筋肉にしみ込んだ酸性の重い疲労感がすこしは軽くなるのがわかった。銃が手に入ったからだった。

——獲物がとれる。

弾を点検した。手造りだがなんとかいけそうであった。銃も調べた。かなり使い古した錆《さび》のある年代物だが、撃針は取り替えたとみえ、さほど磨耗してなかった。不発はなさそうにみえた。一発必中を狙わねばならない。

重い腰を上げた。

何を撃つか。それはエゾ鹿しかなかった。兎は小さすぎて一粒弾《ロケット》では無理だ。鹿なら手頃だ。一頭を仆《たお》せば……。

杜丘は昨夜の牡鹿の雄叫びを思い出した。絶望の淵から救い上げてくれた鹿を撃つのは気がひけた。あの牡鹿の峰々を渡った力強い啼き声がなければ、今頃はよろよろと自首して出ているかもしれないのだ。

〈しかたがあるまい〉

杜丘はつぶやいた。

2

川の音がした。近くに川が流れているらしい。その川音にまじって何かの声をきいたように思って、杜丘は立ち止まった。

音はそれっきりだった。

空耳だったのかと、歩きだした。

鹿を撃つといっても雪のない季節に容易ではなかった。犬がいればまだしも、独りでできることといったら獣径に隠れて待ち伏せるしかない。根気のいる仕事であった。焦ってみてもはじまらない。それよりはアイヌ部落を捜して当面の食糧を手に入れることが先決だ。寝場所も捜さねばならない。鹿撃ちはそれからでもよかった。それでも、杜丘は用心して歩いた。どんなひょうしで獲物に遇わないともかぎらない。

草原に出た。エゾ松の疎林であった。そこを横切ると、細い林道が通じていた。川音はその向こうだった。下るか登るか、杜丘は思案した。

そのとき、また何かの声がきこえた。登り道のほうからきこえた。人間の悲鳴だったように思えた。杜丘はエゾ松の陰に体を隠した。すぐに逃げられる態勢をとって、様子をうかがった。こんどははっきり、悲鳴がきこえた。女の声だった。

〈たすけてッ！〉

余韻に、狂いそうに思えるおびえが含まれていた。ただごとではない叫びだった。杜丘は木陰を出た。一瞬かすめたのは、女がだれかに暴行されている場面だった。坂道を登った。危険かもしれぬが、救けを求めている女を見捨ててはおけなかった。

ダラダラ坂を登りきる手前でまた悲鳴がきこえた。すぐ側《そば》のようだった。急ぎ足になった杜丘は、はっと、踏み出した足をとめた。おそろしい怒号が湧いた。

——羆《ひぐま》だ！

羆の凶暴さは、ハンターの経験のある杜丘には知識があった。むやみに飛び込んではこっちが殺《や》られる。怒号の太さからして村田銃で向かえる相手ではなさそうだ。間断ない怒号をきいて肌をさむけが走った。しかし、放って逃げ出すわけにはいかなかった。

装弾をたしかめた。幸い、風は上から吹いていた。向かい風だ。足音を殺して近寄った。

すさまじい光景が展開されていた。

エゾ松に娘が登っていた。百二、三十貫はあろうかと思われる金毛の羆が怒号をはなちながら幹に喰らいつき、爪でバリバリ幹をむしり取っていた。立ち上がってはその強靭《きょうじん》な掌を叩きつけ、両腕で幹をゆさぶっていた。

幹は傷だらけだった。さして太くないそのエゾ松の幹はかなり削り取られ、噛み裂かれていた。その上、羆は娘を振り落とそうとしていた。高いところに必死にしがみついた娘は大きく揺れ、今にも振り落とされそうにみえた。

長くは持たないことがはっきりしていた。羆は幹を咬み裂き、樹を押し倒すことも可能だった。狂ったように羆は荒れていた。

杜丘はとっさに地形を判断した。この羆を村田銃一発で仕止めることはまず不可能だ。手傷は負わせられる。それで逃げてくれれば問題はなかった。だが、人喰羆は銃を撃つとあっという間に逆襲してくる。そのばあい、有煙火薬なら煙めがけて摑みかかる。撃った瞬間に場所を移動せよというのが羆ハンターの鉄則だ。そして、この村田銃に塡められた弾はたぶん有煙火薬だ。次弾があればなんとかなる。だが、それはない。銃を棄てて樹に登る隙があるかどうか。間合いをとって遠くから撃ったのでは手傷を負わせられるかもあやしくなる。

羆が逆襲してきたばあい、走って川に逃げるしかなかった。川は二十メートルほど先に流れている。羆は競走で鍛えた選手よりもはるかに早い。が、二十メートルなら逃げられないことはあるまい。川に跳び込めばなんとかなる。その間に娘は逃げられる。

それしかなかった。コートを捨てた杜丘は娘を喰うことに夢中になって気づかない羆に接近した。悲鳴をあげるのが精いっぱいで幹にしがみついている娘も、杜丘には気づかなかった。

三十メートルまで近づいた。不発かもしれないアマッポウの村田銃では、それ以上は危険だった。さすがに足がふるえた。怒号が叩きつけるように耳元の空気をふるわせていた。狙った。背後だから脊髄が狙いだ。そこに弾が命中すれば村田銃とはいえ、一発で仕止められる。が、ライフルならともかく、村田銃で三十メートルはむずかしい。

幹に立ち上がったところを、絞り込んで引金《トリガー》を引いた。ガン！ と発射音がして硝煙が走った。同時に杜丘は銃を放り出して川に向かっていた。命中かどうかわからなかった。反転した羆が、小山が動く勢いで襲いかかってくるのが、一瞬、見えた。死物狂いで走った。川に跳躍する手前で振り返ると、羆は杜丘が委託射撃に使ったエゾ松を唸りながら撲りつけ、咬み裂いていた。

すぐに杜丘を発見したのがわかった。突進してきた。杜丘は川に跳躍した。川底は深くはなかった。泳ぎ下るには不適だった。しまった！ そう思ったが、おそかった。羆が水煙を上げたのがみえた。めちゃくちゃに水をかいて泳いだ。泳ぐというより、川底を蹴り、手で石を引っ掻いた。流れはかなり強いから、ときには一気に突っ走ることもあった。

どれくらいそうやって泳いだのかわからなかった。ふと気づくと、羆の姿はいつのまにか消えていた。それを知ったとたんに、張りつめていた気力が失せた。

流れに逆らって岸に辿り着くのがやっとだった。どうにか岸に辿りついたものの、もう動ける状態ではなかった。草原に這い上がって転がった。靴は脱げてなく、手足は傷だらけだった。顔からも血が流れているのがわかった。もう腕を持ち上げるだけの体力が残ってなかった。

寒さも感じなかった。ただ眠かった。瞼が重い。眠れば凍死することは意識にあった。羆もまたやってくるかもしれない。眠るわけにはいかないと自身にいいきかせた。いいきかせはしたが、起き上がることはできなかった。目だけを開けて、空をみつめた。薄暮が迫っているのが、長く首をさしのべて飛ぶ水鳥の気配に感じられた。水鳥は夜に向かって翔けているようにも、夜から逃れようとしているようにも思えた。

——あの娘は逃げられただろうか？

たぶん、羆が川に入ったのをみて、一目散に逃げ帰ったことだろうと思った。そのときになってはじめて、娘がくすんだ色のジーパンに赤いセーターを着ていたことがわかった。潜在意識からのぼってきた記憶であった。アイヌの娘だろうかと、思った。アイヌなら、捜せば食糧を分けてくれるかもしれない。

——もうどっちだっていい。

そう思った。今からアイヌ部落を捜して歩くことは不可能だ。このまま死ぬ予感がした。羆に喰われなかっただけましだった。灰色の空を見ていたが、横切る生きものの影はもうなかった。

長いこと空をみつめていて、目を閉じた。ずいぶん長い逃亡生活だったような気がした。眠りの淵におちかけたときに、物音をきいた。かなりの音だった。

羆か！　羆がやってきたのだと、杜丘は思った。かろうじて上体を起こした。逃げる体力はないから、襲ってくればまた川に入るより方法がなかった。川面にはたそがれが迫って、鉛色の水は一段と冷たさを増してみえた。

ブオッ——獣の鼻息がきこえた。しかし、それは羆ではなかった。川原に見えたのは馬であった。馬上に人が見えた。西部劇でみるカウボーイに似たスタイルをしていた。その男は鞍《くら》から銃を抜いて空に撃った。二発。

銃声をきいて、杜丘は上体をまた崩した。

「だいじょうぶですか」

男は馬から下りて、杜丘を助け起こした。

ああと、杜丘はうなずいた。

にわかに人声が湧いて、馬の走ってくる音がした。十頭近い馬が川原に下りてきた。その中の一頭に、あの娘が乗っていた。

「よかった。羆に食べられなくて」

娘は駆け寄って、そういった。

「食べられは、せんさ」

男たちに囲まれて答えた杜丘の声には、力がなかった。


「よく眠れて？」

遠波真由美が部屋に入ってきて、きいた。

「ありがとう。おかげさまで」

タバコをくわえて窓から風景をみていた杜丘は、振り向いて軽く会釈した。

「あなたの服はボロボロだから、とりあえずこれを着ていてね。父の狩猟服《ハンティング・スーツ》よ。靴が合うかしら？　それにお札だけど、濡れているので新しいのととり替えておきました」

真由美から服と靴と折り目のない札を受け取って、杜丘は隣室で着てみた。ジャンパー式の厚手の狩猟服は、今まで着ていたスーツとちがって機能的にできていた。半長靴も、厚い靴下をはけば足に合わないことはなかった。体力の回復ということもあったが、この服装ならと、逃走にそなえる気力のようなものが出てきた。

「お似合いだわ」真由美は見上げ、見下ろしていった。「ところで、いのちの恩人のお名前をまだうかがってなかったわ」

「前田です」

杜丘は伏目になっていった。

真由美の父の経営するこの日高牧場に収容されたとき、だれかに前田だと名乗ったおぼえがあった。

「その前田さんが、なぜあの山中にいらしたの？　土地のかたではなさそうだし」

真由美は、ちょっと首をかしげるしぐさをして、訊いた。——絶体絶命と思われたとき、一発の銃声をきいて見下ろすと、背広姿の男が川に向かって突っ走っていた。羆はおそろしい早さで男を追って川に飛沫をあげた。何が起きたのかわからないままに、真由美は樹から下りて逃げだした。男が背広姿だったからであった。この山中に、おそろしさの余りの幻覚ではあるまいかと思ったほどであった。

「旅行者です。路に迷いまして……」

ことばすくなに、杜丘は答えた。そんないいわけがなんの説得力もないことはわかっていた。ひょっとすると、この娘はもう正体を知っているのかもしれない。二十二、三であろうか、青みがかった大きな瞳を持った娘だった。ジーパンに包み隠せない体の線が杜丘にはまぶしかった。
「それより、あなたこそ、なぜ一人であんなところへ」
「馬でね、あの奥に住んでいるアイヌの老人を訪ねるところだったのよ。羆に襲われて落馬したの。鞍のライフルを取るひまはなかったわ。それァもう夢中で樹に登ったのよ」真由美はくすっと肩をすくめていった。「いいこと教えましょうか」
「なんです」
「昔、日高のアイヌはね、羆に遇うと着物の前をまくって、下半身を羆に見せたらしいの。
エ・ヌカン・ルスイ
ベネクス
ア・エ・コ
ホパラタ・ナー
おまえが見たがった
ものだから
わたしはおまえに尻をまくって
裾をパタパタするのだよ
女ならお尻を向けて上半身をかがめ、男ならそのままで前を見せるんだって」

「羆は逃げますか」

「ためしてみるひまはなかったわ」

「それァね」

杜丘は苦笑した。ものおじしない、明るい娘だった。窓外に視線を向けた。広大な牧場が性格を明るくするのかもしれないと思った。窓外につづく草原はところどころに森を抱いてはてしがなかった。

「北海道で二番目の牧場よ。それが父の自慢なの。もっとも、道知事の選挙に出るとかで、もっかはそっちに熱をあげているけど……」

「馬ですか、牛ですか」

「馬よ。サラブレッドの名馬を何頭も送り出しているわ。馬には乗れる？」

「いや」

「お仕事は？　弁護士かしら」

「そんなふうにみえますか」

「わからないわ」

職業が何か、真由美には想像がつかなかった。労働者でないことは顔をみればわかる。ただ、知的な風貌の中に一筋の険相のようなものが翳りを走らせていた。

「父上はおられますか」

「ええ」

「ご挨拶をしていきたい。それに、この服をゆずっていただきたいのですが」

「まさか、もう出発なさるのでは……」

「事情がありましてね、いつまでもご迷惑をかけるわけにはいかないのです」

いずれ警察がやってくる。その前に出なければならない。真由美にぶざまな姿をみせたくはなかった。

「おねがいしてもだめかしら。前田さんのようなかたなら、父もきっと引き止めると思うわ」

このまま送り出すのが、なぜか真由美は淋しかった。いのちをたすけられたということもあった。もっとも、馬が逃げ帰ったのをみてそくざに救助隊が出たというから、どっちにしても救《たす》かってはいた。しかし、アマッポウの村田銃に弾一発だけで凶暴な羆を川に誘いだしたこの男の精悍《せいかん》さには、感じるものがあった。羆は樹にこそ登れないが、川は得意なのである。悪くすれば自分が殺されていたのだ。それに真由美は前田の眉から額にある仄暗いものにひかれた。

「ご厚意だけはいただいておきます」

風呂にも入り、髭も剃って、明日の追跡に向かう気力はたくわえられていた。

「しかたがなさそうね」

真由美は諦めて立った。行きずりの旅人だけに心がときめくのかもしれないと思ったが、旅の重さのようなものを秘めた前田の風貌には、別の惹かれるものがあった。

真由美について階下に下りた。城のようなおそろしく大きな洋風建築だった。牧場という職業のせいか、靴のまま生活する設計になっていた。

遠波善紀は応接室にいた。

上背のある、五十なかばだという年にしてはガッシリした体躯《たいく》の持ち主であった。

「前田さんでしたな」遠波は立って迎えた。「あなたにはお礼のことばもない」

「救けられたのはぼくのほうです」杜丘は立ったままいった。「これで失礼します」

「もうお発《た》ちですか」

遠波はうなずいただけで、引き止めなかった。

「お父さん！」真由美が口を挟んだ。「なぜお引き止めしないの。失礼じゃない」

人情に薄い父ではなかった。かならず引き止め、それなりのもてなしはするだろうと思っただけに、真由美は肚をたてた。

「人にはそれなりの事情がおありなのだ、真由美。お引き止めして迷惑をかけるばあいもある」

遠波は褐色の顔に笑いを浮かべたが、目はするどくなっていた。

「わかったわ。それなら途中まで馬でお送りするから、お待ちになって」

真由美は出ていった。

「わしもちょっと失礼します。真由美が馬を持ってくるまで、ここでお待ちになってください」

遠波は会釈をして出て行った。

歩いて出たほうがよくはないかと杜丘は思ったが、この広大な牧場を出るだけでもかなりの距離があるのを思い出し、馬の世話になることに決めた。

遠波が席を立ったあとに視線をやった杜丘は、何かに心臓をにぎられた感じを受けた。新聞があった。その社会面に、警官隊をふり切った逃亡検事が日高山系に潜入した記事が大きく報じられていた。写真も載っていた。そのこと自体は驚くことではなかった。遠波が、その部分を折って入念に読んだ痕があったことである。

——密告したのでは？

その疑問だった。新聞をとって、杜丘は腰を上げた。娘を救けたのだからと思う甘い気持ちは、杜丘にはなかった。発見するや否や、たちまち人間狩りをはじめた男たちの残忍さがかすめた。甘い幻想にたよることは危険だ。応接室を出て玄関に向かった。幾つ部屋があるともわからない広い建物の中は無人のように、しんとしていた。家全体が息をひそめた感じが強かった。

遠波は道知事選に出るといっていた——話題の逃亡検事を自宅で逮捕すれば、知名度は高くなる。正常な精神の持ち主でも、ひとたび選挙に出れば謀略策略をいとわなくなる。

新聞を持って、玄関を走り出た。はてしのない草原《ステップ》の中を一条の自動車道が走っていた。出口がその先数キロメートルのところにあることは知っていた。杜丘はしかし、そっちには向かわなかった。直角の方角に向かって走りだした。走れるだけ走ってこの牧場を一刻も早く脱け出さねばならない。

二キロほど走って振り返ってみると、一頭の馬の追ってくるのが見えた。杜丘は立ち止まった。相手がだれにしろ、この草原で馬を相手に逃げることはかなわない。

馬は全力疾走で迫っていた。すばらしいスピードだった。馬上の真由美の髪の躍るのがみえた。馬は杜丘の側を駆け抜けそうになって、たたらを踏んだ。手綱を引いた真由美の上半身が弓なりにのけぞって、左腕が空に伸びて鞭がおどった。美しいフォームだった。

「急いで！　警察がくるわ。だれかが密告したのよ。早く乗って！」

事情を訊くひまはなかった。真由美の手に縋《すが》って、乗馬した。馬はふたたび全力疾走に移った。

「街道は全部封鎖されたそうよ！」真由美が叫んだ。「三百人の機動隊が到着したという連絡よ。どこにも出口はないわ。この牧場も、もうすぐ要所は封鎖されるわ！」

「どこに向かえばいい！」

「どこも！」

背後から抱きしめている真由美の腹部がはげしく動いた。

「たった一つ、幌別川の上流に向かうのよ！　路が尽きた山の奥にだれもしらないアイヌの老人の小舎があるから、そこに行くのよ。警戒が解けるまでそこに潜むしかないわ。老人の案内ならショロカンベツ沢を登って郡境のピリガイ山を越えられるけど、日高山脈を越えないかぎり、どこに出ても危険だわ。しばらく、じっとしていてちょうだい！」

「なぜ、逃がしてくれる」

「あなたが好きだから！」

「おれが殺人犯でもか」

「かまやしないわ！」

「おれは――」

無実だと叫びかけて、杜丘はことばを呑んだ。むなしい説明を一人の娘にしてもどうなるものでもなかった。無実でも有罪でもかまうものかと思った。一生逃亡をつづけてもかならず返礼だけはしてやると、あらあらしい憤りを真由美の腹筋の躍動におぼえた。

3

「やつを北海道に閉じ込めてやる」

矢村警部の声はひくかった。そいだようなほおのあたりに憤りとも冷笑ともつかないものがみえた。

「北海道に閉じ込める?……」

伊藤検事正は精気のない顔を上げた。

「そうだ」

「おかしいのじゃないかね。日本に閉じ込めるというのと同じだよ、それは」

「そんなことはない」蔑《さげす》んだ目で伊藤を見た。

「やつは横路加代を殺し、亭主を追った。が、横路はいち早く風をくらった。嫁を殺して、亭主を放ったらかしておくわけはない」

「復讐鬼になっちまったのか」

「いや」ゆっくり矢村は首を振った。「加代は何かのはずみで殺《や》ったのだろうが、やつは必死で罪を晴らそうとしているのだ。それには横路敬二をつかまえねばならん。その横路だが、やつの追及から逃れるには東京に戻るしかあるまい。無実の検事を罠に落としたその黒幕の庇護《ひご》が必要だ。追っているのはやつだけではない。おれにも追われているからな。やつは横路と黒幕を追って、早急に東京に戻らねばならんのだ」

「待ってくれ。いま杜丘は無実だと……」

「強盗強姦罪にかぎっては無実だ。寺町俊明と横路敬二が同一人物らしいとなり、その横路が妻の葬儀にもあらわれないで姿を消したのだからな」

「それなら何も逃走することはなかったのだ。バカなことをしおって……」

「あの状態なら、おれでも逃げる。逃げなければ無実の罪を背負わねばならん」

「それァ、まあね」

伊藤はうかぬ顔でうなずいた。

「医者の医療過誤と同じで、無実の罪人はいくらもいる」

「しかし、裁判になれば無実を証明はできんまでも、疑わしいとはなったと思うがね」

「それはやつが横路加代を殺したことで、証人が夫婦だったとわかったからだ。そんなことは逃走するときのやつには、わかるわけがない」

「そういえば、そうだ。問題はあの夫婦を雇った黒幕がだれかだ」

「横路はタクシーの運転手を三年やっている。問題はその前にやっている実験用小動物の販売だが、これが規模が小さすぎてさっぱりわからない」

「例の東邦製薬にはつながらんのかね」

「今のところはね。東邦製薬では取り引きはなかったといっている。もっとも、あっても少額のものだろうから、帳簿を操作すれば痕跡は残らない」

「東邦製薬が黒幕だとなると……」

厚生省医務技官朝雲忠志の自殺説に杜丘が一人反対して、ひそかに尾行していた酒井営業部長が浮かび上がることになる。伊藤は、矢村の表情をみた。

「横路と杜丘のつながる線がそこにしかないとすれば、朝雲の死にはやつのいうように影があったかもしれない……」矢村のほおには重苦しいものがあった。「おれの判断がまちがっていれば、おれは責任をとる」

「そんなことは、いっていないよ」

「いや」矢村は固そうな首を振った。「おれはいかなるときでも信念を持って動いている。杜丘が正しければ責任はとらざるを得ない。しかし、もしそうであっても、杜丘を逮捕し、朝雲殺害の犯人をあばくのはおれだ。やつではない。あんたでもない。おれだ」

「それは承知しているよ」

　矢村のそげたほおに溜まった苦渋をみて、伊藤はうなずいた。検事正であろうが、真っ向うからたてつくのは矢村だけだった。それだけに捜査には定評がある。若僧の検事に苦杯を喫したとなっては引責辞任をやりかねない男である。ようやく影をみせはじめた朝雲死亡の背景への悔恨が、ほおに溜まっていた。

「で、北海道に閉じこめるというのは？」

　伊藤にしても早急に杜丘を逮捕しなければ、責任をとらざるを得ないはめに追い込まれていた。朝雲死亡の背景をあばくためであろうとなんであろうと、矢村が杜丘逮捕に執念を抱きはじめたのは、救われた気持ちだった。

「道警のとった処置が悪いとは思わない。やつには悪運がついているのだ。たぶん、牧場主の娘が山中にかくまっているにちがいない。おれが行ってみる」

「あんたが行く？」

「そうだ。おれは一人で行動する。そのほうが追いやすい。だめなら、警戒を解かせる。連絡船、飛行場、漁港、そういった脱出の拠点だけに焦点を絞って、やつを誘い出す。あんたのほうからもその指令をだしてほしい」

「わかった。うちからも特捜班員を全員出そう。杜丘の顔を知っているからね。あらゆる努力はする」

伊藤はほっとした。

矢村の痩身が重苦しく見えた。

4

地面に描いてもらった地図を頼りにアイヌ老人の小舎に、杜丘は向かった。榛《はしばみ》幸吉という名だという。

「羆に気をつけてね。もっとも、この辺りは幸吉さんのテリトリーだから、羆もこわがって出ないけど」

真由美は馬上から手を振った。

「あなたこそ、気をつけてください。この前のこともある」

「わたしのほうは平気よ。この前は馬にはね落とされて使うひまがなかったけど、今日はライフルを使うわ。なかなかの腕よ」真由美は鞍の銃を把《と》ってみせた。「それから、わたしが連絡するまで山を降りないで。警戒が厳重な証拠だから」

「そうするよ。ありがとう」

轡《くつわ》を返して走り去りながら振り向いた真由美に、ちょっと手を上げて応えた杜丘は、森に踏み込んだ。馬のいななきがして、走り去る足音がした。

森を流れる小川にそって遡《さかのぼ》った。野イチゴの群落が川辺に真っ赤な初冬の色を散らせていた。ホロリと散ったあとは雪にかわるのだろうか。森のはるか奥でアカゲラが木の洞を叩くするどい音が、ドラムのように樹林にひびいた。その他に物音はなかった。静寂は歩ごとに深まって、足音さえも吸い取りそうに思われた。ポキポキと、ときに小枝を踏む音が立つ。それは逃亡者の跫音でもあった。秘境へ秘境へと踏み込んでいた。

陥穽を設けた者の計画通りに追われているように思った。あらためてこの国の警察権力の強大さを思い知らされた。権力は警官の制服にかぎらなかった。無邪気な若者がおそるべき集団となって権力を擁護するのだ。若者だけではなかった。たいがいの人が心に警官のバッジを持っていた。逃亡者をとらえると、何日かは酒の肴にバッジを磨くことができるのだ。

日高山地を脱出できるだろうか――。

一刻も早く東京に潜入しなければならなかった。遠波家から持ってきた新聞を読んで、それがわかった。横路夫婦を使って罠を設け、あげくに加代を殺し、横路敬二を闇のひだに匿まった謎の正体が、ようやくにして浮かび上がろうとしていた。

――東邦製薬営業部長、酒井義広。

記事によると、横路敬二が北海道の実家を出て行方を絶ったのは、加代の殺された日の夕刻だとあった。それっきり行方が知れない。妻の葬儀にも姿をみせていない。警視庁が調べた横路の過去の経歴に〈医学用実験動物販売〉があるのを見て、杜丘は、横路夫婦を動かしたのが東邦製薬である確信を得た。

医学用実験動物を扱ったのなら、薬理実験用動物も扱ったとみるべきである。むしろ、そっちの可能性が強い。医学用には最近は無菌管理の小動物を使う。無菌となると個人企業では手が届かない。その点、薬理にはそれほど無菌である必要はない。

横路と東邦製薬——どこかでつながったと考えてもむりはない。

疑惑は、たんにそれだけではなかった。

奇妙な光景——が、杜丘の眼底にいまでもかかっていた。

厚生省医務局医事課技官の朝雲忠志が死体で発見されたのは、八月二十九日の朝であった。

連絡を受けて、杜丘は矢村と同道した。

朝雲は世田谷区の新代田に住んでいた。厚生省医務局医事課に勤める者はほとんど全員が医師免許を持った医師であった。朝雲もそうであった。

その朝、お手伝いの悦子は定時の六時に起きた。牛乳と新聞を取り、ついでに庭をのぞいた。五十坪ばかりの植え込みのある庭があって、その一隅に日本猿が飼ってあった。子供のない朝雲はその猿をかわいがっていた。猿はここのところ病気がちで食欲がなかった。朝雲がひどく心配していて、そのこともあってのぞいたのだが、悦子は牛乳と新聞を手から落とした。

朝雲と猿が植え込みの中で死んでいた。朝雲が白眼を剝いていて、その白眼が悦子を見ていた。

悲鳴をあげた。朝雲の妻は田舎に行っていて不在だった。悦子は通りに走り出た。

杜丘と矢村が到着してみると、すでに鑑識の活動がはじまっていた。

「どっちだね」

矢村が部下に訊いた。

「他殺ではないかということです」

杜丘も顔見知りの中年の細江刑事が説明した。

死亡推定時刻は午前五時から六時——つまり悦子の発見したときは殺されたばかりだということになる。猿も同様だった。飲まされた毒薬はアトロピンではないかと、検死医の鑑定だった。

「アトロピン？　なんだそれァ」

ききなれない薬に、矢村は眉をしかめた。

「よくはわかりませんが、劇薬だそうです」

その劇薬を飲まされたらしいことはわかったが、問題になるのはアトロピンを飲んだ容器のみつからないことだった。鑑識が草の葉一枚にいたるまで入念に捜したが、容器は発見されなかった。それが他殺の根拠だった。殺人者が持ち帰ったものと思われる。

「しかし、妙なことには、だれも邸内に入ってはおらんのです」

細江は首をかしげていった。朝雲家はブロックの塀で囲まれていた。高い塀の上にはガラスの破片がびっしり埋めこまれてある。乗り越えたとすれば痕跡が残るはずだ。ガラスが割れているとかの。その上、邸内側の塀の側のやわらかい土には足跡がなかった。道具を使った痕跡もいっさいない。門は鍵がかかっていた。悦子がそれを開けて通りに逃げだしたのだった。

殺人者がかりに邸内にいたとすれば、どうやって逃げだせたのか。

「容器か――」矢村は腕を組んだ。「固型ではないのかそいつは」

「いえ、液体だそうです」

「家の中は」

「綿密に調べましたが、その薬品はありません。もちろん、飲んだ容器もです。それに、検死医と鑑識の推定では、毒薬は死んでいた場所で飲んだもののとのことです」

「わかった」

うなずいた矢村は、検死医と鑑識のところに足を運んだ。死体はそのままになっていた。

「ここで飲んだという根拠は？」

「そいつが、いろいろあってね」

古手の鑑識課員が答えた。

アトロピンは日本にも自生するハシリドコロなどのナス科植物の根茎《こんけい》からとるもので、スコポラミンやヒヨスシアミンなどと似た化学構造式を持っていた。麻酔の併用薬として用いられたり、また瞳孔を拡げる眼底検査、結核患者の盗汗《ねあせ》防止、腸や気管支の痙攣《けいれん》収縮治療など、広範に使用されている薬であった。ただし、劇薬だから用いる量は千分の一グラムていどで、致死量は〇・〇五グラムとされている。致死量を飲んだばあいは延髄に作用して急死することが多い。

家の中で飲んだものなら、庭まで出て死ぬ余裕はない。ところが、朝雲は下駄をはいて死んでいた。また致死量に個人差があるのはなんの毒薬でも同じだが、もし飲んだ時間から死ぬまでに間があれば、狂躁状態に陥ったはずである。ヒヨスシアミンやスコポラミンと同じ幻覚作用があり、脳が興奮状態になるのが特徴で、わめき回ったり、それはえらい騒ぎになる。同居人が気づかないでいることは不可能だ。したがって、庭で飲み、延髄に作用して急死したものとみるのが正しい。

「猿はかなりもがいているようだが」

地面を引っ掻いたり転がった痕があって、朝雲ほど容易には死ななかったことが一目でわかった。

「そう、猿や犬、ウサギ、鳥などにはアトロピンは効かないとされている。だが、それはアトロピンを含む植物を食ったばあいで、純粋に抽出されたアルカロイドでは、こうなるらしい」

「なるほど」矢村はうなずいた。「アトロピンだとなぜわかったのかね」

「そいつはね、解剖を待たなければ確定はできんが、あの目だ」

鑑識員は朝雲の目を指した。

「目？……」

「そうだ。瞳孔が拡大している――」

瞳孔が拡大するのは死の特徴だ。しかし、朝雲の拡大した瞳孔の中央にはみずみずしい黒点に似たものがあった。アトロピン作用である。瞳孔の周囲には虹彩《こうさい》の膜がある。メラニン色素だ。黒・褐色・とび色・青色とある。この虹彩の膜を取りまく括約《かつやく》筋がアトロピンに作用されて、虹彩が狭い輪環になってあらわれる。あたかも神秘の泉に似ているので、昔は貴婦人が目を美しくみせるために、アトロピンを含むベラドンナという植物を重宝したといわれている。

いま、朝雲は拡大した瞳孔の中の神秘の泉で、死の世界をみつめていた。

「そうか……」

矢村は、黙った。

朝雲は早朝、五時から六時に庭の中央で死んだ。猿に紐がついているところから、運動させていたものと思われる。その場所でアトロピンを飲み、延髄を侵されて猿ともども急死する。だが、容器がない。朝雲と猿は庭の中央で何からアトロピンを飲んだのか。殺人者がいてことば巧みに飲ませ、容器を持って去る。だが、邸内に入った痕も出た痕もない。

——密室犯罪。

矢村はそう考えているのではなかろうかと、杜丘は険悪な横顔をみて思った。もっとも、矢村の顔は柔和というものを知らない。

「アトロピンの臭いや色は?」

杜丘が訊いた。

「無色無臭です」

「そうですか――」杜丘は注意深い視線を周りに向けた。「猿の口から鼻にクモの巣がくっついているのはなぜです」

「クモの巣ですか」側で聴いていた細江が答えた。「やってきたときに破れかかったクモの巣がいっぱいありましてね。たぶん、苦しまぎれに猿はクモの巣に顔を突込んだのとちがいますか」

「……………」

無言でうなずいて、杜丘は視線を空に向けた。側に高い銀杏《いちょう》の樹があって、途中の枝から屋根にクモが三つほど巣をかけていた。奇妙な巣だった。張りかけて半分で仕事をやめたような、それもかなり崩れた面妖な幾何模様だった。三つとも同じ巣だった。

「公害グモだ」鑑識員の一人がカメラを向けていった。「公害で巣の張りかたを忘れちまったんだな、こいつは」

杜丘はだまって銀杏の樹を見ていた。

「検事さん」細江がいった。「塀からこの銀杏に跳び移ることは無理ですよ。そのくらいは調べてありますからね」

「きき込みはどうなんだ」

　矢村がいらだたしそうにいった。

　暑くなりそうな陽射しがおちはじめた。


　翌日、矢村から電話があった。

「朝雲は自殺だった」矢村はそういった。「朝雲の両掌からかなりの量のアトロピンが検出されたんだ。家の中で両掌にアトロピンを溜めて外に出た。そこで飲んだという結論だ」

「猿は？」

「たぶん、猿には真似をして飲ませたんだ。猿の掌からも検出されている」

「家の中で掌に溜めたにしても、そのときの容器はどう説明するのかね」

「そんなことは、どうにでもなる。容器がコップだとすれば、掌に受けたあと、流しにおいて肘《ひじ》で水道の栓をひねり、洗い流してまた肘で閉じればいい。あの流しにはコップが転がっていた」

「おれは自殺説に反対だね。そんな面倒な自殺など、例がないじゃないか」

「じゃァ、あんたは犯人があの庭に入ってきて、朝雲の両掌に毒薬を受けさせて飲ませたというのかね。猿にも教えて。かれは医者だぜ。それに出入りをどう説明する気だ。自殺の動機らしいものもある」

「あのていどの動機が自殺につながるとは、おれは思わない」

「いいだろう」矢村は冷笑するようにいった。「おれのほうは統一見解を出す。あんたのほうはかってにやってくれ」

矢村は電話を切った。

発端はそれだった。

杜丘は独自に、朝雲の死因の背後にあるものの追及をはじめた。朝雲の死ぬ前夜、三人の男が朝雲を訪ねていたことはわかっていた。十時過ぎにきて夜半の三時近くまで話し込んでいた。

一人は朝雲の同僚の青山禎介、一人は同じ厚生省の薬事局薬事課長の北島竜二、もう一人が東邦製薬営業部長の酒井義広。

この三人は、その三日前の晩もきていることがわかっていた。

そして、女中の証言では、三時前にお茶を運んだとき、酒井義広は新鮮な空気を喫ってくるといって、庭に下りたという。応接間からは直接、庭に下りられるようになっていた。その酒井をマークして尾行中に、あの強盗強姦事件が持ち上がったのだった。横路夫婦を雇ったのが酒井か、ないしはそのグループだとこれまで疑わないわけではなかった。それ以外に考えられないのだった。だが、たしかに酒井だと断ずるわけにもいかないものがあった。警視庁が自殺だとみて捜査本部を設けないのだから、酒井は安泰であるはずだった。若僧検事の一人が動いたくらいで、自身が墓穴を掘ることになるかもしれないきわどい陥穽を設けてまで、その検事を葬らねばならない理由はない。

——だが、それがあったのだ。

横路敬二は実験小動物を扱っていた。酒井は製薬会社の重役営業部長だ。過去になんらかのつながりがあったとみて飛躍ではない。その上に厚生省薬事課長——。横路が酒井につながりがなければ、杜丘の想定は荒唐なものとして一蹴されるかもしれない。だが、つながりのある可能性がわかれば、この想定は生きて動きはじめる。

——あのクモの巣だ。

奇妙な光景と杜丘が思うのは、朝雲家の庭の銀杏にかかっていた三つの、幾何模様ともなんともいいようのない、半分で巣張りをやめてしまったようなクモの巣だ。実験小動物の中にはたしかにクモも含まれていたはずだ。

クモは最近の都会ではめったにみられない小動物だ。それが朝雲家にはいっぱい巣を張っていたというのは、なぜだ。それも奇妙な巣が。実験用小動物業、製薬会社、薬事課長、医務技官の死――そして、検事への罠。

それらの節コブを呑み込んで一匹の長虫になった得体の知れない虫が、仮眠を破られて這い出したのを、杜丘は見た。ぶきみな長虫はどこに行こうというのか。

長虫は横路加代を襲って咬み殺し、横路敬二に迫ろうと、クルリ、クルリと節コブを動かしながら這っていた。

――そうはさせるものか。

一刻も早く東京に戻る必要があった。

小さな池があって、その側に教えられた榛老人の小舎がみえた。

第四章　金毛の羆《ひぐま》

1

小舎は茅《かや》で葺《ふ》いていた。俗に拝み小舎という。掌を合わせて拝んだ形になっていた。

榛老人は無口な男のようだった。遠波真由美に紹介されてきた者だが、警察に追われているのだといっても、表情を変えなかった。丸太で組んだ床を指しただけであった。

風雪が刻んだたて皺が深かった。錆びた鉄のような肌をしていたが、それなりのつやはあった。燻製《くんせい》が小舎中にぶら下げてあった。その燻製を造ったためか、茅も柱もすすけて黒光りがしていた。小舎まで燻製仕立てという感じだった。

小舎に泊るようになって、三日間が過ぎた。用心していたが、追跡隊の気配はここまでは感じられなかった。世を捨てた老人の山深くにむすんだ庵《いおり》である。その存在は真由美しか知らないのかもしれない。

その三日間、老人はほとんど口をきかなかった。迷惑がっているというのでもなかった。羆の皮で造った寝袋をかしてくれたし、食事も黙って出してくれる。三度三度がほとんど燻製だった。最初の一、二度はうまかった。どんな燻製にも負けぬほど味がしっとりしていた。しかし、二日目になるとさすがに厭《あ》きた。もともと、肉食はあまり得手《えて》ではなかった。

「厭きたようじゃな」

めずらしくそう話しかけたのは、三日目の晩であった。

「ええ、まあ」

杜丘は正直に答えた。

「じゃが、ここにはそれしかない」

「いえ、ぜいたくは申しません」

コクワと野イチゴだけですごしたことを思えば、ここはすばらしかった。燻製もあり、小舎は臭くて狭いが、前の池は水がないかのように澄みきって対岸の葦の繁みからさらに背後のエゾ松林の影をくっきり映していた。

「もうじき、鮭が登ってくる」

「鮭が……」

「そうだ。二人で密猟に行こう。燻製も造らにゃならんし、あんたがたの好物のパチンコの玉ほどのイクラがどっさりとれる」

老人の目がなごんだ光を湛えていた。

「パチンコの玉のようなイクラ？　パチンコをご存じですか」

「札幌で、朝から晩までやったことがある。嫁と娘が死ぬ、だいぶ前じゃった」

老人の皺ひだに、遠い翳りが戻った。

「奥さんと娘さんが、亡くなったのですか」

「五年前に、羆に喰われてしもうた……」

老人の声はかわいて抑揚がない。

「羆に――」

「わしは運がのうてな、五年間その羆を捜しとるが、いまだにやつには行き遇えん。それが、こともあろうに……」

声が落ちた。

「羆といえば、遠波真由美さんが襲われて危ないところでした」

「お嬢さんが羆に？　それはいつだ！」

老人はするどい声で訊いた。

「四日前でした――」

杜丘は、ここにくることになった事情を説明した。

「どんな羆だ、そいつは」

老人の目が炯《ひか》った。

「金毛色の百二、三十貫はありそうなおそろしい羆でした」

「弾は命中したのか」

「血は落ちていたそうですが、急所ではなかったようです」

「ああ――」と、老人はひどく哀しそうな、悲鳴に近い声をだした。「そいつだ、わしが捜している羆は。この辺にゃ、そんな大きな図体の羆はやつしかおらんのじゃ」

急速に目から光が消え失せた。

「でも、目印があるのですか」

「いや、ない」老人は首を振った。「目印はないが、わしがみればわかる。やつの目は人が喰いとうて狂ったように燃えとるのじゃ」

「人が喰いとうて……」

杜丘は、エゾ松に追い上げた真由美を喰おうと、エゾ松の幹を引き裂き咬み裂きながら怒号を放っていた羆を思いだした。

「そう、たいがいの羆は人に遇うことは避けるのじゃが、やつだけは別じゃった。わしはこの目でやつの悪魔ぶりをみたのじゃ」

光の消えた目に、かぎりなく暗いものが浮かんだ。

——その羆に襲われたのは六年前だった。そのずっと以前から榛幸吉は日高牧場に雇われていた。雑役のようなことをやっていた。妻と娘が牧場の近くに住んでいた。娘は様似町の製材工場に勤める同族の青年のもとに嫁いでいたが、子供が生まれることになって里帰りしていた。アイヌの風習というのはすたれていた。とくに若者にはなかった。幸吉の世代にわずかに残っているだけであったが、その幸吉も若い頃から部落《コタン》には住まなかった。鉱石採掘に雇われ、牧場に雇われて生活してきた。

若い牧童たちから鮭の密猟をやろうと相談をもちかけられた幸吉は、承知した。鮭はどこの川でも禁猟だった。密猟には監視員の目が炯っていた。捕まれば重い罰を受けるのだが、密猟の味はまた格別だった。

もともと北海道《アイヌモシリ》は川だけでなく、北海道そのものが自分たちのものであった。春先の鱒《ます》からシシャモ、鮭と、おびただしい群れが登ってきた。幸吉の若いときがそうだった。川が膨れ上がって、鮭しか見えない風景がふつうであった。しかし、だからといって幸吉は鮭の密猟を当然だと思っているのではなかった。密猟には血の騒ぐものがあった。アイヌだからではなかった。だれでもがそうである。凍って銀色の滴をこぼしそうな月の光に沈んだ夜の川での鮭との格闘には、詩情があった。

仕事が終わって、四人で出かけた。車は途中で幸吉の家に置き、徒歩で奥に向かった。いまは保護河川で鮭の登りはすくないが、それでも何本かはとれる。

羆に遇ったのはその途中でだった。路の側の林にうずくまっていた。金毛だ。金毛を持った羆は、性格が凶暴なことでおそれられていた。四人は顔を見合わせた。銃は持ってなかった。羆ははじめてではなかった。そんなもののために密猟をやめにするのは業肚《ごうはら》だった。嚇《おど》せば逃げるだろうということになった。距離は七十メートルほどあった。

「この野郎！」と、保田という四国出身の若い男がいった。「おれはサルイサンの血統だぞ。そこをどけ」

サルイサンとは羆の血をひいたといわれるアイヌのことだ。そういうと羆は逃げるといわれていた。

羆は怒ってとびだしてきた。金毛がふさふさした小山のような図体だった。平地だった。四人は逃げだした。「樹に登れ！」幸吉は叫んだ。林に走り込み、走りながらエゾ松を物色して、どうにかよじ登った。羆は図体がでかくて樹には登れない。あとの二人も近くの樹によじ登っていた。みると、いちばん若い保田だけが走って逃げていた。つねづね、足に自信があって、羆ごときには負けないといっていたほがらかな、勝気な青年だった。幸吉がみていると、羆のほうが倍近く早かった。地ひびきをたてて迫っていた。

悲鳴が湧いて、静かになった。

羆は戻ってきた、保田の片足を摑んで肩にかついでいた。保田はまだ生きていた。逆さにぶら下げられて揺れる腕がときどき、羆の足を叩いていた。羆は小さくてまるい、燃えるような陰惨な目で樹上の幸吉を見て、通り過ぎた。

三人は逃げ戻って、牧場から追跡隊が出た。夜でどうにもならなかった。翌日になって、保田の両足が発見された。すねから下だけ残っていた。走って逃げることのむなしさを、その足が語っていた。

血まみれの衣服と足だけで、葬儀をだした。

猟友会員が一週間ほど山狩りしたが、その金毛には遭遇できなかった。

保田が喰われたことに、幸吉はそれほど責任は感じなかった。責められるとすれば、走って逃げたことがとがめられるべきであった。それより幸吉は、保田を生きたまま逆さに担ぎ去った羆に、いいようのない憤りをおぼえた。残忍なけものであった。それでも幸吉は金毛を殺して仇を討とうなどとは思わなかった。若い頃に羆を三頭ほど撃った経験はあるが、血気にはやる年ではなかった。

翌年の冬——。

羆のことはもう忘れていた。あれっきり姿をみせないから、どこかへ移動したものと思っていた。

初雪が降った十月の終わりの日だった。夕刻になって牧場から戻ってみると、家の戸が押し破られて雪が舞い込んでいた。血と羆の臭いが戸外に流れていた。

幸吉はわめきながら家に走り込んだ。家の土間いっぱいになるほどの金毛が立って、幸吉に襲いかかった。燃えるような目に見おぼえがあった。幸吉は壁の鉈《なた》を把《と》った。かなわぬまでも鼻面に叩きつけるつもりだった。だが、金毛は何を思ったのか、幸吉をそのままにして走り去った。

幸吉は部屋をみて、目を覆った。妻と娘が枕を並べるようにして殺されていた。両方とも、腹がなかった。ないのは腹だけだった。娘の臨月近い腹は素足のつけねに骨盤だけが残っていた。

なぜだか、幸吉には妻と娘が並べられて金毛に犯されたように見えた。

鉈を持って走り出たが、金毛の姿は雪に消えていた。

幸吉は牧場を辞めた。

村田銃を買って山にこもった。

金毛を求めて山を歩き回った。この五年間、金毛の痕跡をみたことはなんどかあった。糞とか、足痕、樹につけた高い場所の爪痕に、金の毛——だが、遇うことはできなかった。金毛は幸吉の追うことを知っているようだった。知って、本能的に危険な相手だと悟り、避けているのだ。

銃がこわいということもあった。しかし、たかが村田銃では急所に当たらないかぎり、あの図体ではびくともしない。襲いかかって殺し、銃弾の穴には草をむしって詰め、血止めをする。それでじきに治るのだ。金毛がこわいのは銃そのものよりも、幸吉の執念であった。おそらくそうだと思う。

幸吉は金毛に遭遇すれば、銃を突きつけるまで肉迫する覚悟だった。そうでなくては仆《たお》すことはおぼつかない。その気迫を金毛は知って、警戒しているのだ。

幸吉は金毛を悪魔だと思った。そう思うのは、並べて犯されたように死んでいた妻と娘のせいだった。たんに殺して喰っただけではないという気がしてならなかった。思うまいとしても、二人を犯している姿が灼きついて離れなかった。

犯してから喰った——幸吉は男としてとうてい許すことのできない屈辱を感じた。だれにもいわないが、憤りには性的なものもまじっていた。羆には縁の深いアイヌの血がそう思わせるのかもしれなかった。

その金毛が、こともあろうに牧場の真由美を襲った。幸吉は体の深いところでふるえを感じた。真由美が樹から引きずり下ろされ、裸に剝かれて組みしかれ、犯され、そして腹をむさぼり喰われる姿が目に浮かんだ。凄惨な、悪魔ならではの所行であった。

「わしは、明日からまたやつを捜す。冬ごもりの前じゃから、やつは餌を求めて気が立っとる。この機を逃したらいつ遇えるかわからん」

「ぼくも連れてってくれませんか」

気ばかりはあせるが、当分は脱出はむりのようだった。小舎で待っているよりは老人と羆を捜すほうが気がまぎれる。

「いいじゃろう」

うなずいた幸吉は、ここでも、杜丘がなぜ警察に追われているのか、訊こうとしなかった。

羆を追う幸吉と、警察に山に閉じ込められた自分——北海道というこの土地は残忍であるように思えた。いや、残忍さではあの金毛より、ある日、突然に一人の人間を逃亡者にしたてあげることのできる都会のほうが、より残忍であるかもしれない。老人の追う羆は正体が見えているが、あの新宿の雑踏で杜丘にふわりと呪いのコートをかけたものの正体は、まだ闇にとけたままだった。

2

「タバコを喫ってもいいですか」

神威岳《カムイヌプリ》から落ちるソエマツ沢の中途で休憩したとき、杜丘は老人に訊いた。タバコの臭いを警戒する動物が多かった。羆も鹿も猪も、すべてそうであることを、杜丘は知っていた。

老人がうなずいたのをみて、タバコに火をつけた。二口ほど喫っては火を消さねばならない。タバコは貴重品だった。

「羆は、タバコの煙が好きだそうじゃ」

「タバコを、羆が――」

まさか羆がタバコを、とつづけようとして、杜丘はふっと声を呑んだ。何かがかすめすぎた。どこかで、タバコの煙を欲しがるといった動物の話をきいたことがあった。そのときも、まさかと思った。あれは……。

「猿だ！」

思わず声に出して、杜丘は老人を見た。老人はけげんそうに杜丘を見た。北海道に猿はいない。

「いえ、猿がタバコの煙を喰った話を思いだしたんです」

杜丘は苦笑した。しかし、その苦笑はすぐに凍った。

——朝雲忠志の飼い猿が……。

朝雲の死をきいて田舎から帰ってきた朝雲の妻の供述が、キラリとよみがえった。

「猿が病気がちだったそうですが」

そう訊いたのは、杜丘だった。

「ええ、だいぶ前から食欲がなくなって、主人が心配して獣医にみていただいたりしたんですが、どこも悪くはないから、ノイローゼではないかと」

四十近い年頃で、眼鏡をかけた朝雲節子の答えだった。

「猿のノイローゼ、ですか」

「つながれてばかりいるものですから、ホルモンの調節が狂うのだそうです。そのせいか、側でタバコを喫うと、流れてきた煙をつかんで食べようと、一生懸命に摑んでは口に運ぶんです。食べられもしないのに」

「それは、妙なことをやるもんですな」

動物には多少の知識のある杜丘は、なにか妙な気がした。猿がタバコの煙などをはたして欲しがるものか。

「ノイローゼになると、上野動物園の猿でも赤土を食べたり、ほかの猿の毛をむしって食べたりするそうです」

「なるほど」

その話はきいたことがあった。

「わたしたちには子供がないものですから、主人は猿を子供のように可愛がっていたんです。バナナなんかも口移しみたいにしてやったりして。ですから、それァもう心配して、酒井さんがおみえになったとき、何かいいお薬はないだろうかと相談したんですが……」

「東邦製薬の酒井さんにですか」

「はい」

「で、薬はありましたか」

「猿がタバコの煙をね――と考えこんでいましたが、名案はなかったようです」

「ところで、お宅の庭にはクモの巣が多いようですが……」

樹の枝に張った妙な巣を見上げながら、なんということなし杜丘は訊いた。

「ええ」朝雲節子もそのクモの巣に目をやった。「三日ほど前から、急に巣を張りだしたのです」

「その酒井さんですが、猿と面識がありましたか」

「二、三度、猿を相手に遊んでいたことがあります。猿のほうでも馴れていたようです」

「酒井さんとは……」

「主人が厚生省に勤めだしてからのおつき合いですから、そう深くはありません」

「昨夜は三時近くまでみえていたそうですが、どんなご用だったかご存じですか」

「いえ──」朝雲節子は細い首を不安げに振った。「わたしはその前日から田舎に行っていたものですから」

「酒井さんと、ご主人の同僚の青山さん、それに薬事課長の北島さんの三人に訊きますとね、ご主人が厚生省を辞めるというので、翻意をうながしにきたというのですがね。三日前の夜もやはりその話できたとか」

「主人はわたしにはこまかいことをいわないものですから」哀しそうに目を伏せていった。

「でも、厚生省は辞めたがってはいたようでした。もともと腰掛けのつもりでしたから
……」

「なるほど……」

朝雲節子は、それからとぎれがちの声で、主人がなぜ厚生省に入ったのかを説明した。

それは医師業界に恨みをこめたものであった。

──猿が煙を喰う。

その奇妙な現象はたんなる話題にすぎないと、いままで杜丘は忘れていた。ノイローゼという現代文明の生んだこの病名は、わけのわからない病状をすべてこの病名に押し込めて説明する便利さを持っていた。ノイローゼにとってかわっていまでは自律神経失調である。不明のものはみなこの範疇《はんちゅう》に組みこまれる。

——だが、はたしてそうであったのか。

野生の羆がタバコの煙を好むのだとすれば、あの猿はノイローゼではなかったことになりはしないか。

——薬。

朝雲と猿はアトロピンで死亡した。アトロピンは用いる量によってはおそろしい幻覚剤となる。脳に異様な刺激を与え、奇妙な幻影をみ、幻聴をきき、叫び、走り回る。適量なら催淫剤としての効用もある。それを猿に与えたのではないのか。なんらかの目的で。猿はタバコの煙としてではなく、別の何かと勘ちがいして煙を喰った——。

——幻覚か。

杜丘はこの瞬間、心臓を締めつけられるような感じをおぼえた。朝雲節子が、主人のほうもこのところノイローゼ気味だったと供述したのを思いだしたのだった。

朝雲忠志のノイローゼには、はっきりした理由があった。

厚生省に入る前、朝雲はある小病院の院長代行をしていた。院長が病気で倒れ、懇請されて引き受けたのだった。癌だった。院長は学生時代の先輩であった。朝雲が院長代行になってから医師会の保険医総辞退問題が起こった。先輩は、気骨のある男だった。儲け主義の経営は病院がつぶれてもやらないとの方針をずっとつらぬいてきていた。おかげで患者からは慕われたが病院は赤字だった。その上、地区医師会から睨まれてもいた。患者が他の医師に受けた医療過誤にでも、忌憚《きたん》のない意見を述べるからであった。

とうぜん、保険医総辞退には反対したいといった。保険医療を受ける国民の権利をないがしろにするものだというのだ。朝雲も共感した。

医師会から朝雲に圧力がかかった。事実上は朝雲が経営をやっているのだから、参加せよというものだった。朝雲は蹴った。その結果は医師会会員権停止処分で報いられた。

先輩が死んで、病院は債権者の手で閉鎖された。朝雲はそのすこし前から医院を開業する予定で、準備を進めていた。

いざ資金のめどがつきかけたときに、医師会の返礼がはじまった。銀行融資の際の医師会長の保証停止があり、融資がストップした。それだけではなかった。医師を開業する地区医師会内の適正配置委員会から、開業を認めないという通達があった。

その拒否にあえば開業はできない。タバコ屋や酒屋と同じことで、何百メートル以内にというやつである。会員権停止処分がものをいいはじめたのである。ふつうは近所の医師に同意を得ればすむのが、適正配置委員会という専売公社じみた亡霊が姿をあらわした。病人にとって医師は極端に不足しているのにである。

医科大学のない県が、医師獲得のために必死になって大学設置をはかっても、医師会の圧力でつぶされるというような話は知っていた。まさかそれが個人の開業にまでおよぶとは。

事実上は開業不能であった。

開業することに焦点を合わせてやってきた朝雲は、絶望した。医師会の肚黒《はら》さにいうことばもなかった。医師会だけではなく、医師という職業集団にある人間の排他性にやりきれなさをおぼえた。これが人の病気を治す医師のやることだろうかと、うっぷんを妻の節子にぶちまけた。

方針を断たれてノイローゼ気味になり、不眠からいらいらが続くようになった。病院から勤務の誘いがかかったが、断わった。そんなときだった。厚生省医務局医事課から誘いがかかったのは。

厚生省に入るつもりなどは、まったくなかった。官給だから給料の安いことはお話にならない。とうぜん、だれも入りたがらない。医師のウバ捨て山のようなものだ。そんなところはごめんだと断わった。しかし、なぜか急に思いなおして、入った。

仕事のことは喋らない朝雲だったから、節子は夫が厚生省でどんなことをしているのか知らなかった。高給の病院を断わって入ったのだから、仕事に張りがあってのことだと思っていた。だが、そうでもなさそうなことは、そのうちなんとなく節子にはわかった。屈託がとれないのだ。子供でもあればまだしも、ノイローゼ気味になってからは性欲もとみに減退していて、その希みもなかった。自分でもノイローゼによる減退だと診断していた。冗談にまぎらわして酒井に回復薬はないかときいたが、ないといわれたという。節子は性欲もだが、夫の屈託は医院を開けば治るものと思い、そっちに重点をおいた。

「そのうちには医師会も開業を認めてくれるわよ」

節子はそういってなぐさめた。

「バカッ、詫び証文を入れて殿様に平伏するようなまねができるか！」

朝雲はそういって、ひどく怒った。

なんでもないときに、ふっといらだたしさが腹の底から湧いて出るようなことがたびたびあった。えこじなところのある夫だから、医師会に詫びを入れることはがまんがならないのだと、節子は思った。そのために、明るくなれる希みはなかった。

死ぬ半月ほど前からは、とくに考えこんでいる様子があったと、節子はいった。

そうした事情を知って、矢村警部は、発作的に自殺をはかったものと判断したのだった。

もちろん、掌にアトロピンを受けた痕跡が検出され、庭は完全な密室だったということもある。ヘリでも使わないかぎり、殺人者は入ることも脱出することもできなかったのだ。

――だが？

朝雲のノイローゼ気味はともかくとして、猿までもがというのはおかしくはないか。猿がタバコの煙を喰うわけはないから、何かとまちがえたのだ。殺人者にひそかに飲まされていたアトロピンの幻覚のせいで……そのアトロピンは朝雲にも用いられたのではなかろうか？

薬品にはぶきみなものが存在する。精神科で麻酔分析に用いるバルビツール酸誘導体と、覚醒分析に使うアンフェタミンを組み合わせて使えば、人の意志を自在に操ることができる。動機が酒井営業部長にあるとすれば、やつは薬の専門家だ。どんな薬でも使いこなせる。そこらあたりに、掌にはあったがどこにも容器のなかった謎が秘められているのではあるまいか。その謎に、それとは知らずに自分が肉迫していたから、逃亡者にならざるを得ない陥穽を――。

そこまで考えた杜丘は、あ、と、小さく息を吸いこんだ。

まだあったのだ、タバコの煙を欲しがる動物が。

――ツグミだ！

放心したような視線を、沢を挟んだ対岸の雑木林に投げた。くすんだ雑木にまじってナナカマドに似た直っ赤な真珠様の実があざやかに光っていた。

酒井義広を尾行したときだ。

酒井を尾行したのは三度だった。二度目のとき、酒井は夕刻に新宿で二十七、八の美しい女性とあった。喫茶店でおちあい、食事をした。妻ではなかった。とうぜん二人がホテルに行くものと、杜丘は思った。

肚だたしさに似たものがかすめた。酒井は五十近い赭《あか》ら顔の体力のありそうな男である。首筋の皮膚の厚さをみても強引で恥じらいなどは知らない男にみえる。製薬会社の重役部長である地位をもってすれば女をものにするのはわけがないのであろう。この美しい女と情事にふけるのを尾行しなければならないのが、杜丘には苦痛に感じられた。苦痛な分だけ、闘志となって戻る。

しかし、酒井は女とは食事だけで別れた。杜丘はためらわずに女を尾行した。女は個人タクシーで世田谷区の経堂に向かった。経堂の天祖神社の近くで降りた。杜丘は女の乗ってきたタクシーをつかまえて待たせておき、女の入った家を見届けた。

〈武《む》川《かわ》洋子〉

そう表札にはあった。

個人タクシーに戻り、女が何かを話さなかったかと、運転手に訊いた。

独自の捜査をはじめたものの、容疑といっては何も目にみえるものはなかった。感覚の網の目に何かがかかるのを待ってたんねんにきき込みをするしかない段階だった。

運転手は実直そうな男だった。

「そうですね、ツグミの話をしましたよ」

「ツグミというと?」

「小鳥のツグミですよ。だれかが空気銃《エアガン》でツグミを撃ったらしいんです。羽が傷ついて飛べないでいるツグミをあのかたが拾ったんだそうです。人情のあるかたですね」

「それだけですか」

「ええ、マッチをかしてくれといいましてね。タバコを喫っているうちに、ふっと思いだしたように〈運転手さん、ツグミがタバコの煙を食べるってのはおかしいわね……〉そういったんですよ」

「ツグミがタバコの煙を食べるのですか?」

たわいのない会話だと、杜丘は思った。

「それがね、タバコの煙が流れていくと、傷ついた羽をバタバタやって、しきりに煙をついばむんだそうですよ」

「妙なツグミだね。そのほかには何か話さなかったですか」

「いえ、話したのはそれだけです」

会話はそれだけだったと、運転手はいった。

そのツグミ――。

ツグミがやはりタバコの煙をついばもうとした。ツグミに猿――女の飼っていたのがツグミで、女と酒井は交際がある。酒井と交際のある朝雲の飼っていたのが猿。その猿がタバコの煙を……。タバコの煙を食う動物の中間に酒井がいる。しかもその酒井は製薬会社の営業部長。

――何かが、ある。

なければならんと、杜丘は思った。運転手に訊いたときには、ツグミと猿のタバコの煙になんの関心も浮かばなかった。つまらないことだと見逃していた。

だが、そうではなかったのだ。偶然に両者の飼っている動物がタバコの煙を欲しがるということは考えられない。何かの薬品のせいだ。薬品にちがいない。アトロピンは少量ならおそろしい幻覚剤となる。アトロピンが幻覚を起こして、煙を何かと誤認させたというふうにも考えられる。

だが、なんのために？　なんのためにツグミや猿に幻覚を起こさせる必要があったのか？　何かの実験か——たとえば、猿と朝雲をアトロピンで毒殺するに際して容器を消すというような。いや、容器がそうかんたんに消えはしないから、実験だとすれば幻覚でなければならない。猿とツグミに一定の量のアトロピンをやれば、タバコの煙を何かと誤認するパターーンが出るとすれば、そのパターーンを朝雲にも応用できるのではないか。

——しかし、それなら、羆はどうする？……。

杜丘は混乱しかけていた。

羆のことから、想念の中へ追及をのばしてつかんだ二つの証拠？　だったが、野生の羆がタバコの煙を欲しがるという原点に戻って、それを、どう解釈すればよいのか。羆もアトロピンを喰って幻覚をみたのだと解釈しないことには、この想定はあやふやなものになる。

こじつけることはできる。アトロピンはベラドンナという植物に含まれているが、わが国では山梨・長野にまたがる深山幽谷に自生する邦産ベラドンナと呼ばれるハシリドコロの根茎《こんけい》に多く含まれている。それが北海道の深山幽谷に自生していて、羆がそれを喰う。羆は幻覚に支配され、だれかが喫っているタバコの煙をみて、ふらふらと……。

杜丘は苦笑した。そんなに都合よく行くだろうか。

「さあ、もうすこし捜すか」

幸吉が立ち上がった。

「タバコの煙を欲しがるという羆のことですが」杜丘は歩きながらきいた。「昔からのいい伝えなんですか」

「いい伝えみたいなもんだな」老人はこともなげにいった。「羆送り《イヨマンテ》に使う羆は仔羆を育てるのじゃが、その羆がタバコの煙をしきりにつかんで喰うというのじゃ」

「なんですって、それは飼っている羆のことですか」

あっけにとられて杜丘は足をとめた。

「あたりまえじゃろ、山の羆がタバコの煙をつかみに出てくるなら、苦労はいらん」

幸吉はしっかりした足どりを踏み出した。

その日も羆の痕跡は捜せなかった。

小舎に戻った杜丘は、幸吉より先に中に入った。留守の間にだれかのやってきた痕跡はないか——出かけるときに杜丘は物の位置などをかならず確認する用心をしていた。

内部を見回した杜丘は、視線を一点に止めた。壁の側にあった幸吉の小物を入れる木箱の位置がほんのわずかだが、ずれていた。土間の空のバケツもわずかに動いていた。

——だれかが、留守中にやってきた！

杜丘が小舎にきてはじめて、物の位置がずれた——。

幸吉が入ってきた。幸吉は何もいわなかった。

杜丘は外に出た。小舎の周辺を注意深く探ってみた。何者かの痕跡を発見することは困難だった。杜丘は不安に曇った目をエゾ松の林に投げた。日没が迫って、エゾ松の森から夜の影が忍び出ていた。

危険がただよい出るようにみえた。だれかが、きた——それはまちがいない。いったいだれがこの山中の小舎を？　しかもその留守中の訪問者は、ほんのみえるかみえないほどの痕跡を残して、無言で引き上げた。

——何者かが、迫っている……。

その夜は、杜丘は熟睡はできなかった。けもののように、うとうとしながらも危険を嗅ぐ神経は醒めていた。

幸吉はだれかのきたことを悟らないのか、なにもいわなかった。杜丘もそのことはだまっていた。

3

山にあった初冬をいろどる赤いつぶらな実が落ちた。

日高颪《おろし》がエゾ松の林に吹き荒れたあとは、ブドウもコクワも野イチゴもそのいのちを終えて落ちたようだった。落ちたコクワの実を漁った狐の足跡が、小舎の前の池の側の湿地を通って、冬を避けるように一直線に遠くへ向かっていた。

謎の来訪者はそれっきりであった。あれは何かの錯覚であったのかと、杜丘はそう思いはじめていた。幸吉が何もいわないのがその原因であった。けものじみた嗅覚を持つ幸吉である。留守中に忍び寄った者があれば勘づかずにはいまい。ずれといってもほんのわずかのものだから、十日近くたって異変の起こらないところをみれば、草のそよぎにもおどろく逃亡者の過敏さだったとも思えなくはない。

だが、杜丘は用心を怠らなかった。

訪れないのは真由美もそうだった。音さたがない。状況がつかめないままに、杜丘はいらだった。

横路敬二を訪ねて山に逃げ込んでから、すでに二十日近くになる。

――山を下りるか。

それを考えない日はなかった。焦りは日一日と深まっていた。早く東京に戻らなければ、証拠は時とともに薄れてしまう。こうしているうちにも横路敬二が妻の加代と同じ運命をたどらないとはいえないのだ。

横路敬二はいち早く風をくらった。すでに殺されている可能性もないではない。消されていれば、杜丘の容疑は定着する。それは、横路夫婦が死体に痕《のこ》すぶきみな赤黒い死斑と同じだ。消す方法はない。地獄までは追っていけない。それがわかっているだけに、無為に過ごすこの生活は苦痛だった。

——もし、消されていれば……。

そうなれば方法はただ一つ。朝雲殺害の真相に迫るしかない。杜丘を陥れた罠はそのために設けられたのだから、真相をあばいて、事件の黒幕そのものに横路夫婦を雇ったことを白状させるしか方法はないことになる。

——はたして可能か？

さいわい、横路と酒井義広のつながりがわかり、酒井を中心にして猿とツグミがタバコの煙を欲しがったという奇妙な事実までわかった。そこから引き出せる結論は、いまのところはない。飼っている羆が同じようにタバコの煙を欲しがるという、記憶を呼び戻すもとになった暗示が、かえって推論をさまたげているのだ。しかし、杜丘はこの三者、猿とツグミと羆の共通性について大きな疑問を抱いていた。アトロピンを使っての幻覚実験とかそういうものではないにせよ、三者がタバコの煙を欲しがるなどというのはどう考えてみても異様だ。いかなる専門書にもそんな習性は載ってはしない。載ってはいないが事実だとすればそこになんらかの共通した謎がなければならない。

三者に共通した謎の出発点は、三者とも人に飼われている動物だということだ。そして、朝雲忠志の死の周辺にあった謎は、もっかのところは毒液のアトロピン容器が消え失せていることと、猿とツグミの煙を喰ったことだけだから、何かがそのつながりに秘められているのだと思う。その何かを推論する根拠を得るためにも、東京に戻らねばならない。

だが、脱出はできるか——それを思うと、杜丘は絶望を感じないではいられなかった。道警はたった一人の逃亡検事に三百人近い機動隊を動員したという。検察庁が威信失墜を喰いとめるために警察庁の応援を求めて大がかりな陣を布いたのだ。寸時の差で逃れはしたものの、山麓一帯の街道から駅などには厳重な警戒がしかれていることはまちがいなかった。雪がくれば山には住めない。その雪はもう間近い。おそらく警察当局はそれを狙っているのだ。

とすれば、山を下りることは危険か——。

遠波真由美から連絡のないのがそれを証明していた。連絡があるまで山に潜んでいるように真由美はいった。真由美が動けないのは、牧場が監視されているせいとも考えられた。

——真由美か。

腹筋のはげしい躍動がまだ掌に残っていた。あのとき、自分が通りかからねば真由美は金毛に喰われていただろうか？　何割かの確率でここではそうしたことが起こり得る。無残に片足を担がれて生きながら運ばれたかもしれない。真由美は大牧場主の娘だ。それでさえ、ひっそりとだれにも知られずに羆に喰われて行方が知れなくなるということはある。

大都会の雑踏の中で、ある日、街角を通りかかり、だれだかわからない正体不明の人間からふわりと、目には見えない黒い呪いのコートをかぶせられる。角を曲がるまでは自分であったものが、その角を過ぎてみるとすでに過去が消えている、戻りたくとも、もう過去には戻れない。コートが過去を消してしまったのだ。そのコートが何者の意志を持つものなのかはわからない。脱ごうと思っても、脱ぐことはできない。呪いのコートをかぶせられたあとでは、見馴れた視界さえまるで違ってみえる。カラーの世界から一転してモノクロの灰色に変わってしまった。あるいは、それ以上だといえる。角を曲がるまではあった、明日も昨日も消えて、あるのはただ今日を生きることでしかない。

今日を生きるために刹那的な逃亡をつづけなければならない運命……。

明日を失うことの、なんとあっけないことか――。

呪いのコートをかぶせたものの正体が何なのかはともかくとして、こうなってみると、もともと男には定めのある明日というのはなかったのだと、杜丘は思った。あると思っていたのはフィルムの一コマにすぎなかった。映してみると、つぎのコマは逃亡のスチールを用意していた。さらにめくれば刑務所であり、飢えであると覚悟すべきなのかもしれない。

人生は逃亡だと割り切り、その中で今日を生きる——それしかなかった。幸吉が執念深く羆を追い、羆は幸吉から逃げながらまた何かを狙っているように。

その幸吉も焦っていた。

犬のない幸吉が金毛を追い詰め、討ちとることはむずかしかった。足跡や残痕を追って迫っても、気配を悟ると金毛はあの大きな図体でコソとの音もたてずに立ち去る狡猾《こうかつ》さを持っていた。

「雪がくれば、やつは穴に入るかもしれん」

それまでに撃ちとることはむりかもしれぬと、幸吉の皺ひだが語っていた。

ある日、金毛を求めての帰途、幸吉は釣り糸を取り出し、柳の枝を折ってイワナを釣りはじめた。鹿肉とマスや鮭の燻製には幸吉もあきたのかと、杜丘はみていた。急流の岩陰にときに四十センチ級のイワナが姿をみせた。鱒ではないかと思う大きさだった。杜丘は川釣りはやったことがなかった。あんな巨《おお》きなイワナが釣れるのかと思った。釣れるなら今夜はひさしぶりにご馳走にありつける。

三十分ほどかかって幸吉が釣り上げたのは、二十センチに充たない小物だった。幸吉はその場でイワナの腹を割いた。餌のかわりに、砂がかなり出てきた。

「低気圧がくる――」

幸吉が砂を掌に乗せて空を仰いだ。雲の行き足がそういえば疾《はや》くなっていた。

「低気圧が？　なぜです」

「あらしの前はこの川のイワナが砂を呑む。流されんためじゃ。魚の重さと砂の重さを計ると、あらしの大きさを当てることができる。急いで戻ろう」

幸吉は立ち上がった。

幸吉について足を早めながら杜丘は、山に住むにはそれなりの知恵が必要なのだと、悟った。魚と砂の重量を計れば低気圧による川の流量の激しさがわかるというのは、説得力があった。

それをきいて、あの金毛を撃つことはよけい至難に思えた。金毛は幸吉より山に順応性があり、幸吉以上のことを知っている。あの怒号を放って自分に襲いかかった金毛が、接近してくる幸吉は襲おうとせず、音を殺して逃げるのを思い合わせると、にわかにぶきみさをおぼえた。幸吉も金毛も、杜丘の目には見えない必死のたたかいを繰り拡げているのだ。

それにくらべると、杜丘は自身の追跡に迫力の足りなさを感じた。

低気圧がやってきたのは夕刻になってからであった。風がエゾ松林をわめいて駆け抜け、いのちを終えた落葉をふたたび蘇らせて舞わせたあと、ドサッと叩きつけるような重い雨足が音をたてた。

朝がたになって低気圧は通りすぎた。

豪雨は暗いうちに熄《や》んだ。小舎を出てみると、池は膨れ上がって葦の繁みを半分ほど呑んでいた。その池の面《も》に残り風が冬の爪をたて、摑み上げそうな感じにみえた。

「やつだ——」

幸吉のうめくようなつぶやきがきこえた。杜丘は幸吉の立っている小舎の側に行ってみた。おそろしくでかい羆の足跡が泥土にくっきりついていた。

「またしても金毛だ！」と、幸吉がいった。「やつは雨上がりにきて、小舎を覗いた……」

足跡を指す手がかすかにふるえていた。

「またしても？」

「十日ほど前じゃった。やつはわしらの留守に小舎へ入ったことがある。臭いが残っとった。心配させてはと思い、だまっていたが……」

杜丘はあっと思った。やはり、あれは錯覚ではなかった。だが、来訪者が金毛だったとは……。

「しかし、いったい金毛はなんのために？」

「わからん、わしにもな——だから、あんたにも黙っとったのだ」

幸吉はゆっくり首を振った。

金毛は二本足で立って、小舎を覗いていた。怒号も放たず、まるい小さな褐色の目で、眠っている幸吉と杜丘を——その光景を思うと、杜丘は肌寒くなった。金毛はいったいなんのために……。

立ち去った足跡に、ただごとではない気配を杜丘は感じた。

幸吉の毛深い顔が青ざめていた。

4

「やつは、わしを狙っている」

幸吉がそういったのは、四日後の夜だった。

「狙っている？」

「そう、わしにはわかる……」幸吉の皺深い額におびえに似たものがかすめた。「やつは、わしを殺そうと決めたようじゃ……」

幸吉の額をかすめた翳りの中に、杜丘は地底の暗さにも似たおびえをみて、意外なことに思った。金毛が幸吉を襲う気になったとすれば、幸吉はふるいたたねばならないはずであった。

「あんたにはわかるまいが、この四日間で、わしは歩きながらやつの臭いを二度、身近にかいだ。そのつど、わしは臭いの中にやつが憤《おこ》ったときに発散する、脂の焦げる臭いを嗅いだのじゃ」

「ぼくは気づきませんでしたが……」

幸吉と朝から晩まで行をともにして、杜丘にはなんの気配も感じられなかった。

「わしはアイヌじゃ」そういった幸吉の目には、揺曳《れんちゅう》する暗い炎がみえた。「わし自身、アイヌだと思うたことはこれまでになかった。和人はようしてくれた。とくに真由美はわしを慕うてくれた。わしだけじゃない。わしの嫁もだ。しかし、わしはいま、アイヌの血を感じる。それがなぜかはわからん。ただわかることは、いままで追われて逃げるだけだった金毛が、急にわしを狙いはじめたことじゃ。わしにははっきりわかる。やつはひそかにわしをみつめておる。わしは、ふと、金毛がこわくなった。らちもない話じゃが、わしは殺されるかもしれん……」

「まさか――」

ふっと、ふるえを感じさせる幸吉のことばであった。

「いや――」と、幸吉は首を振った。「わしにはわかる。しかし、わしはやつに殺されるにしても、ただでは死なんつもりじゃ」

「縁起でもないことを――およばずながら、ぼくがついています」

「あんたは、役にたたん」幸吉のことばはにべもなかった。「追われる人間は草のそよぎにも気をうばわれる。追う立場でなけりゃな。わしが四、五日前はそうじゃったが……」

なぜ急に追われる立場になったのかがわからんというふうに、幸吉は首を振った。

幸吉はその日からことばがすくなくなった。金毛の探索に出ても前とはちがった心の配りがみえた。肩にかけて歩いていた村田銃を、手に持つようになった。

幸吉のその態度から杜丘は、金毛との対決が迫りつつあるのを知った。金毛は何らかの理由から追跡者を殺す決意をした。逃げることをやめたのだ。その瞬間から幸吉に恐怖が取り憑《つ》いた。アイヌの血というものもあるかもしれないが、幸吉のいうようにそれが追う立場と追われる立場によるものだとしたら――杜丘にはよくわかる気がした。たしかに、怒号もたてずにこっそり忍び寄る金毛の行動はぶきみともなんともいいようがなかった。

「動くな！」幸吉のひくい声が杜丘の足を釘づけにした。「だれか人の気配がある……」

幸吉はエゾ松の林から、小舎の方角にするどい視線を向けた。杜丘にはなんの気配も感じられない。

幸吉が、殺されるかもしれないと弱音を吐いた二日後だった。昼にいったん小舎に戻りかけて、幸吉が異変を嗅いだのだ。何かはしれない緊迫に押されながら杜丘は、これまでひとことも口には出さなかったが、幸吉が追跡者を心配してくれていたことを知った。

二人は、物音をたてないように、小舎のみえるところまで忍び寄った。池の側に向こう向きに立っている痩せた長身の男を、杜丘はみた。矢村警部――。

「警視庁の刑事です」

「わかった。あんたは隠れているんだ」

幸吉は一人で小舎に向かった。

矢村は、幸吉の姿をみてゆっくり小舎に向かった。

「警察の者だ」矢村は幸吉を一瞥《いちべつ》していった。「ここに杜丘という男がきているはずだが」

「さあ――」と、幸吉は首をかしげた。「どんな男です」

「あんたと一緒に生活している男だ」

矢村はするどい視線を幸吉に向けた。幸吉一人が生活しているのではない痕が歴然としていた。

「知り合いの猟師がときどきやってきます」

「なるほど」矢村はうなずいて、しばらく間をおいて訊いた。「羆を追っているそうだが、狩猟免許は持っているのかね」

「嫁と娘の仇を討つのに、政府から紙きれをもらう心要があるんですか」

幸吉は横を向いた。

矢村はそれには答えなかった。硬い表情の幸吉から目をそらせて、小舎を出た。

「待ちなさい」幸吉は後を追って小舎を出た。

「あんたは一人できたのかね？」

「それがどうかしたのか」

「羆がこのあたりに潜んでいる。やつに遇うたらあんたは殺される。やつは血に飢えておる」

「羆に――」矢村の痩せたほおに、冷たい笑いが浮かんだ。「用心は、しよう」

「拳銃でやつは殺せない。もっとも、あんたが殺されてもわしには関係のないことじゃが……」

羆などものの数ではないといいたげに背をみせた矢村に、幸吉は語尾を濁らせた。

矢村の姿が池の側からエゾ松の森に向かい、その森を長身が抜けるのを確認して、杜丘は小舎に戻った。

「おそろしい男だ。目が、金毛に似ていた」

幸吉が矢村の印象をいった。

杜丘は無言でうなずいた。池の側に立っていた矢村の姿が、灼《や》きついていた。とうとう、矢村がやってきた——それは警察陣が逮捕になみなみならぬ執念を秘めていることを物語っていた。それにしてもさすがは矢村だと思った。たった一人で幸吉の小舎を訪ねてきた。牧場を逃走した事情を調べて、見当をつけたのだ。矢村のするどい目は、訊問で真由美の動揺を看破《み》るのはわけはない。

矢村が小舎を見た以上、なんらかの痕跡を嗅いだことは疑えない。出発しなければ——もはや一刻の猶予もならなかった。だが、山を下りるわけにはいかない。

——日高山脈を越えるか。

幸吉はだまっていた。杜丘の焦躁の視線から顔を避けた。どうするかは自分で決めることだと突き放したものがあった。だまって、午後からの羆探索の用意をしていた。幸吉は迫った羆との対決に賭けていた。男にはそれぞれの道があると、いいたげだった。

日高山脈を越えて帯広方面に出るしかあるまいと、杜丘は外に出て山脈を仰いだ。明早朝に小舎を出る肚を決めた。はるかの山巓《さんてん》には、鷲の爪に似た黒い雲がかかっていた。

矢村に金毛——乱調子の太鼓の音を遠くにきく気がした。

矢村は谷沿いの猟師径をゆっくり下った。さすがは北海道だと思った。巨大なエゾ松の森がはてしのないようにつづいていたり、また草原がそれにとって代わったりした。地形は急峻ではなかった。なだらかなところが多かった。

――来ただけのことはあった。

草の葉をむしって口にくわえた。榛幸吉と住んでいる男は杜丘にちがいあるまい。幸吉に匿《かくま》われながら、脱出の機を狙っているのだ。

――そんなことはさせない。

明早朝、機動隊を入れて山狩りをする肚だった。小舎を中心に広範囲の包囲網を張れば逮捕できる。逮捕して、杜丘がどこまで朝雲忠志の死の謎に迫っていたのかを吐かせねばならぬ。杜丘が横路夫婦の罠におちたのは、朝雲事件の真相に迫っていたからにほかならない。そこまでは矢村にもわかっていた。しかし、そこから先は謎に包まれていた。なんどか朝雲の死を検討してみたが、いまだに他殺である根拠はつかめない。おそらく、杜丘も知らないにちがいない。知らずして真相に迫っていたのだ。だからこその陥穽であった。

矢村はきびしい視線を空に向けた。若僧検事にあった捜査眼力が自分に欠けていたとは思いたくはなかった。だが、現実に杜丘は朝雲の死に手を染めたばかりに、人を殺さざるを得なくなり、必死の逃亡をつづけている。

冬の雲をみる目が痛かった。

視線の右端で、かすかに動いたものがみえた。ブッシュの中だった。リスかな、と矢村は思った。エゾ松の枝を走るリスを何匹か見ていた。立ち止まってブッシュを透かしてみた。

陰惨に光る二つの目があった。まじろぎもしない目は、燃えている感じがした。羆だ！　体は見えないが、目の大きさや位置からみて、そいつはかなりの大物の羆だ。

じっと、矢村を見ていた。

矢村はあわてなかった。ゆっくり拳銃を抜いた。距離は七、八メートルあった。三十三口径。小口径だが急所を狙えばいかに獰猛な羆とて、突進は喰いとめられる。拳銃の腕には自信があった。

狙って引金《トリガー》を絞った瞬間に、ふっと目の位置が動いた。発射音が腕をはね上げた。

たちまち、おそろしい怒号が湧いた。ブッシュがひび割れるような唸りだった。羆の姿が視界を覆った気がした。羆は立ったまま踊るようにかぶさってきた。矢村の倍近くはあるようにみえた。

逃げながら次弾を放った。どこに当たったのかわからなかった。怒号はますます高まり、羆は目の前に迫っていた。これほど羆が早く動くとは矢村は知らなかった。かろうじて、エゾ松の幹を楯にとった。グヮン！　と羆の前肢が幹を叩きつけた。間一髪だった。目の前の幹が削られ、樹皮がちぎれ飛んだ。耳の裂けそうな唸りが顔の前でして、臭い熱い怒気が顔に浴びせられた。

全力で矢村は走った。隣の樹に走った。その幹は細かったが遠くまで走る余裕はなかった。幹を楯にして三弾目を放った。狙うひまはなかった。耳を射抜いたようだった。血の飛ぶのがみえた。

羆は怒り猛った。グヮオーッと大口を開けて怒気をはき出し、横殴りに幹ごと叩きつけてきた。ドシン！　と鈍い音がして幹がしなった瞬間、矢村は左腕の中間にするどい衝撃を受けた。そのときは爪に掻き寄せられていた。幹ごと抱え込まれたのだった。

――殺《や》られる！

恐怖が突き抜けた。拳銃は手になかった。もがいたがビクともしない。背中に爪の立つのがわかった。コートとスーツが引きむしられた。凶悪な顎が襲いかかった。かろうじて頭を避けた。空を咬んだ羆は幹に咬みついた。二、三度、バリバリと幹を咬み裂いた。その音が耳元でした。羆は幹に体重をあびせ、幹が弓なりに曲がってぶきみな音がした。

銃声が起こったのは、そのときだった。つづいて二発目の銃声がきこえた。

羆は矢村を離した。矢村はそこに崩れ落ちた。救かったと思う気持ちだけが意識のどこかにあった。羆がおそろしい早さでブッシュに走るのがみえた。小山のような巨きさであった。

走り寄ったのは杜丘だった。幸吉が、羆の消えたブッシュに走り込むのがみえた。

「だいじょうぶか」

杜丘は矢村を抱え起こして傷を調べた。

「わからんが、ともかく――」

矢村は血の気のない顔をゆがめた。

「出血がひどい」

杜丘は矢村を寝かせ、血にまみれたコートを引き裂いて左腕の付け根を縛った。腕の中間の肉がもぎ取られて、血まみれの骨が見えていた。右の背中にも爪傷はあるが、このほうはそう深くはなかった。

「おれを、救けるのか」

「救けたくはないが、しかたがあるまい」

「いっとくが、救けられても、おれは、てかげんをくわえないぜ」

矢村の顔は苦痛にゆがみ、しだいに蒼白になっていった。あぶら汗が出ていた。

「承知しているさ。――歩けるか」

「ほっといてくれ」

介添えの手をじゃけんに矢村は払った。しかし二、三歩行ってよろよろと膝を折った。

「強情はよせ」杜丘は肩を入れた。「ともかくあんたを小舎に運ぶ。麓町までは距離がありすぎるし、おれはつかまりたくないのでね。死ぬことはあるまいから、幸吉さんの手当てで辛抱してくれ」

「ああ」

矢村はかすかにうなずいた。

5

幸吉の治療は目をそむけるほど、乱暴なものだった。清水の流れに腕をつけて洗い、そのあと松明《たいまつ》の炎で傷口を焼いた。肉の焦げる臭いがした。

布を咬んで堪えていた矢村は、最後に失神した。

「羆の爪は黴菌《ばいきん》の巣だ。だが、こうやっておけば心配はない。あとは医者に手当てしてもらえばいい。明日になれば、わしが町に送っていってやる」

幸吉は外から採ってきた草の汁を絞り、ドロリとした液をなすりつけてあり合わせの布で包帯をした。

「羆は、どうしたのだ」

矢神からさめて、矢村は訊いた。

「逃げた」と、幸吉はいった。「明日、あんたを町に送ってやるが、そうしたらこのかたを逮捕させるために警官を寄越すかね」

「そいつが、おれの、職務でね」

矢村は苦痛に顔をゆがめて答えた。

「貸しをつくったとは思ってないよ」杜丘は矢村に拳銃を渡した。「こいつを返しておく」

矢村は片腕で弾倉《マガジン》を調べて、バンドにさした。

「逃げきれると、思うか」

「そうしてみせるつもりだ」

「そうは、させん」

痛みに矢村はあぶら汗を浮かべていた。

「喋らんほうがいい」幸吉がいった。「いまに薬草が効いて痛みがうすらぐ。そしたら、眠ればいい。ただ……」

「ただ、なんだ？」

矢村の問いに、幸吉は首を振っただけで、答えなかった。この男を金毛に喰わせればよかったと思う悔恨ともつかないものがあった。喰わせれば、金毛に隙ができた……。

「一つだけ、きいておく」目を閉じた矢村に、杜丘がいった。「おれが横路加代を殺したと思っているのか」

「ああ」と、矢村は目を閉じたまま答えた。ほお骨が高かった。「しかし、それらのことについては何もいうな。いまはフェアな立場ではない。いずれ、逮捕したときに訊く」

「わかった」

杜丘は口を閉じた。この男には犯罪にたいする正義感はないのだと思った。あるのは自己の信念だけだ。信念が正義に欠けていようが、その信念を通すことだけしか考えない。

追跡者――永遠に矢村は追跡者であるような気がした。青ざめた高いほお骨をみていると、その感が深かった。矢村は独身だときいていた。過去にどんな経験があったのかはしらない。善も悪もなく、ひたすらに追跡に生きる姿をみていると、この男も自分と同じ、はみ出し者のような気がした。どこかに共通するものが感じられた。その共通点を軸にして、逃亡と追跡の、実ることのない行為に傷を深めて行くのが宿命なのかもしれなかった。

翌朝、矢村は幸吉の護衛を断わった。

「やつは弾をくらって復讐に燃えておる。なにも、わしはあんたを護りたいわけではない……」

幸吉は、銃を持って出た。

杜丘は小舎の前で矢村を見送った。矢村は挨拶もしなければ、振り返りもしなかった。痩せた長身がこころもち左に傾いていた。

それから、五日間——。

用心していたが、何事も起こらなかった。警官隊はやってこない。

「あんたのことは、喋らなかったのかもしれない」

幸吉は、そういった。

喋らなかったのかもしれないが、それは好意や返礼のためでないことは杜丘にはわかっていた。そんな女々しさのある男ではない。ここに警官隊を向けても効果は薄いと悟ったのだ。森を何十人何百人の機動隊が近づけば気配でわかる。いかに隠密行動をとろうと、アイヌの幸吉がいる。幸吉のするどい勘はあざむけない。山麓一帯の警戒を厳重にしながら、傷の癒えるのを待っているのだ。雪がふれば山を下りねばならないことは包囲陣は百も承知している。無駄には動かないのだ。

その雪は数日に迫っていた。例年、雪の来るのが十月の末から十一月の初旬にかけてだという。その十月末まであと三日しかなかった。

寒気は日毎に樹々の肌を引き締めて黒ずませ、土を硬く締めていた。

「真由美さんにも方法がなさそうだ。となると、日高山脈を越えるしかてがない。雪のこないうちに、明日にでもわしが送ってやろう」

朝、小舎を出がけに幸吉が遠い山嶺を仰いでいった。

「帯広か十勝町に出れば、なんとかなるじゃろう。北海道は広いからな」

「でも、あなたは？」

「わしはまたここに戻ってくる」幸吉はさみしそうに笑った。「雪が深くなるまで、やつを捜す。やつが飢えたように人を襲うところをみると、穴ごもりするだけの脂肪が足りんのじゃ。となると、雪がきても穴には入らんかもしれん。そうなら絶好の機会だ」

「よろしくおねがいします」

麓町一帯の警戒が解けないとなれば、日高山脈を越えるしか残された道はなく、それには幸吉の案内にたよるしかないのだった。

その日、ショロカンベツ沢上流に足をのばして帰途についたのは、午後もだいぶおそかった。どこにも金毛の痕跡はなかった。なかったと思うのは杜丘の感じだった。杜丘も狩猟の経験はある。素人ではなかった。足跡があれば、足で踏みつけた草のたわみの立ち直りぐあいでおよその通過時刻を知るくらいのことはできた。たとえば雪の足跡なら、踏みつけた雪を掘ってその下の凍りぐあいで時間経過を計ることもできる。その杜丘に、金毛の痕跡は毛ほども感じられなかった。

「やつが、狙っている――」

しかし、幸吉はそういった。午後になってからだった。杜丘は信じなかった。路傍の草の葉に投げる幸吉の視線に病的なかげろいをみた。一草のそよぎに幸吉はまぼろしをみているのではあるまいかと思えた。いつのまにか幸吉の目から追跡者の果敢さが消えていた。

ショロカンベツ沢は原生林の裂け目を流れていた。ブナやハンノ木の繁みが川岸に繁り、その背後はうっそうと繁って陽射しさえ遮るエゾ松の森がつづいていた。

幸吉が立ち止まったのは、川岸に沿った獣径を辿っている途中だった。

「やつの臭いがする！」

ひくい声でつぶやいた幸吉の足が、足場を定めるようにじわっと角度を開いて土を踏みにじった。それをみて、杜丘の体を戦慄が駆け抜けた。幸吉の足は射撃体勢そのものだった。

気配はどこにもなかった。左側は灌木《かんぼく》の繁みだった。葉が落ちて、枝の交錯だけでは金毛の巨体を隠せる場所はなかった。右側は谷だ。

「動くな！」

幸吉の緊迫した声が、杜丘を釘づけにした。足が竦んだ。杜丘も金毛のあぶらの焦げるような憤怒の臭いを嗅いだように思った。体中の毛が逆立つような恐怖が走った。

「ぐわッ！」

ブッシュが裂けた。裂けた瞬間に、枝の交錯しかなかったところから、黒褐色の小山のような金毛が躍り出ていた。立ったままで押しつぶすように襲いかかった。憎悪に狂った目が亡霊じみて燃えていた。巨岩が転がるに似た圧力が杜丘をはじきとばした。声にならない悲鳴を上げた杜丘は、枯葉のように吹きとばされて谷に転げ落ちた。

その前に、銃が鳴っていた。幸吉が必殺をこめて金毛に銃を突きつけたのが見えた。銃口が金毛の胸の剛毛に喰い込んだのがみえた。銃声は肉を砕く重い音がした。音はくぐもっていた。金毛の肉塊が音を吸い取ったのだとわかった。幸吉は銃を槍がわりに使った

——そう思ったのは一瞬だった。

あるいは谷に滑り落ちながらのまぼろしだったかもしれない。灌木にすがりながら、落ちた。落ちたとき、谷川の音を裂くような悲鳴が崖の上を突っ走った。夜鷹《よたか》の声に似ていた。声はいちどだけで、ゴッ、ゴッと唸る金毛の重い声がきこえた。

異様な静寂が戻った。

全身が硬直していた。血が動かないようだった。耳まで硬直していた。なんの音もきこえなかった。流れは無言で走っていた。このまま、流れに乗って逃げ出したかった。警官隊に捕まりたいという気がした。しかし、杜丘は無残に打ちふるえる足を踏みだした。幸

吉の惨殺死体がはっきり目に映っていた。ここで逃げれば、永遠に卑怯者の烙印を自身で自身に捺さねばならなくなる。

ふるえる足は力が入らなかった。這うようにして、登れる斜面を探した。

登ってみると、幸吉の姿はなかった。銃が転がっていた。側に引き裂かれた上着と弾帯が血にまみれて落ちていた。草の葉がおびただしい血潮に染まっていた。血の筋はブッシュを抜けていた。

杜丘は銃を拾った。そのときになってにわかに血が動きはじめた。動きはじめた血流は金毛への憎しみに奔騰していた。音が耳に戻った。近くで、ひくい唸り声がした。

弾をこめて、血の筋を追った。

追うまでもなかった。ブッシュを出た斜面に、金毛が幸吉の頭をくわえていた。胴体と頭と下半身は別々になっていた。金毛の顔面は血で染まって、雫《しずく》が落ちていた。

金毛が幸吉の頭を落として立ち上がった。頭は数回コロコロと転がった。杜丘は銃をかまえて進んだ。ふしぎに、なんの恐怖感もなかった。ほとんど無心だった。無心のくせに、牙を剝いてうなる金毛の声はきこえなかった。鼻面に狙点を絞った。金毛が咆哮を放った。牙も口も血で真っ赤だった。

その赤い口に向けて、引金《トリガー》を絞った。

ドサッと音がして金毛が転がった。口と目から血が噴き出していた。盲《めしい》になった金毛はふたたび咆哮を放った。地ひびきのする重い咆哮だった。杜丘は弾を詰めかえた。金毛は咆哮を放ちながら熊掌《ゆうしょう》で地面を叩きつけ、掻きむしりながら杜丘に向かって這い寄った。ドカン、ドカンと地面が鳴った。

杜丘は眉間に弾を射ち込んだ。眉間が割れて、金毛の動きが止まった。

動きをとめた金毛の体が、はげしく波打った。口から血の塊りを吐き出して、金毛はこと切れた。

吐き出したものは、幸吉の内臓の塊りであった。内臓は生きて、動いていた。

幸吉と金毛の死体を葬ったのは、翌朝であった。葬った跡に木の枝を刺して、小舎に戻った。

出発するしかなかった。雪がくるまでに山脈を越えて脱出路を求めなければならない。幸吉がたくわえてあった燻製を皮袋に容《い》れて、出発の用意をした。幸吉からおよその地形はきいてあるので、迷いながらでも越えて越えられないことはあるまいと思った。寝袋も、村田銃も持って出ることにした。

小舎を出て、振り返った。

主を失った小舎は小さくみえた。迫りくる冬に押しつぶされそうなたよりなさがあった。

一つの追跡劇が終わって見捨てられた小道具に似ていた。幸吉が金毛を追い、やがて金毛が幸吉に迫って、逃亡者も追跡者も亡びてしまった。暗示かもしれぬという気がした。矢村は傷ついた。自分はこれから日高山脈をぶじに越えることができても、その先がどうなるかの見当はつかなかった。東京に潜入できたとしても、どこまで影の男に迫れるかとなると、目前にある遠い山巓よりもはるかなる距離が思われた。

幸吉のように、亡びてしまうのかもしれない。

――だが、ただは亡びない。

何年間も幸吉から逃げていた金毛が、ふっと立場を変えて幸吉を逆に狙いだしたあのぶきみさを、影の男に思い知らせてやる。それが、山中生活から得た唯一のものであった。金毛のあの足音さえもたてない陰惨な気配を、影の男の周辺にたてたてやる。

小舎に片手をあげて別れを告げた杜丘は、ぼうばくのかなたにある日高山脈に向かって、歩を踏みだした。先導するように、高い空にノスリが舞っていた。

ふっと、何かの音をきいた。

走って森に入った。遠い音だったが、獣らしかった。かすかに地をつたわってきた。羆か、でなければ警官隊だ。警官隊ならこのまま走って原生林にまぎれ込めばいい。

潜んで様子をみた。

池の側に姿をあらわしたのは、馬に乗った真由美だった。鞍からライフルを抜いた真由美は、馬を降りて小舎を覗いた。戻って、池の側に立った。

追随する人影のないのをたしかめて、杜丘はそっと近寄った。ジーパンの長い下半身が池の面《も》にくっきり浮いていた。

「あら、いたのね」気配に真由美は振り返り、ライフルを放りだして駆け寄った。「よかった。会えて」

杜丘は真由美を抱きとめた。女のにおいにたちくらみをおぼえた。エーテルのように、においは体のすみずみに滲んだ。

「警察の警戒が解けたわ」

真由美の声は、はずんでいた。

「解けた？」

体を離してきいた。

「ええ。昨日、警官隊は引き揚げたわ。戦術転換かもしれないけど、ともかくもう麓町一帯に警官の姿はないのよ」

「羆にやられた矢村警部がどうなったか、ご存じありませんか」

矢村の画策かもしれぬ。

「あのかたなら、医師の手当てを受けた翌日、東京に帰ったわ」

「………」

矢村が帰った——なぜだ？　矢村はいのちを救けられたことで、あの男らしくもなく、追及の手をゆるめたのか？　いや、そんな男ではない。

「警戒は解けたけど、日高本線は危ないわ。車中で網を張られたらおしまいよ。いいてがあるの」

「いろいろ、ありがとう。でも、ぼくはこれから日高山脈を越えて帯広に出るつもりだ」

「それは益のない冒険だわ」真由美は馬の手綱を取っていった。「帯広に出ても本土に渡る船便はすくないし、それよりわたしにまかせて」

「どうするのです」

「今夜、千歳にサラブレッドを運ぶのよ。そのトラックに仕掛けを造らせてあるの。検問があってもごまかせるわ。飛行機に乗ることはむずかしいから、連絡船かフェリーボートで本土に渡るのよ。千歳まで行けばあとはなんとかなるはずよ」

「しかし、あなたに……」

「迷惑をかけたのはわたしのほうだわ。娘のいのちの恩人を売った父の卑劣さは許せないけど、いまは脱出のほうが先決よ」

「ありがとう」

杜丘は頭を下げた。

「ただし、条件があるわ」

「なんです」

「わたしが、好き？」

「ええ」

「それなら、いいの」真由美は安心したような、ちょっとしたはじらいをほおに浮かべた。

「でも、幸吉さんはどうしたの？」

ようやく、杜丘の手にした村田銃や、風体に気づいたようだった。

「死にましたよ」

杜丘はひくい声で答えた。

第五章　脱出

1

約束どおりの時間に、巨大なそのトレーラーは姿をみせた。杜丘は、潜んでいた森から道路に出て合図をした。

ヘッドランプを消した運転席から、二人の男が下りてきた。一人は五十前後で、一人は杜丘と同年配の男だった。

「杜丘さんだね」

年配の男が、あたりをはばかる声で訊いた。

「そうです」

「お嬢さんの命令で、あんたを救けることになった」男は迷惑だという口調を隠さなかった。「なるべくなら、こんな役はやりたくないんだ。しかたなしだということを忘れんでくれ。そこで、トレーラーに入ってもらうが、目的地に着くまでは出ようたって出られない。それでも、いいかね」

おじ気づくのを希んでいる感じだった。

「おねがいします」

「わかった」

男は、仏頂面にみえる、人相のよくない若い男に何かいって、トレーラーに回った。屋根の高い巨大なトレーラーだった。入り口のドアの鍵を開けた。サラブレッドが入っていた。男二人は闇の中で黙々と五頭のサラブレッドを曳き出した。夜目にも締まった体だった。鼻息が白くみえた。そこまで冬は深まっていたのだと、杜丘は知った。

「さあ、この中に入るんだ」

若い男が赤いテールランプの炎の中で顎をしゃくった。唇の厚い、一見鈍重にみえる顔の持ち主で、ことばも乱暴であった。中に入ると、突き当たりの壁に板が張ってあり、その板が開いていた。

「横になるだけの広さはあるぜ」

年配の男がいった。

覚悟はできていたが、罠――というおびえがかすめて、一瞬ためらった。真由美の発案だが、その計画をこの男たちが父親に告げたとしたら……。自分から鉄格子に嵌《は》まることになる。体を半分入れて、杜丘は動きをとめた。その姿で杜丘は決断を下した。ここにいても、明日はない。明日の正体は切り開いてみねばわからない。

体を入れた。入ると、若い男がじゃけんに板を閉めた。体を横にして寝るだけの幅がかろうじてあった。真由美の指図か、ホロの畳んだのが敷いてあった。

「小便がしたくなれば寝たままやるんだな。それから、車が停まったら検問だと思って絶対に声をたてるな。千歳に着くのは朝方だ。郊外で降ろしてやる」

男は、閉めた後でいった。語尾にふっと笑った感じがあった。

馬を積み込む音がした。積み終わったのか、側を通る話し声がきこえた。

「行くか」年配の男がいった。「殺人犯を閉じこめて……」若い男の語尾はきこえなかった。そのあとで、また笑い声がきこえたと杜丘は思った。急に狭い空間を押しつぶすような不安が迫った。あの語尾の笑い声は罠だったのかもしれない。出るべきではあるまいか？　杜丘は板を押してみた。分厚い板壁は牢獄のようにびくともしなかった。体だけの幅だから、力が入らない。おい、と杜丘は叫んだ。話があるのだと呼びかけたが、そのときにはすでにエンジンがかかっていた。牽引車は離れているからきこえるわけはない。

馬が騒ぎはじめて、杜丘はだまった。待ち受けている運命を思って、目を閉じた。肺が密室の不安におびえて、大量の酸素を求めてあえいでいた。

車は滑り出した。馬の足を踏みなおす音がした。スピードが出るとその足音は消えた。風圧が逆流になって馬の焦げ臭いにおいを板壁に吹きつけた。

あがいてもはじまらない。たとえ罠であったとしても、あるいは男たちが自分を売る積りだったとしても、いまさらどうなるものでもなかった。眠ろうと思った。数時間は身動きすらかなわないのだ。

車はときどきカーブを切るだけで単調なリズムを刻んでいた。

海岸沿いに235号線に出たようだった。擦れちがうトラックの轟音が押しつぶしそうに高まっては、遠去かった。そのたびにサラブレッドの複雑な足音がひびいた。人に駿馬《しゅんめ》に育てられ、売られて行く純血種のおのれの運命を溜めた黒い瞳を思った。疾《はし》り抜いて、やがて注射で殺されるときまで、黒い瞳は希みを湛《たた》えて乾かない。人はそれがサラブレッドの血であり誇りだというが、しかし、いまの杜丘には、安住の棲み家がないから、ひたすらに走りつづけるしかないサラブレッドの哀しみの瞳のように思えた。

二時間ほど走って、車が停まった。検問のようだった。外を歩く足音がして、話し声がきこえた。内容はわからなかった。つぎつぎと車の停まる音が軋《きし》んだ。発光塗料をぬった棒を持ち、赤いランプを振る武装警官の姿が目に浮かんだ。緊張で、杜丘は闇に目を見開いていた。

ドアを開ける音がした。

しかし、何事もなく、それは閉じた。

車は動きだした。全身に冷たい汗がにじんでいた。罠であるかもしれぬ、売られるかもしれぬという万一の覚悟はあった。運命に任せたとはいえ、だが、こんなみじめな状態でつかまりたくはなかった。どうせなら、幸吉と金毛のように自分の能力をかけた対決のちに捕まりたいと思った。この状態は穴倉から引きずり出される姑息《こそく》な動物と同じだった。矢村の嘲笑する顔が明滅していた。尻尾を持って吊り下げられた狸のようには、なりたくはなかった。

密閉の恐怖がつのっていた。このまま、しだいに空間が狭まって身動きできなくなるのではあるまいかという気がした。子供の頃、穴に這い込んで遊んだときのおびえが蘇った。死ぬにしてもつかまるにしても、自由に外に出てからにしたいと、叫びたいものがあった。

車は刻々と不安の闇に向かってスピードを上げていた。

千歳に着いたのは夜明け前だった。

車が停まって、ドアの開く音がした。馬が出されて、壁が開いた。

「歩けるか」と、年配の男が訊いた。「早く出てくれ」

その声をきいて蘇生した思いだった。罠ではなかったのだ。肩を抱きかかえられて、トレーラーから降ろされた。

「ありがとう。世話になった」

杜丘は疑ったことを恥じた。

「早く行ってくれ。こんなところを発見されてはおれたちまでパクられる」

声にいたわりはなかった。

「ここはどこだか教えてくれないか」

「千歳市内の工場街だ。まっすぐ行けば街中に出る。タクシーを拾って駅に行けばいいだろう。断わっとくが、これ以上、お嬢さんには迷惑をかけんでくれ」

「ああ、わかっている」

杜丘は歩きだした。人通りはなかった。教えられた通りを行くと、メーンストリートに出た。

千歳の街には一度きたことがあって、およその方角の見当がついた。駅と思われる方角に向かった。

駅前に終夜喫茶店があった。薄靄《うすもや》の中にその暖かそうな灯りをみて、杜丘は足を吸い寄せられた。コーヒーの記憶が戻った。砂糖なしのブラックを最後に飲んだのはいつだったか、もうちょっと憶い出せなかった。

喫茶店に入ろうとして、足が止まった。この喫茶店は横路敬二宅を訪ねる前に入った店だというのを思い出した。指名手配のニュースをきいたのが、ここだった。

――あの娘はいるだろうか。

よせと、杜丘は自分にいった。ここまできて甘い感傷は危険だ。金毛のひそむ臭いを嗅ぎとってさえ殺された、幸吉の無残な最期がかすめた。踵を返しかけた杜丘は、駅の方角からやってくる二人の警官の姿をみた。ドアを押すしかなかった。

ものういジャズが流れて、その底に、宵のきらびやかさからしだいに懈怠《けたい》なものに落ちこんだ夜の滓《かす》が沈んでいた。

同じ窓辺のボックスに腰を下ろした。

なんになさいますと訊いたウエイトレスが、あら、とひくい声をだした。

「お元気――だったのね」

瞳《みは》っていった。ありがとうと、杜丘は目礼で返した。

「コーヒーをくれませんか」

「ただいま」

ウエイトレスは戻って行った。ウインドウの外を警官が通り過ぎて行くのがみえた。乳白色の朝靄が警官の足にまといはじめていた。

しばらくして、ウエイトレスがコーヒーを運んできた。

「掛けてもよろしいですか」

二十を過ぎたばかりの年頃のその娘は、杜丘の顔を覗くようにしてきいた。

「ええ、どうぞ」

そういうほかはなかった。やはり、この女は身許を知っていたのだ。

花瓶を置くような感じで、娘は座席にヒップを置いた。細い指は膝にそろえていた。

「わたしの時間は終わったんです。わたし、平井ちづると申します」

ちづるの自己紹介に会釈して、杜丘はコーヒーに視線を落とした。さほど好奇心の強い女ではなさそうな感じにほっとはしたものの、ちづるの視線は痛かった。この女はこちらの素性を見抜いている。いったい、どうしようというのか。

「旅行はいかがでした」

「ええ、まあ……」

杜丘はことばを濁した。旅行ということばに、ここを出てまたここに戻ってくるまでの間に遭遇し過去に消えてしまった出来事を思った。短いようでもあり、ぼうばくとしているようでもあった。

客はまばらで、二人に注目している視線はなかった。

「新聞であなたのこと、ずっと読んでいましたわ」

「………」

「ご心配なく。わたしはあなたの味方です」

「味方――と、おっしゃると」

「兄が無実の罪で、刑務所に入れられました」

「それは……」

どう答えてよいのか、杜丘にはわからなかった。わかったことは、平井ちづるが敵ではないということだった。

「知床の羅臼《らうす》という町にわたしと兄は住んでいたのですが、ある日、兄の恋人だった女が殺され、兄が逮捕されたのです。その女は、兄のかつての恋人でしたが、そのときは、兄を捨てて別の男と交際していました……」

細い声だった。

「お気のどくです」

「現場に兄の指紋があったのです。女の部屋です。兄は訪ねたことは認めたのですが――

状況証拠というのですか、すべて、兄には不利だったんです。でも、兄に人は殺せません。面会に行ったとき、そういって泣きました……」

　杜丘はだまってうなずいた。

「でも、もうどうにもなりません。相手は国家権力です。わたしと兄の抵抗などもののかずではないのです。わたしは農協に勤めていたのですが……」

「追われたのですか……」

「殺人犯人の妹ですからね、だれもかれもが昨日までとはちがった目でみるんです。明日をなくしたわたしは、旅に出るしかなかったのです。ですからわたし、あなたのことが気になっていたのです」

「ありがとう」

「あなたは、兄とちがってたたかう力を持っています。でも、逮捕されたら、もうどうにもならなくなるわ」

　強い光が瞳にあった。

「しかし、あなたはなぜぼくが無罪だと……」

「そんなことは、どっちでもいいの」ちづるは首を振った。「ある日を境に、急に逃げ出さねばならなくなったという境遇だけで充分だわ。気がついてみたら走り出していたっていうのかしら――だれかから不吉なバトンを受け継いで懸命に逃げている姿に、あなたのことが思えたのよ。新聞記事を読んで……」

「不吉なバトンをね……」

ぬるくなったコーヒーを、杜丘は飲んだ。

「だれがくれるのかわからない――」ちづるはちょっと首をかしげた。「たぶん、闇の支配者だわ。それをもらったら最後、ただもう死ぬまで逃げるしかないって、そんな感じがするわ」

「そうかも、しれない……」

ちづるのことばに、にわかに自身の受け取った、不吉で死のにおいのするバトンの重味を感じた。新宿の街角でだれかにふわりとかぶせられた呪いのコートは、いまも杜丘の体にしがみついていた。ちづるはそれを闇の支配者のよこす不吉なバトンだという。その闇の支配者の正体とは何者なのか。

「この近くにアパート借りてるの。あなたのお役にたつなら、使っていただいてもいいわ」

「好意は感謝します。だが、ぼくは行かなければならない。これで失礼します。お兄さんのことは、お気のどくだと思います」

さみしそうな表情を浮かべたちづるに会釈して、杜丘は立った。この娘の相談相手になってやれる力は、いまの杜丘にはなかった。

喫茶店を出て、駅に向かった。

ちづるのいった闇の支配者のことが頭にこびりついていた。ちづるはとつぜんの境遇の破壊者を闇の支配者にたとえ、兄はそれから不吉なバトンを渡されたという。平和に暮らしていた兄妹が獄舎と流浪に別れねばならなくなったのだから、無力な兄妹には、抗しがたい悪運として闇の支配者を思い描くしかなかったのだ。

ちづるのいう闇の支配者は運命であった。

街角にひそんでいて、通行人にひょいと取り憑《つ》いてしまう運命——杜丘はその運命というものの正体を、ダニに似ていると思った。犬や人に付くダニは樹々の葉裏などにひっそりと息をひそめていて、通りかかった動物の呼気に感応してとりつく。とりついたが最後、宿主の皮膚に喰い込み、貪欲に血を吸ってボールのように膨れ上がる。毒々しい運命の正体だ。ちづるの兄はその運命に、泣いて屈している。

——だがおれは屈しない。

闇の支配者が着て自分を隠しているおぞましい黒いコートを剝いで、素顔を引き出してやる。コートを剝がれた闇の支配者の肌には無数のダニがうごめいているにちがいない、醜怪な正体を、杜丘は思った。

始発に乗った。駅に警官の姿はなかった。これは予想していたことであった。警戒は幌別川を中心にした円の中にかぎられているはずだった。円外に出る道路、列車、間道さえ押えておけばよいのである。脱出したとわかればだが、そうでなければ広大な北海道の全鉄道網に警戒線を張ることはない。またそんなことは全道警の総力をあげても可能ではないのだ。

問題は本土に渡ることだった。本土に渡るには飛行便、フェリー、連絡船の三通りがあった。まず、航空便は論外だ。フェリーは釧路、苫小牧、小樽、室蘭、函館と各地から出ている。千歳から苫小牧はすぐだ。室蘭もさほど遠くはない。だが、杜丘はフェリーは避けることにした。

就航数がすくないから監視するのはたやすい。その意味で青函連絡船が最も無難に思われた。就航数が多く、乗客も多い。それに、フェリーに較べて航行距離が短い。長距離で航行中に万一連絡が入っては、逃げようがなかった。

函館に向かった。

矢村の帰京したことが、列車の進むにつれて重い意味を持ちはじめていた。

――やつは、なぜ帰京したのだ？

矢村が北海道にきた以上、東京地検の特捜班もきているにちがいない。警察と検察の面目がかかっているのだ。それを、あのていどの怪我で引き返した矢村の魂胆がわからなかった。敗退する男ではないから、何かの策謀を講じてあるのだ。その策謀とは何か――たぶん、矢村は自分が幸吉の案内で日高山脈を越えるとみたにちがいない。だからこそ、包囲の陣を解いて検問に切りかえたのだ。とうぜん、本土に渡る拠点は押えてある。そこで逮捕しようというのだ。

――脱出できるか？

できると杜丘はみた。本土と北海道をつなぐ玄関口の函館の混雑の中から、一人の犯罪者をみつけ出すことはそうたやすくはない。ここまできた以上はなんとかして本土に渡ってみせてやる。

本土に渡りさえすれば、東京潜入は問題はない。

朝雲と猿が飲んで死亡したアトロピンの容器の謎に、どう迫るかだ。

〈タバコの煙か……〉

杜丘は、つぶやいた。

2

警官の姿はあまりみられなかった。チラホラはみえても特別に警戒している気配はなかった。これならと、杜丘は思った。人の波にくっついて乗船してしまえば難なく本土に渡れる。

昼が近かった。食事をして、気分をおちつけてから、ゆっくり桟橋に向かった。

人波にまぎれていた杜丘の足が停まった。改札口に近いところに二人の男が立っていた。男の一人は乗船人数をチェックするように計器《カウンター》を動かしていた。その男の顔に見覚えがあった。

——特捜班員だ！

一目で杜丘にはわかった。かつての同僚である。もう一人は道警の刑事のようだった。

杜丘は人波を出た。なにげないふうを装って踵を返す瞬間に、特捜班員がこちらをみたように思った。背後にするどい視線を感じて、足が早くなった。背中にある感覚が二人の男の動いたのをとらえて、走れ、といらだたしそうに叫んだ。

振り向いてみた。じっさいに二人の男は動いていた。肉食獣が獲物を感知したときの動きだった。

「杜丘ッ、待て!」

するどい声が雑踏を切った。その声に追われて、杜丘は走った。男たちの追い縋《すが》る足音が心音の中で鳴っていた。切符を放り投げて駅を出た。

通行人がけげんそうに、走る杜丘をみた。〈待てッ、そいつをつかまえろ〉と追跡者の声がかかれば、通行人がいっせいに牙を剝いて立ち塞がることは目に見えていた。あぶら汗が出た。

メーンストリートから横路にそれて、杜丘は走るのをやめた。汗が冷えて体の芯に冷たかった。

パトカーの走り去る音がした。一台だけではなかった。呼応するように何台かの吠える声が遠くでした。すばやい立ち上がりであった。パトカーは吠えて威嚇しながら包囲陣を張ろうと定点に突っ走っていた。

緊急配備指令が繰り返し流されている図を、杜丘は想像した。服装、人相、背丈――それでなくとも、脱出の主要点であるここの警官は、逃亡検事の人相は手配写真で記憶済みのはずである。函館のある亀田半島のつけ根に包囲陣を張ってガッチリ押え込む――。

杜丘は足を早めた。半島に包囲される前に外側に出なければならない。山へ。山へ逃げ込めばなんとかなる——だが、一歩ごとに足は重くなっていた。どう急いだところで、警察の配置より先に出られるわけはない。タクシーにでも乗ればだが、タクシーは危険すぎる。

矢村の顔が浮かんだ。警戒を解いたわけがわかった。やはり、誘い出す水際作戦だったのだ。本土に渡る主要点に特捜班員を張り込ませて……。

街角に警官の姿が急に目立ちはじめた。

杜丘は遠くの警官をみて、足を停めた。その道路は五稜郭《ごりようかく》方面に向かうものだった。

——ここが最後か。

どうにかここまで逃げのびてはきたものの、ここで最後になるかもしれないと思うと重いものが足にずり落ちた。

裸の街路樹にもたれて、タバコをくわえた。

追い詰められたけものだと思った。かつて北海道にエゾ鹿が群れていた頃、その鹿を獲るのに大勢の人が出て徐々に鹿を半島に追い込んだ。半島に追い込まれては逃げ場がない。やむなく鹿は海に入った。海に逃れた何百、何千頭の鹿を、ひとびとは船を出して殴り殺した。同じことがいま自分に起ころうとしていた。半島の付け根を扼《やく》されては、鹿と同じ運命を辿るしかない。

前方の警官が杜丘に目をつけたようだった。杜丘はタバコを捨てて、街路を左に折れた。もうすぐ包囲網が完成する。そうなれば出ることはかなわず、ホテルから飲食店とあらゆるところに写真が貼られる。警官につかまるより先に市民に包囲されよう。

足を早めたその通りの前方にも、警官の姿が見えた。街路を右に折れ、左に曲がり、ひたすら警官の姿を避けた。もう方角はわからなかった。しだいに迷路に自分からはまっていく感じがした。最後には袋小路に行き当たる。それに向かって四方からゆっくり追ってくる警官の跫音がきこえた。何人かの警官の姿をみたが、かれらが走って追ってこようとしないのはその計画ではあるまいかという気さえした。通行人のなにげない視線まで、その計画に加担しているものに思えた。

歩いているうちにまた大通りに出た。どこかに隠れて夜を待つしかないと思うのだが、隠れる場所がどこにもなかった。

挙動不審とみたのか、街路樹につないであった犬が吠えついた。犬の飼主らしい中年の女が出て来て、胡乱《うろん》な目で杜丘をみた。杜丘は顔を伏せた。その女はじっと杜丘を見ていた。しばらく行って振り返ると、何かを思いついたふうなあわてた動作で女が家に駆け込むのがみえた。あやうく杜丘は走りかけた。女は手配写真を思い出したにちがいなかった。しかし、走ってはあぶない。走れば、わっと通行人が後を追ってくるように思えた。

どこかの路地に入って、危険だが、ビルの屋上にでもひそむほかはないと思った。

「きみ――」

車が、側にやってきて停まった気配がした。チラとみただけだった。運転者にそう声をかけられて杜丘の体が凍った。よくたしかめたわけではないが、覆面パトカーだと思った。きこえなかったふりをして、大股で踏みだした。

「杜丘君――」

足が停まった。小刻みにふるえた。

「わしだよ」

杜丘はゆっくり首を回した。

「あなたは……」

「そう、日高牧場の遠波だ。乗りたまえ」

遠波は車を寄せてきた。

「しかし……」

「バックミラーに警官が映っている。早く乗りたまえ」

杜丘は一瞬のためらいののち、車のドアを開けて体を滑り込ませた。この車が罠であっても、乗ってみるほかに方法がなかった。さっきの中年女が通告したとすれば、まもなくこの辺りは蟻《あり》の這い出る隙間もなくなる。

「ラジオで聴いたよ。道警は函館を一歩も出さんと張りきっている。市民から無線タクシー、すべてに協力を呼びかけてな」

遠波はがっしりした赭《あか》ら顔を杜丘に向けた。

「わたしを、どうするつもりです」

杜丘は走る窓外に視線を投げた。もう脱出は不能かと思ったあの街角は、はるか後方に消え去っていた。

「救けてあげよう」

「救ける？……」

「そうだ。信じていい」遠波はふっとほおに苦笑めいたものを浮かべた。「わたしは、娘の真由美が君を脱出させたのも知っている」

「そうでしたか……」

「じつのところ、わたしは君が函館にくればこうなることは知っていた」

「……」

「わたしは公安委員をしているのだ」

「公安委員！」

杜丘は遠波の横顔をみた。遠波はくびれた顎をぐいと引いていた。大牧場主の貫禄のようなものがくびれた顎にあった。

「わたしは、君が逃亡検事だと知ったとき、秘書が密告するのを黙ってみていた。知事選のことと公安委員のことが頭にあったのだ。娘はそれをなじった。いのちの恩人を売る男は父でも許さんといってな。君が北海道を脱出したら、娘は東京に働きに出る覚悟だ。わたしにはものをいわん」

「お嬢さんには迷惑をかけています」

「いや――」遠波は太い声でいった。「わたしはまちがっていたと気づいた。娘のことだけではない。君は矢村警部を救け、幸吉が殺された仇を討ってくれた。婦女暴行から殺人を犯した男にできることではない。そう気づいたとき、わたしは肚を決めた。函館にやってきたのはそのためだ。なんとか救出したかった。道警の指令が出てから、わたしは車を突っ走らせて君を捜し回った。遇《あ》えたのは幸運だった」

「しかし……」車を降りるべきだと、杜丘は思った。「あなたがた父娘を逃亡援助で罪に問わせるわけにはいきません。降りて、自力で脱出します」

「そいつはむりだ」遠波は前方をみつめて、ゆっくり首を振った。「道警を見くびらんほうがいい。かれらは全力をこの半島に注ぎ込んでくる。まあ、わたしにこの場は任すがよい」

「どうなさるのです」

「君をトランクに入れて空港に行く。検問があるが、わたしの車ならトランクまで開けて調べはすまい。しかし、絶対だというわけではない。やってみるか否かは、君の決めることだ。それ以外には脱出の方法はない」

遠波は車を路地に入れた。倉庫街で人通りはなかった。値踏みする目で遠波は杜丘をみた。

罠だとは思わなかった。罠ではないが、杜丘はとまどった。もし、トランクを開けられることになれば、そこで逃亡生活は終わる。トレーラーの中での密閉恐怖がよみがえった。芋虫のようにつまみ出されることになる——。

「どうだね」遠波はうながした。「脱出して、君にはすることがあると、わたしはみたが」

「わかりました」杜丘は肚を決めた。受けざるを得ない状況であった。希みがあれば、一歩でも近寄ってみるしかない。「でも、非常線突破だけでけっこうです。飛行機は危険ですから」

飛行中に発覚すれば、密室と同じだ。

「君を本土に送ろうというのではない」遠波は笑った。「空港にはわたしの自家用機がパークしてある。それで、君をいったん牧場に連れて帰る」

「自家用機をお持ちですか」

北海道第二の広大な牧場を、杜丘はあらためて思った。

「持っておる。それで君を本土に送ることはわけはないが、そんなことをやれば知事選に出られなくなる。知事になりたいわけではないが、実際上はもう選挙は中盤なのだ。わたしの一存で止めることはできない状態になっておる。だから、君を牧場に連れ帰るのだ。そこで、君はわたしの飛行機を盗めばよい」

「飛行機を盗む?」

遠波のことばが理解しかねた。

「そう。君は自力でこの非常線を脱出して、またわたしの牧場までやってくるわけだ。そこで飛行機を盗んで逃げるという筋書きだ——そうでもしないことには、北海道は脱出できん」

「しかし……」杜丘は呆れて遠波をみた。「わたしは飛行機の操縦などはやったことがない」

「問題はそこだ」遠波の口調にふっと厳しさが出た。「操縦はわたしが牧場で教える。教えはしても大空のことだ、危険は覚悟しなければならん。一つまちがえば粉々になる。だが、自家用機でも使わんかぎり北海道脱出はむずかしい。いのちを賭けてみる価値があるかは、君の問題だ。わたしは君の逃亡の執念に打たれた。人喰羆と対決したことにだ。そうしてまで君は、娘のことばによれば、犯罪の証拠を追跡しようとしている。わたしのいいたいのはそこだ」

「でも、飛行機を盗んだとなれば、自衛隊の緊急発進《スクランブル》がかかりませんか」

「無届飛行なら、千歳基地からただちに戦闘機《ジェット》によるスクランブルがかかる。あっというまだ。だが、君が飛び立つ前の日に、わたしが仙台までの飛行許可《フライトプラン》を申請しておく。わたしは、なんらかの都合で、飛行機の盗難を二、三時間後に知ることになる」

遠波は渋みのある声で笑った。高い笑いだった。

「感謝します。でも、そうなれば飛行機の損壊はまぬかれません」

「そんなものはたかがしれている。わたしが気になるのは君の生死だ」

「たとえ死んでも、あなたは恨みませんよ」

「あたりまえだ。わたしは化け物は好きではない」

遠波は車を下りて、トランクを開けた。

「賭けてみるかね」

「ええ」

杜丘はうなずいて、トランクに入った。

遠波は無造作に鍵をかけて、運転席に戻った。

車が出て行った後の路地に、仔猫を抱いた少女が立っていた。少女は男がトランクに閉じ込められたのをみて、抱いた仔猫に力を入れた。

3

検問があったのは、じきだった。

車が停まって、何人かの足音がきこえた。いったい何事だと訊く遠波の太い声が聴こえた。警官のぶっきらぼうなものいいに、遠波が身分を説明する声がきこえた。その間に別の足音が近づいて、平手でトランクを叩く高い音がひびいた。

「鍵《キー》——」と足音の主が怒鳴った。

杜丘は体をちぢめて、息を殺した。呼吸が停まるかと思われた。つぎつぎと検問にあう車の軋る音がきこえる。

「オーケーだ。この車はいい」別の男の声がして、車は走りだした。

函館空港は市街地の外れにあった。函館の中心からものの三十分とかからない。川を渡るらしい音が車体にひびいて、それが過ぎてからすこしで、車は停まった。運転席のドアの開く音がした。

「成功だ」

トランクが開いて、遠波の顔が笑った。杜丘はすばやく這い出した。

「あとは空港だが、ここまでくれば問題はない。本土へ飛ぶ飛行機以外は警戒していないし、またわざと警戒の死角に機を停めてある。わたしと荷物を運んで行ってそのまま君は乗り込めばよい」

「お願いします」

杜丘は助手席に移った。


少女は、仔猫を抱いて家に戻った。

「男の人が車に閉じ込められたのよ」

少女は母親に訴えた。

「あぶないわねえ。だから、遠くへ行っちゃだめなのよ」

母親はそう注意して、しばらくたってからテレビニュースを思いだした。娘を捜してくわしい様子をきいたときには、すでに二時間ばかり時間がたっていた。車の色がグリーンだったことを、娘はおぼえていた。

道警で調べた結果、非常線を越した車でトランクを調べなかったのは、公安委員の遠波の車だけだとわかった。空港にはグリーンのレンタカーがパークしてあった。遠波の小型機の飛行申請《フライトプラン》は函館空港と日高牧場になっていた。

緊急指令が日高牧場のある地元警察に発せられた。


機は順調に浮かんでいた。

函館のある亀田半島を横断して海に出た。右手に本土が接近して、折からの夕暮れに薄鼠色に見えた。一跨《ひとまた》ぎの距離にある。

太平洋は凪《な》いでいるのか、高度二千五百フィートから見る海は畳を敷いたように動かなかった。本土と北海道を結ぶフェリーボートが豆粒のように見える。

——たったこれだけの距離が……。

その感じが強かった。人間の小ささが思われた。いまさきまで、函館の街の一区画から脱出することにすら絶望を感じていたのが、嘘のようだった。

「自動車の運転はできるだろうね」

タバコをくわえて気らくそうに操縦桿を握った遠波が、訊いた。

「そいつはよかった。軽飛行機《セスナ》は自動車運転よりはるかにかんたんでね、基本的なことを頭に入れておけば問題はない。いまからそいつを教えておこう。まず、このフロントガラスをみるんだ」

「ええ、できます」

扇形のフロントガラスのほぼ中心線に陸地の水平線が見えていた。

「水平飛行の時には中心線と水平線を合わせて飛べばよい。機首が下がれば操縦桿を手前に引き、上がれば前に倒す」

遠波は実際にやってみせた。

「飛行機はエンジントルクでつねに左右どちらかに引かれるが、このセスナ一七七カージナルは左に引かれるくせがある。操縦桿は右に回せば右、左なら左に機は向くから、修正はかんたんだ。このラダーペダルを軽く踏んでもよい」

自動車と同じペダルが二つあって、その片方を軽く踏むと垂直尾翼にある舵取り《ラダー》が動くようになっていた。

たしかにかんたんに思えた。旋回するには操縦桿を回すだけでよい。主翼についているエルロンは操縦桿と連動するようになっていた。

「操縦桿を握ってみないかね」

遠波にうながされて、杜丘は操縦席に移った。いわれたとおりにやってみる。機は上下左右にはげしく動いた。ゆっくり動かすのだといわれた。車の急ハンドルや急ブレーキと同じことが、すぐにのみ込めた。軽く扱うと機は青畳に似た太平洋上を蝶のようにかろやかに滑った。

「その要領だ」遠波はくつろいだ声でいった。「離着陸はともかくとして、飛ぶのはその要領で機を水平に百五十マイルほどのスピードを保って飛べばよい。あとは飛んで行く方角だが、ラジオビーコンを使う計器飛行はむりだから、有視界で行けばよい。あっちだ」

遠波は、本土を指した。「青森にとりついてだ、山は気流が悪いから、海岸線を飛べばよい。高度を千フィートほどに落として景色を観ながら飛んでいけば、問題はないさ」

問題はないといわれても、杜丘はひどく心細い気がした。遠波がいるから大空に豆粒のように浮かんでいられるが、これが一人だとしたら……。

「あれが襟裳岬で、こっちが日高山脈だ。牧場はあそこ」遠波は指でさした。「高度を下げて牧場に向かってくれんか」

「わかりました」

操縦桿を前方に倒した。機首が下がってぐんぐんのめりこむように海原に迫った。G（重力）がかかって、体が座席に貼りついた感じがした。

「千五百フィートだ、そのくらいでいい」

操縦桿を引いて機首を水平にたてなおした。豆粒ほどだったフェリーボートが視界にくっきり入った。波の動きがみえる。

「問題は離着陸だが、離陸はわけはない。フルスロットルにすれば機は滑走をはじめ、スピードが六十五マイルくらいになると機首が浮く。そのときに操縦桿を引いてやれば、かってに離陸《テイクオフ》するんだ。そのまま、千五百フィートまで上昇すればいい。あとは機を水平に戻して巡航速度にスロットルを引くだけだ。むずかしいのは着陸だが、これからわたしの動きをみているがいい」遠波は操縦を替わった。「なに、二、三度も練習すればわけはない。要はおびえないことだ。その点、君なら心配あるまい」

遠波のことばは無造作だった。

機首は薄暮の迫った広大な牧場の一端をとらえて接近していた。旋回して、短い滑走路目掛けて降下をはじめた。遠波は、スロットルをいっぱいに絞った。機の轟音が低くなってスピードが落ち、それでもおそろしい速さで滑走路に向かった。スピード計は九十キロ近くを指していた。杜丘が体を硬くした瞬間、ゴンと着地した軽い衝撃が伝わった。

「スロットルを絞って降りてくる。素人なら、もうぶつかったと思ったぐらいのときに操縦桿を引いてやれば、機は水平を保って着地する。操縦桿を引くのが早すぎなければそれでい。ほら、この調子だ」

遠波は滑走路の端で機をターンさせていった。

「だいたいの要領はわかったはずだ。明早朝から練習をはじめれば、午後には本土に向かって飛び立てるようになる」

「遠波さん」杜丘は機を降りていった。「わたしを脱出させて、後悔しませんか」

「後悔するくらいなら、函館までは行きはせん。わたしは、いざとなれば、かなりがんこな男でな」

褐色のひだにたそがれが溜まって、それが一代で大牧場を造りあげた気骨にみえた。

「悪くすれば責任はまぬかれませんよ」

「そのときの覚悟も、じつはないではない」

迎えの車のヘッドライトを見ながら、遠波は声調《トーン》を落とした。「知事選はあきらめよう。考えてみれば、真由美には母がない。あれを生んですぐ死んだのだ。その一人娘が羆に喰われたかもしれなかった。わたしが、君の脱出に力を貸さんという法はない」

「しかし……」

「君は脱出がこわいのか」

「そうではありません」

「なら、しかしもへちまもない。脱出して、君を陥れた犯人を捜すのだ。それが真由美のためでもあるし、それにだ、わしはただの犯罪者を逃がそうとしているのではないぞ」

押しつぶすような、太い声だった。

迎えの車が停まった。

急報があったのは、食卓についてしばらくたってからだった。

「いかん！」電話に出た遠波がガチャリと受話器を置いていった。「警官隊が出発したという連絡だ。要所はすでに塞いであるそうだ。じきに、本隊がここへなだれ込んでくる——」

「どうしてなの？　お父様」

真由美が席を立った。

「わたしにもわからんが、なんかで、杜丘君を救いだしたことがばれたのだ」

「どうすればいいの？」

真由美の声はおびえにふるえていた。

「ご迷惑はかけません」杜丘は立った。「ここから出て行きます」

「むだだ、そいつは」遠波は手で制した。「道路はすべて封鎖されとる」

「なんとか突破しますよ」

「そんなことできやしないわ。運よく逃げられても、この冬山に入って何日もつと思って。おねがい、お父様、すぐに飛行機で本土へ運んであげて！」

「それは、ぼくのほうでお断わりします」杜丘は断固といった。「これ以上の迷惑をかけることはできません。ともかく、出て行きます」

杜丘は踵を返した。

「待ちたまえ」遠波は強い声でいった。「警察が知った以上、わたしが操縦して脱出させることは公安委員の立場上、できん。だが、単独でなら、やってやれんことはない」

「単独で！　そんなの無茶よ」真由美が叫んだ。「離着陸の練習もしてないじゃないの。それに、夜よ！」

「月がある——」と、遠波はいった。「着陸ではなく、着水をやるのだ。危険に変わりはないが、度胸を据えてかかれば、まともな男なら、やってやれないことはない。離陸はさっきもいったようにかんたんだ。月があるから有視界飛行で海岸線沿いに低空で飛べばいい。海は光っておる」

「できると、思いますか」

杜丘は、まっすぐに遠波をみつめた。

「不可能よ、そんなこと。死ぬために飛び立つのと同じよ！」

真由美の顔は青ざめていた。

「もう、時間がない」遠波は静かな声でいった。「どちらにするか、決めなさい。飛び立てば死ぬ危険は半分以上はあるものとみなければならない。だが、うまく行けば本土に渡れる。でなければ君はまちがいなく逮捕される」

「自衛隊のスクランブルはどうなります」

「そいつは、わたしがいまから仙台までのフライトプランを申請する。君は、わたしを脅迫してフライトプランを申請させたことにするのだ」

「そこまでおっしゃっていただけるのでしたら」

杜丘は覚悟を決めた。決断を下すべきときだった。ここで逮捕されたのでは明日は期待できない。どうせ期待できない明日なら、今日を生きるべきだと思った。未知の暗黒の空に単身で翔け昇るのは正直いってこわい。夜空のはてにいのちを落とす惧《おそ》れは強いのだ。

だが、それもやむを得まい。

「飛行機をお借りします」

「いやよ、いやよ！　そんなこと！」

真由美が叫んだ。

「なにも死ぬと決まったわけではない」遠波は大股に踏みだしながらいった。「時間がない。歩きながら説明しよう」

決断力にとんだ声だった。

4

「いいかね」遠波の声はかすれていた。「細心の注意は必要だが、おびえてはいかん。こわければ、機を降りたまえ」

「ご心配なく」杜丘は笑ってみせた。こわくないということはない。フロントガラス越しにみる夜空は、星だけが張りついてはてしがなかった。月明りに黒く沈む日高山系さえ、涯のない夜空の下では小さくみえた。「航続距離はどのくらいです」

「素人の操縦でも東京までは飛べる。だが、フライトプランは仙台までだ。それ以遠に飛ぶと、スクランブルがかかる。——おびえないこと、それに、着水時に車輪が出ていては危険だから、飛びたてばかならず収納ボタンを押すことを忘れるな」

「生きていられたら、いずれ飛行機は弁償します」

「心配するな。サラブレッドを三頭も売れば、機は買える。保険もある」

遠波は笑ってみせた。緊張をほぐすことが必要であった。

「十一月九日に真由美は上京する。わたしのかわりにサラブレッドを納入するためだ。十五日まで麴町《こうじまち》のKホテルに滞在する予定だ。訪ねてやってくれ。たぶん、そのときには夜空の冒険談をきかせられるだろう」

「では出発します」

——明日を生きるために。

杜丘は闇に拡がる草原をみつめた。

「やめて！　おねがいだから！」

耐えかねて、真由美が泣いた。

「やめんか、縁起でもない」遠波は真由美の肩を抱いた。「男には、死に向かって飛ぶことも必要なときがあるのだ。とくに、いまの杜丘君にはな。夜空も征服できん男に明日はない。では行きたまえ」

キーを入れて、エンジンを始動した。滑走路は月光に濡れて灰色に沈んでいた。

遠波と真由美が見守っていた。ドア越しに片手を振って、父親と娘にこたえ、杜丘は前方に視線を据えた。前照灯を点灯した。光芒《こうぼう》が滑走路を浮かび上がらせた。ブレーキを踏んでいる足が小刻みにふるえる。

「離陸《テイクオフ》——」

と、声にだしていった。声はふるえていた。

スロットルを全開にした。一瞬、闇に轟音が湧き上がった。死界に向かう鳥の叫びにきこえた。耳を聾《ろう》するエンジン音の中を、セスナ一七七カージナルは、ゆっくり滑りだした。窓外を見る余裕は、なかった。やがて、滑走路が後に走った。もう父娘のことは脳裡になかった。スピードが急になった。巨鳥は唸っていた。草原が波打って流れ去り、機はおそろしく濃い闇に突進した。操縦桿を握る手がふるえ、顔面の神経が筋張っていた。

クイ、と機首が揚力に浮いた。それは飛行機というよりは動物的な感覚だった。

操縦桿を引いた。ふわりと地を離れた感じが伝わった。その瞬間、引きずり込むような恐怖がつらぬいた。機は星空めがけて斜めに駆け昇っていた。何も見えなかった。天は晦冥《かいめい》だった。空も地もすべて漆黒の闇だった。化鳥は翼をうちふるわせて空に昇っていた。もう地上には戻れないのだと思う絞るような不安があった。

必死に高度計をみつめた。計器は急上昇を示していた。そのまま空を突き抜けてしまうのではあるまいかと思った。針が千五百フィートまで上がったのをみた。それだけしかみえなかった。杜丘は操縦桿を押した。

機は水平に戻ったかにみえた。しかし、戻しすぎて機首が突っ込んでのめりこみそうにかしいだ。あわてて引くと機首がこんどは上がりすぎ、安定を失ってグラグラした。それに翼が左右に揺れはじめた。

——だめだ！

風に翻弄される蝶のように機は揺れた。空は闇で、水平の目標がなかった。血走った目で水平儀をみた。ひどく傾いて揺れていた。

地上で、父娘は見守っていた。

「ブレが、ひどい」遠波が、いった。「安定を欠いている……」

真由美は無言で父に縋っていた。

ライトの揺れが、救けを求める悲鳴に思えた。

「いかん！　混乱している——」

遠波は、精悍な杜丘の顔が出発寸前にゆがんでいたのを思い浮かべた。練習もしたことのないものを夜空に飛び立たせたのは——という悔《く》いがあった。セスナ一七七カージナルは操縦しやすい。五分の可能性はある。杜丘が沈着なら可能性は八分になる。あの男ならやれるとみたのだが……。

スロットルを絞れ！　と、遠波は夜空に叫んだ。水平飛行に移ってなお、エンジン全開のままだ。あの轟音が長くつづけばエンジンは過熱して、壊れる。スロットルを絞って腕から力をぬけば機はひとりでに性能を取り戻すのだ。腕力が機を悪魔に踊らされる黒鳥のようにゆらゆらさせていた。

「落ちたら、お父様の責任よ……」

真由美の声は、声帯を傷つけていた。

機は揺れながら、レーダーを失ったコウモリのように、日高牧場の上空を右に左に、狂い回っていた。

だめか——と、遠波はつぶやいた。混乱に引きこまれて自分を見失った杜丘の、絶望に狂いかけた顔がみえた。やがて、ほんとうに狂う。そうなれば、機は一直線に破滅にのめり込む。

「無線誘導をするしかない！」

遠波は真由美を車に乗せ、フルスピードで家に向かった。レーダー基地《サイト》に連絡して、無線で応援をたのむしかなかった。そのために、機の無線は受信状態にセットしてある。

ふいに轟音が低くなった。遠波は車を停めた。機は体勢をたて直していた。

「やった！」

思わず叫んだ。千歳方面に向かってあぶなっかしく揺れていた機は、大きく旋回をはじめていた。機体が傾き、それが水平を取り戻すのが音と翼端の灯でわかった。

あっというまに頭上にやってきて、唸りをたてて翔《か》け去った。去った方角は海岸線だった。

「襟裳岬に向かっている！　やつは襟裳から真一文字に下北半島に向かう気だ！　方角をまちがえるな！」

遠波は、爆音の消えた夜空に向かって叫んだ。ひさしぶりに熱いものを感じた。うまく下北半島を発見してくれと祈った。夜の太平洋に迷い出ては、計器飛行のできない杜丘は方角がつかめなくなる。そうなったら最後だ。海の藻屑となるほかはない。下北半島を発見しても、恐山《おそれざん》にぶつからずに海岸線を南下することを、ひたすらに祈った。

真由美は放心したように、夜空をみつめていた。空にはもうなんの音もしなかった。

静寂――。

「心配するな、やつはかならず、東京潜入をやってのける。そして、いつかは……」

父と娘は、長い間、空をみつめていた。

5

警視庁に連絡の入ったのは、夜の九時前であった。連絡を受けて矢村警部は登庁した。伊藤検事正は先にきていた。

「セスナを盗んで逃げたって、ヤツには操縦技術があるのかね」

「それが、まるでないらしいのだ」

伊藤が答えた。

「なんてやつだ！」矢村は吐き出すようにいった。

「夜中に飛んで、自殺する気か」

「そいつが、妙なんだ」伊藤は青ざめていた。声に力がない。「やつは北海道からたしかに下北半島には到着した。三沢のレーダーサイトが確認したのだが、それから、どういうのかレーダーから消えたのだ……」

特捜班員が函館で杜丘を発見し、道警の完全包囲がなってから、伊藤は地検に詰めっきりでいた。こんどこそと、期待をかけていた。それがまた包囲突破だった。しかも夜空を翔けて東京に向かっている。このまま潜入されては伊藤の立つ瀬はなかった。これが一介のサラリーマンならまだ労組の支援なども期待できる。だが、国家公務員の要職にある伊藤としては、責任をとらねばならない。

「どこかに、落ちたのかもしれない……」

いっそ、そうであってほしかった。

「いや——」と、矢村は首を振った。「そこまできたのなら、やつのことだ、油断はならん。自衛隊に探索は要請したのだろうね」

「三沢基地からジェットが出て着陸指示の誘導をしたが、したがわずに低空に降りたので仙台にバトンタッチしたそうだ。そこから先は、いまのところ、発見されていない……」

「東京だ！」矢村はうめくようにいった。「やつはフライトプランを無視してこっちに向かっているのだ。各地のレーダーサイトに厳戒を依頼してくれ」

「依頼はしてあるが……」伊藤は首をかしげた。

「わからんのは、杜丘君はもし東京に向かっているのだとして、いったい、どこに降りる気だ」

「パラシュートは持ってないのかね」

「民間機にはないそうだ。セスナ一七七カージナルとかいう機種だそうで、航続距離は東京まではあるらしい」

「どっかのローカル空港に——」

いいかけて、矢村はことばを呑んだ。杜丘がそんなバカなまねをするわけはない。日本中、どこに向かおうとかならずレーダーサイトにとらえられる。緊急着陸を要請すれば、空港で待っているのは警官隊だ。

「海だ！　やつは東京近辺の海に着水する気だ。レーダーから消えたのは海面近くまで降りてレーダーをくぐったからだ」

「まさか、海へ不時着など……」

そんなことはできまいと、伊藤は思った。

「いや、わからん」

矢村は電話をとって、海上自衛隊を呼び出した。

自分を襲い、幸吉を殺した羆に肉迫して射殺したという噂を、矢村は思いだしていた。遠波真由美を羆から救け、川を泳いで逃げて死にかけていたともいう。検事なんかにしておくには惜しい男だったと、矢村は思いはじめていた。道警の必死の追及をなんとか躱《かわ》しきって、ついに無謀にも夜空に無経験で飛び立った。何が杜丘をそこまで駆りたてているのか？　たんに無実を晴らすためだけではあるまい。たとえ無実は晴れても、殺人の罪は消えはしないのだ。やつは男の意地にかたまっている。

──だが、来れば、容赦はしない。

矢村はほおをゆがめた。なにがなんでも、空から引きずり下ろしてやる。

電話が出た。

「やはり、海だ！」

電話を切って、矢村はいった。

「なぜ、そうとわかる？」

「やつの乗っている機種だ。セスナ一七七カージナルという機種は、車輪が引っ込むそうだ。高級機だ。車輪が出たままで海に降りることはできん。足が激突して機は引っくり返り、首の骨を折るのがおちだそうだ、だが、カージナルなら、波が静かで、沈着にやればなんとかなるという。やつめ、あいつだ。あの遠波とかいう牧場主の入れ知恵だ。杜丘は一か八かのいのちを賭けた大博打を打つ気だ」

「まさか、杜丘君にそんな……」

「いや、あんたは、やつを知らんのだ」

矢村は静かに首を振った。

「じゃあ、どうすればいい」

「厚木の海上自衛隊から哨戒機が出てくれる。だが、悪いことに、太平洋岸の海は今夜は穏かだそうだ。月明もある。やつは意表をついて、もうどっかに着水しちまったかもしれん」

「…………」

「沿岸各県の警察に、緊急指令を出してもらわねばならん」

矢村は電話をとった。痩せたほおにくぼんだ目が、燃えていた。

6

襟裳岬の灯台を左に見て、暗闇の太平洋を下北半島に向かった頃は、杜丘はおちつきを取り戻していた。おちついたというよりは、どうにでもなれという、自棄気味の度胸ができたというほうがあたっていた。茫々《ぼうぼう》たる闇がただはてしもなく、それを切り裂いて行く爆音がひどくわびしくきこえた。

闇のどこに本土があるのかわからなかった。飛びつづけたあげくに陸地を発見することができず、太平洋に消えるかもしれぬ不安が濃かった。計器はいっぱいあるが、杜丘にわかるのはスピード計と高度計、それに水平儀の三つしかない。文字通りのあてずっぽう飛行だった。

はるか下方の洋上に船舶灯がみえたが、すぐに通り越した。追い越して独り行かねばならぬさみしさがあった。

方角はわからないが、機は順調に飛んでいた。スピード計は巡航速度の百五十マイルを指していた。機首の先には星が光っていた。もう機体のブレはなかった。

「飛行中ノセスナ一七七カージナル、応答セヨ」

一一八・五メガサイクル・小型機専用周波数の無線が入ってきたのは、飛び立ってから三十分近くたった頃だった。

「コチラ三沢管制塔《タワー》。セスナ一七七カージナル、応答セヨ」

杜丘は黙っていた。無線は、各タワーの状勢を受信できるように、あらかじめ遠波がセットしてあった。

「コチラ三沢タワー。セスナ一七七カージナル、コースヲ指示スル、応答セヨ」

杜丘は答えなかった。三沢タワーの識別範囲に入ったという安心感があった。

ふいに、機首の前方に黒影が立ち塞がった。

「セスナ一七七、左ニ回避セヨ。恐山ダ！」

無線がわめき、杜丘は急旋回した。機は轟音をたてて山ひだを擦過した。冷や汗が出て、瞬間に引いていた。

そのままのコースで海に出た。海は銀色のにぶい板にみえた。渚線がみえる。渚に沿って機体をたてなおした。

いうにいえない安堵が湧いた。太平洋に迷い込むことなく、本土の海岸線に辿り着いたのだ。このまま海岸線を見失いさえしなければよい。すこし高度を下げた。漁船のらしい灯が幾つか渚にみえた。

三沢タワーはさかんに呼びかけていた。道警の連絡で事情はわかっているのだ。太平洋岸各レーダーサイトはセスナ一七七カージナルに焦点を合わせているにちがいない。三沢から仙台の松島、そして水戸の百里基地へとレーダーはセスナを捕捉しつづける。このレーダー網の奥に杜丘は、矢村の顔を思い浮かべた。警視庁にも連絡は行っている。この夜間飛行に矢村はどんな応対に出るか。その表情は苦りきっているにちがいなかった。フライトプランは仙台までだが、杜丘は仙台に降りるつもりはなかった。警官隊の網の中に降りるようなものだ。もっとも、警戒陣は空港に降りるものと思っているにちがいない。着陸する技術も持たないで飛び立ったとは、まさか思うまい。その裏をかいて海に不時着できれば、逃げきれる。

――だが、はたして着水できるか。

本土に辿り着いたいまは、不安はそこに集中して渦巻いていた。たしかに遠波のいうようにセスナ一七七カージナルは操縦しやすかった。離陸もほとんど機がかってにやってのけた。だれにでも操縦できる。これが昼間で完ぺきな有視界飛行なら愉しいかもしれないという気さえしないではない。山地を飛ぶのとちがって凹凸もなければ乱気流もない。霧が唯一の心配だったが、海上は晴れていた。だが、最後に難関がある。着水だ。遠波に教えられた段どりはおぼえていた。沈着にやれば可能だと遠波はいったが、九十キロのスピードで海に突っ込んで行ってはたしてぶじですむものなのか。

すむにしろすまないにしろ、やるほかはなかった。いつまでも滞空はできない。航続距離は千三百キロだというから、東京あたりまではもつかもしれないが、ガソリンの切れる前に着水は決行しなければならない。

肚は決まっていた。着水地域の海が荒れているとか、そうでなくても操作を誤れば死はまぬかれない。飛び立つ前に覚悟したことだから、いまさら悔いることはない。

「セスナ一七七応答セヨ、コチラ自衛隊機」

ビクッと杜丘は眉を上げた。かなりの頭上をジェットのするどい擦過音が走った。

「応答セヨ、着陸地点ヲ指示スル。タダチニ応答セヨ」

杜丘は黙っていた。自衛隊機は三沢基地から飛来したにちがいない。脱出は不可能だったのか――どこまでも自衛隊機に喰い下がられたのでは、たとえ着水に成功しても、警官隊に包囲されることになる。

「応答しないか、杜丘ッ。君がライセンスもなく経験もない無謀操縦だとはわかっているのだ。われわれの指示がなくては着陸は危険だ。なぜ、黙っている！」

乱暴なことばが入ってきた。

それでも黙っていた。

ちょっと間をおいて、ふたたびジェット音が襲いかかった。それはたしかに襲いかかったものだった。思わず杜丘は操縦桿にしがみついた。キーンと過ぎて行ったあとの乱気流が機体を左右上下にガタガタ叩きつけた。

――空中分解する！

とっさにそう思った。どうにか体勢はたて直したものの、二度三度とやられては空中分解は避けられないかもしれない。それほど、おそろしい乱気流だった。

杜丘はライトを消した。逃れるには低空飛行に移るしかないと思った。ジェットは低空には降りてこられまい。思い切って降下に入った。みるみる銀色の海が機首に迫ってきた。水平線が上になって、めまいがした。激突しそうになって操縦桿を引いた。機は水平になった。すぐ下に海が見えた。波頭もみえる。高度計は百五十フィートを指していた。

「むだな抵抗はやめろ！」無線がどなった。「われわれはジェットで水面すれすれを飛ぶアクロバット技術を持っている。指示にしたがえ！」

杜丘はだまって飛びつづけた。いまはもう何かを答えようとしてもその余裕がなかった。フロントガラスに映る黒い水平線と高度計を睨みつづけた。海に吸い込まれそうな恐怖があった。

「セスナカージナル――」自衛隊機は何度か呼びつづけた。「無線をONにしてないのか」

やがて、そうつぶやく声がきこえた。

爆音が遠ざかった。

諦めて帰投したのか、どこかに引き継いだのかは分らなかった。周波数が違うから傍受はできない。

ひたすらに杜丘は飛びつづけた。にぶ銀の表に湧き出る波濤《はとう》が際限もなく後方に飛びすさった。

黒ずんだ陸に、にぎやかな町の灯がみえた。宮古なのか、釜石なのか、あるいは松島まででもう来ているのか。漁火《いさりび》が宝石を無数にちりばめていた。

それらを、機は轟音のかなたにした。

7

電話がひっきりなしにかかっていた。各地のレーダーサイト、新聞社、警察庁および検察庁首脳部——首相筋からもあった。遠波善紀が逃亡を指嗾《しそう》したとは思えないから、その件については慎重にということだった。

厚木海上自衛隊からもあった。

「何をやっとるのだ、自衛隊は！」

　電話を切って、矢村は肚だたしそうにいった。

「発見できんのかね」

　伊藤が、もう心細そうに訊いた。

「哨戒機が出動したが、どこにも該当機は発見できないという連絡だ。ないはずがあるもんか。やつはレーダー網をくぐって超低空で海岸沿いに飛んできたのだ。三沢の連中とい い、いちどは捕捉しながら、なんてざまだ」

「ということは、どこかの海に降りたということなのかね」

「そうに決まっている」

「そいつは、どこだ」

「そんなことがおれにわかるもんか」矢村は日本地図を右腕で拡げた。左腕はまだ自由には使えなかった。「三沢から房総半島までのこの長い海岸線のどこにでも、降りられる。だが、やつは東京が目的だから、可能なかぎり、近くまできたにちがいない。とすると、着水場所は九十九里浜あたりだ」

　矢村は地図を睨んだ。地図の奥に夜の海が泡だっているのがみえ、滑走する機影がみえた。機から杜丘が脱出して砂浜に這い上がっていた。砂浜を直線に横切って街を目指す長身が闇にかき消えた。

負けたと、矢村は肩を落とした。操縦の経験もなくて夜空に飛び立ち、しかも自衛隊機の追跡からレーダー網をくぐって東京近辺に着水したとなると、いかに死物狂いになっているとはいえ、杜丘という男を見なおさなければならないと思った。

「新聞記事が、思いやられる」

伊藤は充血した目を矢村に向けた。北海道でなんども逮捕しそこねたあげく、飛行機を翔ってレーダー網までかわして東京に潜入されたとあっては、検察庁、警視庁はおろか、自衛隊まで杜丘一人に翻弄されたことになる。無能呼ばわりは目にみえていた。逆に杜丘は英雄視されるおそれがある。

「まあ」と、矢村は地図を伏せた。「警視庁管内に入れば、軽業はさせん」

「東京に入らすのか？」

伊藤の声はおびえていた。

「それしかあるまい。太平洋岸の各県警には街道封鎖を要請してあるが、たぶん、むだだろう。県警の手に負える相手ではない」

矢村はそう思った。杜丘をつかまえるとすれば、それは警視庁管内しかなかった。

「あんたはそれでいいかもしれんが、かれが東京に潜入して、横路敬二を捜し出して殺したらどうするのだ」

「…………」

矢村は答えなかった。

「あんたがどう思おうと、わたしは、杜丘を東京潜入前に押える作戦をとるしかない」

伊藤は席を立った。

8

自衛隊機からも、タワーからも呼びかけはなかった。

杜丘は、機がレーダー網の死角に潜り込んだのを知った。自衛隊機は諦めて帰投し、各タワーのレーダーは超低空機を見失ったにちがいない。

その高度を保って飛びつづけた。

どこかのレーダーに捕捉されれば、こんどはジェット迎撃機のかわりに哨戒機がやってくるものと、杜丘は思った。レーダーに映らなくても、海岸線を飛んでいるかぎり、どこかで捕捉されるおそれはある。哨戒機にピッタリ喰いつかれてはどうにもならない。しかし、最善の策はこの高度で飛びつづけるしかなかった。

呼びかけはなく、捜索機の気配もなかった。漁船の漁火だけがまたたいて消えた。村落らしい灯もあった。

腕時計を見た。牧場を飛び立ってから三時間とすこしたっていた。機の航続時間が四時間だということを杜丘は思いだした。巡航速度百五十マイルで飛びつづけたのだから、もう東京近くにはきているものと思えた。だが、渚の地形をみただけでは、それがどの辺なのか、見当がつかなかった。

しばらくたって、プスッというエンジンの失火音《ミス・ファイア》がした。そのうちにまたプスッと鳴った。杜丘はうろたえた。エンジンが不調になったのか！　気のせいか、機に引きずられるような重さを感じた。ふっと気づいてガソリンゲージをみた。針はゼロを指していた。

――ガス欠だ！

寒気が襲った。もうすぐエンジンが停まって、失速する。考えるひまはなかった。着水するしかない。機首を渚に向けた。渚は波が白く泡だっていた。

失火音がつづいた。杜丘はスロットルを絞った。もう一刻の猶予もならなかった。機首を泡立つ渚に沿わせて、着水体勢に入った。失速寸前になって、機はのめり込むように降下をはじめた。

――スロットルを絞って低空に降り、そのまま滑空降下《グライディング》に入って、海面が視界にぐわーんと迫ってきたときにスロットルを閉じてしまい、なおも降下をつづける。そして激突したと思う瞬間まで待って、操縦桿を一気に引く――。

遠波の指示した着水の要領であった。機は着水寸前で機首を上げ、水平になって着水する。水平よりはむしろ尾を叩くようにして着水するのがこつだと、遠波はいった。

それには操縦桿を引く瞬間の目測を誤らないこと。おびえて早く引きすぎては失敗する。激突したと思うまで待て、それでもまだ数メートルはある、といった。

その指示を反芻《はんすう》する余裕は、杜丘にはなかった。高度が低いから、あっというまに海面は迫ってきた。叩きつける勢いであった。九十キロのスピードでぐんぐん突っ込んだ。操縦桿を握りしめて暗い海面をみつめた。海面は生きもののように盛り上がり、斜めに水平線をはね上げていた。

水の密度はぶち当たる物体のスピードにしたがって硬くなる。ハイスピードの銃弾を射込めば水は鉄より固くなり、弾は潰れる。九十キロのスピードで突っ込み、機首を上げるのが一瞬おそければ、おそらく機体は粉砕する。

杜丘は目を閉じた。死を覚悟した。

機は地獄に向かって突っ込んでいた。

第六章　東京潜入

1

各社の朝刊記事は、はでに杜丘冬人の北海道脱出を扱ってあった。

〈逃亡検事、当局の無能をあばく〉

〈無謀な夜間飛行で東京潜入〉

〈問い直される自衛隊の防空網〉

〈決死の脱出！〉

さまざまなタイトルが紙面を飾っていた。内容はどれも似たりよったりであったが、杜丘の北海道脱出を知った各紙は、支局を総動員してセスナ一七七カージナルを追跡をしたことがわかった。その点、警察や自衛隊より消息に通じていた。太平洋岸各漁港からの目撃者談が載っていた。

最後の目撃者は北茨城の漁夫だった。

十一時すこし前、漁船にぶつかるかと思うほどの低空で、飛行機がかすめた。機は海岸線沿いに那珂湊《なかみなと》方向に消えた——というその目撃者が最後で、機は消息を絶っていた。

夜の十一時から茨城・栃木・千葉・埼玉各県警の一斉検問がはじまったことを新聞は告げていた。

矢村はその朝、部下に指令をだした。

〈東邦製薬営業部長・酒井義広を張れ〉

酒井は捜査一課員に見張られることになった。

杜丘はかならず酒井の身辺にあらわれるものと、矢村はみた。

セスナの着水場所がわかったのは昼前だった。警視庁に入った連絡では、茨城県大洗町を下ったところにある夏海海岸に飛行機が沈んでいるのを、漁船が発見したとのことだった。機は水深四メートルの海中に突き刺さって、尾翼が海面に突き出ていたという。

〈水深四メートルか〉

連絡をきいて、矢村はつぶやいた。放れ業というよりは捨身だと思った。闇の海岸線で、一つまちがえば磯に激突したかもしれず、水深四メートルでは海中に岩が出っ張っていないともかぎらないのだ。それにしても、よく着水ができたものと、矢村は舌を巻いた。

——おれにはできない……。

そう思った。

杜丘は、非常線にはかからなかった。飛行機の着水した場所からまっすぐに砂浜を登った足跡が残っており、濡れた服を着替えたらしい痕跡があった。防水用のビニール袋を捨てていた。

ぶじに脱出したことはわかったが、すぐ側を通る国道51号線に出てからの消息は、つかめなかった。いったん北上して水戸市に出て、石岡、土浦経由で東京に入るか、あるいは国道をヒッチハイクして鹿島に出、佐原、成田経由で東京に入るものとみられたが、そのどちらの検問にもかからなかった。

北茨城を低空で通過したのが十一時前、着水が十一時半ころとみても、51号線に出て車を拾い、国鉄にいちばん近い水戸に出るには午前一時近くにはなるはずだ。ずぶ濡れでは動けまいから、用意していた服に着替えたり、何かと時間はかかったと思われる。だが、その時刻には列車ダイヤはない。したがってどこかに潜んでいるか、車を拾って出たものと思われるが、網にはかからなかった。

その晩もつぎの日も——。

結局、消息がつかめないままに五日間が過ぎた。

酒井義広の身辺にも姿をみせなかった。もっとも、酒井の尾行は承諾をとってではないから、一日の全行程を見張るということはできなかった。

矢村は待っていた。

十一月四日。

横路敬二の死体が発見された。

死体は新宿区西大久保にあるアパートの一室で発見された。寺町俊明の偽名で杜丘を告訴したときのアパートの近くだった。

新宿署で杜丘の事件を扱った小川刑事が、顔をうろおぼえにおぼえていた。こいつは例の寺町ではないかとなって指紋を調べたら、一致した。

連絡を受けて、矢村は出向いた。

「死因は」

矢村は先にきていた細江刑事に訊いた。

「後頭部を殴っています。失神させておいて首を絞めた様子です」

「荒っぽいな——凶器はどうした」

「石かなんかのようですが、犯人が持って出たのか、ありません」

「で、どうなんだね？」

矢村は渋面を作って訊いた。

──杜丘のしわざか。

「死亡推定時刻は三日の午後九時前後となっています──」

横路がそのアパートに入ったのは、十日ほど前だった。多田公夫という偽名だった。不動産屋の紹介で入った。荷物は寝具だけだった。場所がら夜の男たちの多いアパートだった。だれが何をしているのか管理人にもわからない。横路もその例にもれず、勤めに出ているのかすらもわからなかった。

住人同士の付き合いなどというものもなかった。

一部屋にキャバレーのボーイらしいのが三人も寝泊りしている部屋もあった。そうかと思えば、昼も夜もマージャンばかりしている部屋もある。出入りする者が多く、その時刻に横路の部屋にだれかが訪ねてきたか、出て行ったか、そんなことはまるでわからなかった。

「なんとかするんだ」

いい捨てて、矢村は出た。

本庁に戻って、昨夜、酒井を見張っていた捜査員を呼び出した。

「三日の午後九時前後ですか?」

若い捜査員は、たよりない声で手帳をめくった。

「ゆうべのことも、おぼえとらんのか」

矢村は眉をしかめた。

「申し訳ありません、酒井は、昨日は一時に銀座の本社を出て得意先回りしていますが、途中で三時過ぎに尾行不能になり、そのままでした」

「夜もか」

「はい」

「もういい。捜査員を増やして見張りをつづけるんだ」

矢村は手で捜査員を追い払った。

一日の全行程を二人の捜査員で交替に見張ることはなみたいていではない。尾行不能になれば以後が空白になるのは、やむを得ない。

渋面を作ってタバコをくわえたところへ、電話がかかった。

「矢村君か」

声の主は伊藤検事正だった。

「そうだ」

「横路敬二殺害犯は杜丘なのかね」

伊藤の声はふるえをおびていた。

「いま捜査中でね」

「矢村君――」伊藤の声があらたまった。「わたしは捜査指揮権を用いる。横路殺害に杜丘が関係あるものとみて、君に杜丘逮捕専従を要請する。一刻も早く逮捕してほしい」

「わかったよ」矢村は冷ややかにいった。「あんたも、とうとうあたまにきたな。そんな命令で犯人がつかまるなら苦労はない」

「ともかく」と、伊藤はいった。「杜丘は東京に潜入しているのだ。わたしが心配したとおりの事態になったじゃないか。警視庁管内なら軽業はさせせんと、君はたしかいったはずだ」

伊藤の声はゆがんでいた。

「ＯＫ」

矢村は乱暴に電話を切った。

――杜丘冬人め。

羆にもぎとられた左腕の筋肉にそっと手を当てたところへ、細江刑事が入ってきた。細江はタブロイド判の新聞を矢村に渡した。矢村はだまって開いてみた。《薬界》と題字のある業界紙だった。

東邦製薬A＝Z開発中止か？

「なんだね、このA＝Zというのは」

新聞をおいて、矢村は訊いた。

「神経遮断薬だそうです」細江は椅子に腰を下ろした。「業界紙の記者に会って訊いたのですが、東邦製薬は向精神薬では独走しているそうです。このA＝Zは、薬理実験などを終えて製品の段階にかかっていた、まったく新しい構造の新薬なのだそうですが、なぜか、開発中止になったらしいニュースが業界に洩れてきた——めずらしいのだそうです。かなり、力を入れていただけに……」

「神経遮断薬というと……」

「早くいえば、麻酔剤のようなものらしいです。昂奮を鎮めるのだそうです。神経遮断薬のできたおかげで、これまでどんな治療法も効果のなかった難治性の精神病に、治る道が開けたといいます。麻酔剤の応用は幅が広く、たとえばある薬を使えば、潜在している精神の病巣を引き出して幻覚として見ることができるのだそうです。向精神薬の発達のおかげで、精神病院に暗さがなくなり、欧米では退院率がぐんと増えたそうです」

「それで……」

「こんどの事件にかかわりがあるかどうかはわかりません。しかし、一応は報告しておいたほうが――」

「わかった。きき込みをつづけてもらおう」

「承知しました」

細江は新聞を持って出て行った。

――神経遮断薬か。

事件の底にある複雑なものを、矢村は感じた。細江は老練な捜査員だった。大げさなことはいわないが、すぐれた嗅覚を持っている。A＝Z開発中止に何かを嗅いだとみていい。

ようやく、氷山の一角が見えてきたのか？

だが、酒井義広は犯行とおのれの間に強力な遮断薬を用いていた。

2

その男は杜丘をみて、ちょっと会釈をした。

長野市の、駅に近い飲食店街の一画にある飲み屋だった。

夜の九時前で、客はかなりあった。労働者が多かった。男は杜丘と同年配の年頃で、労働者とも思えないが、顔はかなり陽に灼けていた。カウンターの隅に並んでいたから、男を避けようがなかった。なるべく顔を伏せて、杜丘は酒を飲んだ。

男の拇指《おやゆび》は小手先の器用さを示すように、反っていた。

ご旅行ですかと、男はしばらくためらったのち、杜丘に話しかけた。そのようなものですと、杜丘は答えた。コートの襟を立てていたが、男の視線がほおに痛かった。

「どうやら逃亡検事は、ぶじに逃げおおせたらしいですね」

テレビのニュースが、杜丘の消息不明を告げた後で、男がいった。

飲んだばかりの熱燗がどこかにつかえたような気がした。危険だと思った。きっかけをつかんで早々に店を出なければならない。

「えらい、男です」と、男は盃を乾した。「おれにもあんな度胸があれば……」

嘆息まじりの声だった。だいぶ酔っていた。

「なぜです」

いってから、よせばよかったと後悔した。

「わたしはね、ジョウハツしてきたんです」

おれからわたしにかわって、男はふっと小さく笑った。「女房がおとなしい女でしてね……」

「それなのに、なぜジョウハツしたのです」

男の翳りを含んだことばに、杜丘は興味を持った。

「おとなしすぎて、どうにもならんのですよ。女房はね——こんな話、いやですか？」

男は盃をみつめていった。

「いや、べつに」

銚子が五本ばかり空いていた。

「女房はね、わたしが会社で徐々に偉くなって、死ぬまで給料を運んでくるものだと思っているんです。ところが、会社は同族会社で、給料にはことかかないにしろ、偉くなれる希みなんてこれっぽっちもない。せいぜいなって課長まで。その課長は上役に頭を下げどおしで、すこしでも反抗しようものなら、すぐに平《ひら》に格下げです。課長になったって、あなた、人生になんの愉しみもありはせんのです」

男は、銚子のおかわりをした。

「亭主によりかかっていれば永久に給料を運んでくると思って、女房はちっとも疑わない。それァ、亭主の不甲斐なさをいやみたらたらいうよりはましですがね——しかし、わたしはがまんできなくなった。女房が嫌いではないのですよ。どころか、いい女です。世話女房でしてね……」

「なるほど」

男の注ぐ酒を、杜丘は盃に受けた。

「女房の信じきったおとなしさに、耐えられなくなったんですよ。いらいらしましてね。そのうち、会社に出て行くのが苦痛になったんです」

「それで、ジョウハツですか」

「なんの愉しみもない人生を送りながら、それでも女房に信頼されているってのは、妙なもんです……」

男は泣き笑いに似た表情で、杜丘をみた。

「奥さんは心配しているでしょう」

「美人ですからね、そのうち男ができますよ。これ、みてください」

男はポケットから針金細工の人形を取り出した。金と銀の針金で造った巧緻《こうち》な人形であった。女の像らしく、胸に渦巻きで描いた乳房が、妙になまなましかった。

「わたしが造った女房の像ですよ。ブローチやペンダントなんか造って街角で売りながら旅をするのが、わたしの仕事でね。――会社の帰りに新宿の道端で外人がこれをやっているのをみて、惹かれたんです。チャンドラーという男でしたが、わたしはチャンドラーを口説いて弟子になったんです。細い金や銀の針金からなんでも造り出すのをみているとね、ロウソクの青い炎を売って歩くようなメルヘンを感じましてね――で、この女房の像は、罪ほろぼしです」

杜丘は像を手に取ってみた。ただの針金が象《かたど》った像の奥に、ふしぎな生命力をみたように思った。これを造り上げる男の指先には、呪術的《シャーマン》なものがこもっていたにちがいない。変わった男だと思った。女房を愛していながら放浪の旅に出て、旅先で心をこめて像を造る。そのうちに男ができるだろうというところをみれば、戻る気はないらしい。

「逃亡検事のすてばちな動きをみているとね、わたしは、なんだかあの男のほうがほんとうの人生を送っているのだという気がしましてね。メルヘンを売って歩くのもいいが、あの男のように、自分の敵をどこまでも追うのがほんものの男ではないかと思うんですよ。もっとも、わたしなら、すぐに警察につかまりますがね……」

「ただ、警察から逃げているだけかもしれませんよ」

「いや――」男は酔った頭を強く振った。「やつは無実ですよ。無実でもひとは逃亡しなけれァならんことがあるもんです。わたしのようにね。しかし、わたしには仇がないから、追えやしない。ただ、何かに追われている気がするだけです。追ってきているものの正体は、わかりませんがね……」

男は張り子の虎のように、首を左右に振って、いった。

横路敬二の死を杜丘が知ったのは、列車が甲府を過ぎたあたりだった。

――横路が殺された！

晩秋の陽射しが網膜の奥で光を失った。

唯一の証人が殺されてしまっては、どうすればよいのか――杜丘は車窓にうつろな視線を投げた。一面が葡萄畑だった。張りつめていた気持ちが崩れ落ちた。砂で築いた城に似ていた。いつかは崩れ落ちると思っていたが、いざ崩れてみると、砂の城は残骸さえも残さなかった。むなしさが風になって残り砂を吹き払っていた。

ふたたび新聞に視線を戻した。

〈殺害犯人は逃亡検事の杜丘冬人か〉

死亡現場の説明があって、捜査本部は断定的な発表はせぬものの、犯人は杜丘冬人ではないかとする内容だった。横路加代は絞殺、横路は男だから殴打の末の絞殺――犯行が似ている上に、北海道まで横路を訪ねて道警に追い詰められ、執念深く山をさすらったのち、無謀きわまる夜間飛行で東京に舞い戻ったのは、横路敬二に報復する一念にほかならないと記事はにおわせていた。

——一念か。

たしかに一念はあった。報復を果たし、真相を知るために。だが、それもうたかたに帰した。横路夫婦が消されてしまっては、朝雲忠志を殺した犯人が自白しないかぎり、永遠に冤罪《えんざい》は晴れない。

気力の失せるのを感じた。

犯人は横路敬二を殺す機会を待っていたものと思えた。その奸策《かんさく》に、杜丘はまたもや自分から落ちたのを知った。セスナ一七七カージナルで茨城に着水して行方を絶った杜丘は、すでに東京に潜入したものと思われている。横路敬二殺しは自分でないといい張っても、東京に潜入すべく、なるべく人に顔を見られないように大迂回してここまでやってきた自分に、アリバイを証明するてだてはない。あるとすれば昨夜のメルヘンを売って歩く男だが、あの男とて、杜丘の顔をはっきりみたわけではなく、まして逃亡検事などとは思いはしない。それに酔っぱらっていた。

逮捕されれば、いいわけは通らないことを杜丘は知った。仕かけられた鋼鉄の罠はギリギリと咬み合わせを強めていた。もがくほど罠の力は強くなる。

〈杜丘逮捕に全力投入か〉

専従捜査班がつくられたことを報じていた。

横路敬二殺害が杜丘の犯行だとなれば、東京地検も警視庁もギリギリの線まで追い詰められたことになる。

——大反撃がくる……。

肌寒さを、杜丘は感じた。北海道とはちがい、巨大な権力を持つ警視庁と東京地検の森に踏み込むのだ。その権力機構が箍《たが》のように締めつけてくる圧力を、杜丘はよく知っていた。

——この列車は危険かもしれない。

そう思った。横路殺害が自分の犯行だと想定されている以上、それでなくてもいきり立っている警視庁は、逮捕に全力を上げているにちがいない。列車が東京に入ったとたんに、検問の警官が乗車することが考えられた。それは、八王子だ。

杜丘は立った。ぐずぐずしているときではなかった。列車が大月駅に滑り込むのを待って、下車した。逃亡生活になじむにつれて、杜丘の感覚は動物的になっていた。危険だと思えばそくざに行動に移ることができた。思考神経に短絡反応する動きが身についていた。

駅を出た。

東京までの切符を渡して無造作に去って行く長身の男を、駅員は首をかしげてみていた。

国道20号線を猿橋《さるはし》に向かった。昼を過ぎたばかりだった。

陽射しは、深い晩秋のもので狐色に落ちていた。紅葉は落ちたり落ちなかったりで、まだらの山が両側に迫っていた。

猿橋から山を登って山梨と東京の境界を越えるつもりだった。境界は景信《かげのぶ》、陣場《じんば》から三頭《みとう》山を経て雲取山と、秩父山地につづく嶺である。そこから西多摩郡に入り、五日市まで出れば、たぶん安全に東京にまぎれ込めるはずであった。

つかまらないためには、どんな迂回路をも杜丘はいとわなかった。太平洋岸の鹿島灘に着水した杜丘は、国道51号線に出てトラックを拾い、水戸に出た。通常なら水戸で一泊して東京に向かうのだが、杜丘は福島県の白河まで行くという別のトラックを拾って、その夜のうちに白河に行った。白河からさらに北上して郡山に出て、新潟に渡り、長野市へ出た。太平洋岸から日本海まで出たのである。

そのコースがよかったことは、新聞で知った。茨城・栃木・千葉・埼玉と非常線が張られていた。東京に向かえばまちがいなく網にかかっていた。

網にかかったのではなんのために死を覚悟で夜空に飛び立ったのか、レーダーをかわし、自衛隊機をかわして必死の思いで翔《か》けてきたのがむだになる。いや、逃亡生活そのものが、一片の価値もなく葬られるのだ。果敢さ以上に必要なのは、けものじみた慎重さだった。あるていど、危険のにおいを嗅ぐことが杜丘には可能になっていた。

渓川《たにがわ》に沿って山峡《やまかい》に伸びる路を登った。渓川の両岸でチョットコイ、チョットコイと叫びかわす小綬鶏《こじゅけい》の声が高く、空気は澄んでいた。

――東京に潜入してどうするか。

考えるのはそのことばかりだった。横路が生きていれば、なんとか捜し出して虚告だったことを吐かせられる希みがあった。だれにたのまれたのか、そこから辿って見えぬ動機の森に踏み込むことができた。が、消されたいまは、迫るとすれば朝雲忠志の死因しかない。

はたしてあばけるのか――。

あばくためには、朝雲と猿が飲んだアトロピンの容器の謎を解明しなければならない。それさえ解ければ、犯人がどうやって朝雲と猿に飲ませたのかがわかる。だが、もっかのところ、たった一つ辿れそうな糸は、タバコの煙しかなかった。猿と羆が、そして新宿で酒井義広と会った女、武川洋子の飼っていた、怪我をしたツグミが……。

〈タバコの煙か〉

タバコをくわえて、杜丘はつぶやいた。まさかタバコの煙でアトロピン液をくるむわけにはいくまいと、苦笑した。

――アトロピンは幻覚剤でもある……。

永遠に解けそうにない課題に思えた。

だが、解ける解けないは別として、このままだまって引き下がるわけにはいかない。横路夫婦が消されたいまとなっては、杜丘はもう冤罪を晴らすことは考えなかった。

考えても益のないことであった。おそらく不可能事であろう。

諦めてみると、しかし、杜丘はさっぱりした気分になれた。かりに冤罪が晴れたところで、いったん失った過去がトカゲのシッポのように生え戻ってくるものではなかった。また戻りたくもなかった。考えてみると、検事生活の間は長い尾骶骨《びていこつ》をぶらさげていたように思った。自分は誇っていても、人からみると尾骶骨は不要であり、みにくかった。正義を正面にたてて、無実の者を断罪したかもしれないのだ。

逃亡してはじめて、無実の罪の重さがわかった。だれかがやらねばならない職業だとしても、杜丘には未練がなかった。それに、正義を行使する権力の中身をみてしまったこともあった。辺地の無邪気な若者がマンハントを愉しげに行なう、権力とはそういったもののつみ重ねでしかなかった。

いまになってみると、東京に戻ってきたのは、冤罪を晴らすことよりも報復が目的であったことがわかった。男の報復であった。それを杜丘は榛幸吉から学んだ。相手はけものだから幸吉は諦めてもよかったものを、五年間も山にこもって、最後は巨大な羆に村田銃を槍のように突きつけてたたかい、喰われてしまった。無益だと人はいうかもしれない。しかし、幸吉には益も無益もなかった。ただ、たたかうことのみがあった。

杜丘も、そうだった。たたかって引き倒されるかもしれなかった。だが、たたかいをやめる気はなかった。報復のためのみの足を東京に向けていた。

明日はなくとも、今日を生きねばならない。

二時間ほど登った。路は渓川沿いにつづら折れて、もう部落はなかった。休憩した。境界までは近かった。境界を越せば奥多摩湖に出る。そこから間道を秋川支流に沿って数馬《かずま》に出て、数馬で一泊する予定だった。

背後のブッシュで物音がした。けものが歩いてくる音だった。杜丘は反射的に跳び下った。跳び下って、あまりにするどい自分の動きに苦笑した。ここは北海道ではないから、羆はいない――。

出てきたのはポインターだった。まだ若犬のポインターは、尾を振りながら杜丘に近づいた。頭をなでてやると、さも疲れたというふうをみせて、腹這った。

「迷い犬か……」

首輪には東京都の鑑札があった。狩猟に連れてこられて飼主からはぐれたもののようだった。迷い犬は洋犬に多い。日本犬が飼主とはぐれることはまずない。嗅覚がするどいのと帰巣本能の強いせいかもしれない。たちまち飼主を捜し出すか、それがだめなら車のところに戻ってくる。洋犬にはそうしないのが多い。根がのんきな性質なのか、はぐれると、行き遇った人間にだれでもいい、ついて行ってしまったりする。

この若犬もそのようだった。

杜丘が歩き出すと、先に立って路を登った。追い払うのもかわいそうだから、そのままにして歩いた。犬でもいい、連れのあるのは愉しいものだと、杜丘は思った。なんとなく足に張りが出てきたようだった。連れて歩いているうちにはいずれ飼主が捜しにこよう。いい猟野系《トライアル》の血をひいている犬なら高価なのである。また可愛くもあろう。捜し回っているにちがいなかった。

——狩猟か。

スポーツに名をかりる殺戮《さつりく》ゲームはだいぶ前にやめた杜丘だったが、考えてみれば、人生も狩猟と同じかもしれなかった。男は女を狩り、女は男を狩る。権勢を狩り、敵を狩りたてる。欲望の前にはすべてが獲物でしかなかった。狩猟《ハンティング》にはルールがある。しかし、人間が人間を狩るにルールはなかった。残酷に狩りたてた。狩られないためには、サラリーマンは上役におべっかをつかい、同僚同士となるとたちまち肚の中で蹴落とす算段をする。

メルヘンを売っていた男を思いだした。あの男は正体不明のものから追われているといった。その正体とは人生であったのだろうか。

ポインターは路端から何かの臭線を嗅いで繁みに走り込んで行った。

あの嗅覚がおれにあれば——そう思った。犬の嗅覚はパブロフの条件反射を使った硫酸テストでは人の一億倍あるという結果が出ていた。それだけの嗅覚があれば、朝雲忠志の死の周辺にあった謎は、たちまち嗅ぎ当てていただろうに。

これより東京都——とある境界を越えた。とくべつの感慨はなかった。東京を脱出したのが九月下旬。今日が十一月五日だから、五十日近い日がたっていた。五十日ぶりに、間道伝いに東京に入ったということだけだった。

ここから先は敵の本拠地であった。

矢村警部の顔が、ふと浮かんだ。

犬が追いついてきた。長い舌を出して、獲物に逃げられた無念さを汗にして吐きだしていた。

奥多摩湖のつけ根から旧道に入った。この路は関所を避ける間道だったときいたことがあった。ぬすっとや、もろもろの犯罪者がこの辺りを抜けて行ったのだ。昔も今も犯罪者の選ぶ路は似たようなものだった。

東京都がこしらえた、数馬から奥多摩に通じる観光道路が山肌を無残に削って通じていた。

杜丘は足を停めた。路の側にクモの巣があった。枝から枝に渡した巣はみごとな幾何模様を形造っていた。眺めていると、対照的に朝雲忠志の死んだ庭にかかっていた、とぼけた感じのクモの巣が思われた。

——あれは公害にやられたクモだったのか？

鑑識課員がそうつぶやいて、写真を撮ったが、そうだったのだろうか？　張りだして途中でおっぽりだしたようなしまりのない、幾何模様ともなんともいいようのない巣……。

それに較べてこのクモの巣は巧緻《こうち》ともいえるほど寸分の隙もないみごとなものだった。なんというクモなのか、黒っぽいクモが網にかかった小さな昆虫をからめとっていた。

と、ふいに小鳥の羽音がして、目の前を横切ったツグミに似た鳥がクモに襲いかかった。あっというまだった。クモは小鳥にくわえられていた。

小鳥はクモを喰うのか——なんとなく残忍な食物連鎖をみて、杜丘はそう思った。

歩きはじめた。

右側の斜面の林から男が下りてくるのがみえた。ハンターのようだが、銃は持ってなかった。杜丘は足を速めた。なるべく人と話すのを避けねばならない。

「ちょっと——」

背後に、男が声をかけてきた。

杜丘は歩調をゆるめた。犬がそしらぬふりでいるところをみれば、男は飼主ではなかった。

「なんでしょう」

「この犬は、あなたの犬ですか？」

四十前後にみえる男は、側にきて犬を指した。

腕に狩猟監視員の腕章があった。この土地の猟友会長かなんかであろう。なんとなく杜丘は腕章から顔をそむけた。権威——のにおいがそこにあった。

「いえ、そうではありません」

ことばすくなに答えた。

「迷い犬ですか」男は目を細めて犬をみた。「いい恰好をしていますな」

「かってについてきたんです。あなたが預って飼主に連絡してもらえませんか」

男の好奇心の強そうな目に、杜丘は不安を感じた。

「それァ、いいですが、おたくはどちらへ行かれるのですか」

山歩きに似合わない杜丘の姿に、男は不審を抱いたようだった。

「ええ、その先に車が待っているので」

あいまいに答えた。

「わたしもそっちです。ご一緒に参りましょう。今日は監視に出ましてねえ——」

「いえ、わたしは急ぎますから、これで」

杜丘は犬に紐をつけている男をおいて、大股に踏みだした。

「ちょっと、あなた」

男が大声で呼んだ。

「まだ、何か」

「お名前をきいていませんが」

男も早足で追ってきた。

「名乗るほどのことはありません。犬さえ帰してやっていただければ」

「でもね……」

男は追いついた。

走って逃げるわけにもいかなかった。厄介なことになったと、杜丘は眉をひそめた。

「車はどこですか」

「もうすこし、先です」

たんに話好きなのか、男が何かに不審を抱いているのかはわからないが、杜丘は進退を失った気がした。買ったばかりのダークブルーのスーツにトレンチコート姿で山を歩いていれば、怪しむのはとうぜんかもしれない。待っているといった車がなければ、なおさらだ。男の目が、山越えをしてきた靴の土埃に落ちているのを知って、杜丘は焦った。路は一本路だった。

「どこかで、お会いしましたかな?」

男は、そういった。

「いえ」

杜丘は短く否定した。いいかげんにしろと怒鳴りたかった。

「わたしはこの先の数馬のものでしてね」

男は話しだした。

数馬か──救われそうにないのを、杜丘は知った。口実を設けて一刻も早く別れねばならなかった。数馬までこの男と一緒では、その先に起こることは目に見える。疲れも空腹もけしとんでいた。犬だ──犬さえつれてこなければこんな危地に陥ることはなかったのだ。おそろしいヘマをやったと思った。

──なんとかならないか!

「ちょっと、あなた!」

男の緊張した声に、杜丘は振り向いた。

紐を力強く引いた犬が、路端のブッシュに向かって目まぐるしく尾を振っていた。口吻《こうふん》が膨らんでいる。

「大物ですよ、これは。猪かもしれん」

男がいった。

「わたしはこれで」

杜丘は男と犬を置いて足を速めた。冷や汗が出ていた。男と犬が追いついてくるまでに距離を離さねばならない。

走るような足だった。

3

矢村警部が情報を受けたのは、五日の夜の十時過ぎだった。情報提供者は数馬に住む狩猟監視員で、逃亡検事の杜丘と思われる、いや、そっくりな男が南秋川沿いに下ったというものだった。

監視員は家に戻って晩酌をやっている最中に、ふと新聞の写真を思いだした。警察に連絡したが、都境を出たのならともかく、入ったのでは真実性に欠けると積極的でなかった。それでもと、パトカーが手配写真を持って五日市からやってきたのは三時間後だった。監視員は杜丘にちがいないと、確認した。

バカめ——と、矢村は警察の末端組織を毒づいた。そくざに連絡していれば非常線にかかったかもしれぬものを。

矢村は渋面を浮かべて、地図をみた。数馬に下った路は奥多摩湖に通じ、そこから山梨県の塩山市に出る青梅街道と、大月市に出る路に分かれている。また大菩薩《だいぼさつ》峠を越えれば天目山栖雲寺《そううんじ》を経て国道20号線に出られる。

「やつはどっちからきたのだ」

連日、杜丘の姿を求めて疲労の浮いた捜査員に訊いた。

「東京直行は危険だとみて、塩山か大月で列車を下り、歩いて都境を越えた——そうみるべきかもしれません」

細江刑事が答えた。

「どこから列車できたのだ」

矢村は渋面を解かなかった。

「中央線だとすると……」細江は信じられないという目で、矢村をみた。「やつは、水戸から郡山に出て、新潟から長野と回ってきたのですか……」

「そうだ」矢村はうめいた。「やつは逆にいったん東北に出たのだ」

「と、すると……」

「そういうことになる」矢村の渋面の中には沈鬱なものがあった。「やつが今日、東京に入ったのなら、横路殺害は別人だ」

「しかし……」細江は、細い目をしさいげに空に据えた。「横路を殺して、アリバイを造るために、ということも考えられます」

「いや」矢村は首を振った。「やつは死物狂いになっておることはたしかだが、そんな小細工をする男ではない。が、その監視員の早合点ということもあり、他人の空似ということもある」

「で、どうします」

「旅館、ホテルのいっせい臨検をやるのだ。道路検問もやる。列車、飛行機はもちろんだ。一歩も管内から出すな。いぶり出せ」

眉にすさまじいまでの気迫がみえた。

電話が鳴った。

捜査員から受話器をとった矢村が、「なにい！」とするどい声をだした。

「酒井義広が青山禎介と北島竜二に会ったのか。三人というと、そのもう一人はだれだかわからんのか——なに、城北病院の院長らしいと——精神病院ではないか、その病院は。よし、明日はその男が院長かどうかたしかめ、院長なら、応援を出すから、城北病院に喰いつけ。そうだ——何かが出るまでだ」

「動きだしましたか？」

細江が訊いた。青山禎介は朝雲忠志の同僚、北島竜二は同じ厚生省の薬事課長だ。朝雲の死亡前夜おそくまで訪ねていた三人だった。

「そうだ」矢村はゆっくりうなずいた。「精神病院長が登場したとなると、例の開発を中止したA＝Zに何かのかかわりがあるのかもしれん……」

「人体実験のようなものですか」

細江の柔和な目がするどくなっていた。

「精神病院は一部では乱脈をきわめた経営をやっているとの噂がある。君は城北病院を探ってみるんだ」

「内偵で何もなければ、すこしゆさぶりをかけてもいいですか」

「しかたがあるまい」

冷たい目で矢村はいった。

4

武川洋子――。

そんなに贅沢などという構えではないが、中流の上には見える造りだった。二階建てで、庭も含めると二百坪ほどはありそうな敷地は、ぐるりを大谷石で取り囲んであった。高級官吏の邸宅を思わせた。

世田谷区経堂の天祖神社に近いところだった。

武川洋子が家を出たのは、午後の六時過ぎだった。

杜丘はゆっくり物陰から出た。女性の服装に杜丘はあまり興味を持たなかった。ゴタゴタ飾るのよりも簡潔な、機能的なのが好きだった。その意味では武川洋子は好みに合っていた。若い娘と同じジーパン姿だった。

通りに出て武川洋子はタクシーを拾った。杜丘もどうにかタクシーを拾うことができた。

渋谷に出て、原宿で停まった。

入ったのは、ビルの中にあるバーだった。しばらくたって杜丘も入った。異国風――というのか、東京の街そのものがゴタ混ぜだから、夜に花を開くバーなどはもうどこの国ふうともしれず、そのどこの国ふうともしれないところが純東京ふうなのかもしれなかった。そんな店だった。

十人ほどのホステスがいた。場所柄か、外人客の姿が多い。

武川洋子はカウンターに向かって同年配のホステスと腰かけていた。杜丘の腰を下ろしたボックスからは、話し声はきこえなかった。

バーボンを取った。

隣席の外人同士の会話が耳に入った。真剣な表情で話し込んでいるのをちらとみたときは、スパイか何かの謀議をこらしているようにみえたが、内容はエロ話だった。

黙って飲んでいる杜丘に、ホステスが訊いた。

「どちらからいらしたの」

「どちらということはなくてね」

「お仕事は」
二十六、七の太り気味の女は、自分の質問にあきれて笑っていた。
「無職だ」

「うらやましいわね。でも、そうはみえないわ」

杜丘は黙って飲んだ。

「刑事って感じね。冷たいところがあるわ」

女は杜丘の太ももに掌を置いた。

――刑事か……。

刑事でしょうといわれて肚をたてる客はないというのを、杜丘はきいたことがあった。刑事ということばに男はある種の陶酔を感じるのだ。酔いのほんの一瞬間をかすめすぎて行く、ほとんどの男からいまは失われた追跡本能のせいであるかもしれなかった。男には本来、非情に標的《ターゲット》を追いたいというロマンがあって、一瞬間だけ、自身の姿をそこにかいまみるのだ。

刑事かと、杜丘はもういちど肚でつぶやいた。刑事などはくそくらえだと思った。無能なくせに陰険で……。

「あそこにいる女は、なんて名前かね」

武川洋子と話している女を、杜丘は顎できいた。

「三穂さんよ。ご存じなの」

「いや。その隣は」

「三穂さんの銀座時代のお友達だとかで、いまは大金持ちの後家さんだそうよ。ねえ、口説いてみたら」

「そんな気はないね。それより、三穂さんという人にちょっと話があるんだ。いや、先方が終わってからでいい」

「いいわ。あなた、三穂さんが狙いだったのね」

「まあね」

杜丘はあいまいに答えた。

バーボンを取りに立った女が、三穂に耳うちしたようだった。三穂がバーボンのグラスを持って、席にきた。

「どなた、だったかしら?」

三穂は小首をかしげるふりをして、杜丘の顔をのぞいた。

「はじめてです」

「あなたのような男らしいかたに呼んでいただいて、うれしいわ」

三穂は白い歯をみせた。

武川洋子と同じ年頃にみえた。すこし険のある顔だが、それだけ個性的にみえないことはない。胸が大きく膨らんでいた。

「じつは、君にたのみたいことがある」

「なんなの?」

三穂の瞳を、好奇心と用心がふっとかすめたのがみえた。

「君の知っている、ある人の話がききたいのだ。教えてくれれば十万出す。いま五万渡して、あとは話をきいてから出そう」

「ある人って?……」

十万ときいて、三穂の声がひくくなった。男の顔が冗談をいっているようにはみえなかった。

「そいつは、ここではいえない」

「あなた、私立探偵なの?……」

「いや」杜丘は首を振った。照明が暗いから看破《み》られるおそれはなかった。「事情があってね。都合によっては君にその人のことを少し調べてもらいたいのだ。そうすればお礼は追加する。どうかね」

「でも、その人って、だれなの」

三穂は気味悪がった。

「ここではいえない。君の電話を教えてくれれば、詳しいことは電話でいう。話をきくのも電話でしよう。君に会うのは今夜だけだ。もちろん、迷惑のかかる話ではない」

「でも、それじゃ、お金をもらえないじゃない」

冗談にまぎらして、訊いてみた。

「君を信じて、十万ここで渡しておこう」

「いいわ」男のあっさりしたものいいに、三穂はうなずいた。「すこし気味悪い感じだけど、あなたは悪い人にはみえないわ。できるかどうかわからないけど、だめだったらお金は返すわ。ここへ来ていただければ」

「そんな心配はしなくていい」

杜丘は周囲に気をくばって金を渡した。三穂は器用にそれを胸に滑り込ませ、紙片に電話番号を書いてよこした。

「わたしを信用するの」

「するよ。それくらいの金で逃げるわけにもいくまい。だが、他言は無用にしてほしい」

「わかったわ」三穂はちょっとの間、杜丘をみていた。「電話でなくても、お店がはねてからお会いしてもいいわ。なんなら、わたしの部屋へ来ていただいても……」

「ありがたいけどね」

「へんなふうにとらないで。わたしね、あなたのどこかさみしそうな感じって、悪いかたではないと思うのよ」

「ありがとう。だが、電話にするよ」

杜丘は席を立った。

三穂は送って出た。名前も名乗らない男は、長身を風の中に運んで消えて行った。別れるときに会釈した男の顔が、しばらくは残っていた。精悍さの中になぜか悲哀を思わせるものがあった。笑わない男だった。

男から電話のあったのは、翌朝であった。真夜中にかかってくるかと、期待めいたものを抱いていた三穂だった。

「調べてほしいのは、武川洋子のことです」

「武川洋子？」

男のさびのある声がだれの名を口にするのかとあれこれ想像していた三穂は、はぐらかされた気がした。客の中の会社重役たちの素行かと思っていたのだ。

「そうです。だが、わけはいえません。武川が結婚していまの家に入る頃からの事情が知りたいのです」

男の声はおちついていた。

「それなら調べるまでもないわ」三穂はいった。洋子と再婚する相手が調べているのだと思った。

「銀座のバーで働いていたときの客で、もと運輸省海運局に勤めていた武川吉晴という五十過ぎの男が洋子に惚れたのよ。変わった男でね、それまで独身だったらしいの。係累はないし、大きな邸の他にもう一カ所土地を持っているので、洋子は結婚する気になったのよ。だれだってその気になるわ……」

「武川吉晴が死亡したのは、いつです」

「たしか、今年の八月はじめだったわ。結婚して二年もたったかしら、それで、洋子は億万長者になったってわけ」

「八月のはじめ……」

男の声がとぎれた。

「そうよ」

「病院はどこかご存じですか」

男の声はすこし急《せ》きこんでいた。

「それがね、城北病院ていう精神病院なの」

「精神病院？……」

「詳しいことはわたしもしらないのですけど、死亡する三月くらい前から入院したらしいの。まあね、変人だったからなんでしょうけど、それァすごいヤキモチをやくんですって。それがこうじたんじゃなくて」

「そうでしたか」男は何かを飲み込んだような感じでいった。「ところで、その銀座のバーに酒井義広って男は、きませんでしたか」

「東邦製薬の酒井部長？」

「きてたんですね」

「ええ――」三穂はふっと不安な感じを受けた。素行調査にしては……。「酒井部長は洋子の客でしたけど、なにか……」

「いや」と男はいった。「武川洋子が傷ついたツグミを飼っていたのはご存じですか」

「ツグミですって」

急に妙な話を持ち出されて、三穂はとまどった。

「ご存じありませんか」

男の声が曇った。

「ええ、きいたことないわ」

「でしたら、武川洋子に会ってそれとなくきいていただけませんか」

「あのう、ツグミのことをですか？」

なにかたちの悪い冗談でかついでいるのではないかと思ったが、そうですと答えた男の声は、銀の棒を叩くようにずしりと重い。

「ツグミを飼いはじめたのがいつ頃で、現在はどうしているか、餌はどんなものを与えているのか、それに、そのツグミはタバコの煙を欲しがっています。先方からその話を切り出させるようにしむけるのです。自分からは煙にはふれないでください。そして、その煙のところを詳しく訊いてほしいのです」

「ツグミがタバコの煙を欲しがるって、それほんとうなの？」

「ほんとうです。それと、ツグミの他に、武川吉晴の精神病院へ入院する頃の病状を詳しく知りたいのです。どんなささいなことでもかまいません。死亡理由というか、死亡届に記載した病名も知りたいのです」

「でも、あのう、そんなことがわたしにできるかしら」

「できるはずです」男は力強い声でいった。「訪ねて行ってビールでも飲みながら、世間話のついでにきき出せることです。あなたなら、おそらく先方は隠したり、疑ったりはしないと思います」

「ちょっと待って。それ、何か犯罪に関係あるお話なの？」

「なんとも申せません。しかし、あなたに迷惑のかかることは決してありません。ああ、それから、武川洋子と酒井義広の交際が現在もつづいているのか、切れたのならいつ頃か、それも訊いていただきたいのです」

「…………」

洋子を売ることになるかもしれぬおびえが、三穂をとらえた。

「武川洋子にいつ会っていただけますか」

「あ、あすにでも」

三穂はあわて気味に答えた。一緒に働いていた洋子が、億の財産を握った上にフリーになり、自分の働いているバーへ飲みにくる。いつとはなく腹に溜まった妬《ねた》みが、男の声に引き出されていた。もし、洋子が計画して武川吉晴を殺したのだとしたら……。

「では明晩でも電話を入れます。こちらの満足できるだけの詳しい話を引き出していただければ、お礼はもう五万差し上げます」

男は、失礼しますといって電話を切った。

声の余韻がしばらくは残っていた。何者だろうかと、三穂は思った。ヤクザや私立探偵などとは異質なものを秘めた男だった。折り目も正しかった。それでいて、暗くみえる情念があった。

第七章　大包囲網

1

男からの電話は、店がはねて、新宿のマンションの部屋に戻ってからあった。

「ぼくです」

と、男はいった。

「待っていたわ」三穂はちょっと急《せ》きこんでいった。男の電話が待ちどおしくて、すこしいらだっていたのだった。「その前にね、わたしとお食事していただけないかしら。いまからいらしていただいてもいいわ。でなければ、教えませんから」

すこし酔っていたせいもあって、酔にまかせて本音をいった。これをきっかけに交際したかった。そんな気をおこさせるものを、男は持っていた。

「今夜は困ります」電話の向こうで、男はちょっと苦笑したようだった。「明晩ならお会いできます。しかし、お話は……」

「わかったわ」ちょっと残念に思った。女のマンションに誘われて断わる男はめずらしい。それだけに男に硬度のあるしぶみが感じられた。明晩に期待をかけた。

「空気銃で撃たれたツグミを拾ったのは七月のなかばで、八月末に死んだそうよ。タバコの煙だけどね、煙が鳥籠に流れて行くと、ツグミは折れた翼をはばたいてさかんにパクパクつついたらしいわ」

「やはり……」

男の声は、なぜか沈鬱そうであった。

「で、死ぬときの様子だけどね……」

三穂はベッドに転がって、洋子の話を空間に細い線でなぞった。

ツグミは羽が折れていて、練餌《ねりえ》はあまり食べなかった。釣り用の餌を与えるとすこしは食べた。タバコの煙を小さな口でついばむようになったのは、死ぬ五、六日前だった。必死という感じで、煙を食べた。

死ぬ前夜だった。洋子はツグミの籠を窓に置いてみていた。淡い月が出ていた。月の光はスモッグのフィルターを透して水色に煙っていた。それが庭の樹立ちから洩れて、ツグミに届いた。すると、何を思ったのか、うずくまっていたツグミが急にはばたきはじめた。その勢いがあまりに激しいので、洋子は猫か蛇でも来たのかと思った。のぞいてみたが、なにもきてなかった。力なく、だんだん衰えていたツグミの突然の狂態を、洋子は見守っていた。狂態という感じがぴったりだった。

あっと、洋子は思った。ツグミはなんと、水色の月光をしきりについばんでいた。タバコの煙をついばんだのと同じ恰好だった。

——月光と煙をまちがえたのかしら?

そう、洋子は思った。疲れさせてはいけないと思って、洋子は鳥籠を部屋に入れた。ツグミは折れた羽を拡げて、底にへばりついていた。

翌朝、ツグミはひっそりと死んでいた。

「待ってください。ツグミは水色の月の光を、タバコの煙とまちがえた、というのですか」

男は、暗誦するように、訊いた。

「洋子さんは、そうじゃないかっていってたわ。でも、月の光を食べて死ぬなんて、とてもロマンチックな最期ね」

「月の光か……」

つぶやく男の声が、ひくく入った。

「それで、武川吉晴さんの死因だけどね、肝機能障害で、肝――なんとかだそうよ」

「入院前の病状は、どうだったのです」

「それなんだけど……」

三穂はいいよどんだ。

「口止めされましたか」

「そうなんです……」

「お礼を増やしますよ」

「お金は、いいんです。わたし、あなたのためにせいいっぱいがんばったわ。お名前も知らないかたのために――へんね」

「感謝します」

「いいわ、明晩お会いできるんだから。――それでね、武川ってひとはたいへんなヤキモチ妬きだったらしいの。女の友達からの電話でも怒るんですって。女は呼び出しで、ほんとうは男が替わったにちがいないって、それァね、ずっと独身の男が三十も年下のピチピチした洋子を貰ったんだから、何かにつけて疑い深くなるのもむりはないかもね。夕飯の買物に出てもちょっとおそくなると、ホテルへ行ってきたんだろうって……。そんな五分や十分で浮気できると思っていたのかしら」

三穂は笑っていった。

武川吉晴は、そんなときは洋子を裸にして調べたのだという。痕跡がないかと、まるでないのが無念でならぬという感じだったと、洋子はいった。

わしが死ねば財産はやるのだからと、武川はおのれの異常な嫉妬を、洋子になっとくさせた。監禁しておきたいとさえ、いうこともあった。

「洋子も若い男が欲しかったらしいわ。狂いそうにそう思ったこともあるって。でも、結局、監視がきびしくて体も欲望も閉じ込められたままだったのよ。武川って男は相当の変人で、洋子と結婚してからはほとんど家を出なかったそうよ。もちろん、洋子もめったなことでは出してもらえない。で、ね、そうやっているうちに、武川の様子がへんになってきたらしいの」

洋子にぜったいに他言するなと口止めされたのは、そこのところだった。しかし、最初から守る気は三穂にはなかった。お金をもらってのスパイだった。いや、お金はどうでもよいと思った。なるべく多くきき出して、これをきっかけに男と交際することを三穂は考えた。何人かの男に三穂は失敗していた。もう失敗はしたくなかった。それで洋子がおちぶれるのなら、かまわなかった。

「どんなふうにです」

男の口調は冷静だった。

「もともとがへんなひとだったのだけれど、嫉妬なんかがこうじたのね、きっと。ある日、縫い針を持ち出して自分の腕を突つきまくっていたんだって……」

「縫い針で、腕を？」

「そうなのよ、ああ、きみわるい！」

三穂は思いだして、眉をしかめた。

洋子がみたとき、武川はめちゃくちゃに皮膚を突つきまくって、血だらけになっていた。おどろいて〈どうしたの！〉ときくと、〈皮膚の下に蟻が逃げ込んだのだ〉と、武川は狂った目を上げた。

〈なにいってるのよ！　あんた！〉

しかし、武川はやめなかった。まるで逃げ回る虫を追うように皮膚をところかまわずに刺し通した。〈口に入ってきた！〉武川はそのうち大口を開け、歯茎に針を突き刺しはじめた。プスプスと、たちまち口中が血で染まった。

〈探してくれッ、蟻を探してくれッ〉武川は悲鳴を上げては、針を突き刺した。

「結局、嫉妬の黒い虫がほんとうに動きはじめて、皮膚に入ったのね」三穂はいった。

「若い女を貰ったために、眠っていた虫が起きたのだわ」

嫉妬はおそるべきものだと、三穂は思った。相手を傷つけたのち、黒い小さな虫になって自身の内部に襲いかかる。ぶるっとふるえそうな話だった。

男は無言だった。

「ねえ、きいているの」

「ああ、きいている」

男の声は、かすれていた。

「洋子の話はそれでおしまいよ」

「酒井義広の件は、どうしました」

「そうだったわね。酒井部長とは結婚以来会ったことはなかったそうよ。武川の監視がきびしくてそれどころではなかったらしいの。武川が入院してからは知らないわ。もともと関係はあったでしょうし、わかるでしょう。精神病院から迎えにこさせたのは酒井部長だそうよ。洋子が電話で相談したらしいの」

「よくわかりました」男の声は吐息をつくように深く、重かった。「おかげで、たすかりました」

「お役にたてて？」

「充分にね。ありがとう」

「まって、これっきりはいやよ。お約束は、はたしていただくわ」

男が電話を切りそうな気配に、三穂はあわてていった。

「承知しています。明晩、お店に残りのお礼を届けます」

「いいえ、明晩はお店を休みます。こちらにいらしていただける」

男はしばらく考えて、夜の九時頃に訪ねるからと、住所を訊いた。三穂は西新宿七丁目にあるマンションを教えて電話を切った。

ベッドを出て、部屋を見回した。銀座時代に買った二ＤＫのマンションだった。掃除をして、花を活けて、せいいっぱい女らしく飾って迎えようと思うと、小さなときめきが昇ってきた。

風の中に消えて行った長身がよみがえった。

翌朝、三穂はいつもより早く起きた。

昼すぎまでかけて大掃除をした。見ちがえる感じになった。あとは花を買い、料理の支度をすればいい。豪勢な料理を作ろうと思った。あの男となら愉しくすごせると思った。薄っぺらさや、金銭欲や性欲などの埃まみれのあぶらを浮かべた、ふつうの男とはちがっていた。洋子を羨ましく思っていたのが、逆になるかもしれない。

——泊っていってくれるだろうか。

花を注文して、マーケットに向かった。

マーケットの側に交番がある。交番の前を通りかかって、三穂は足を停めた。目が、指名手配犯人の人相に釘づけになった。

〈強姦・強盗・殺人容疑者——元東京地検検事、杜丘冬人三十一歳〉

くらっと、めまいがした。

新聞の見出し活字が、いくつもいくつも重なり走って、交錯した。足がふるえた。そのまま、家に戻った。

〈逃亡検事……〉

〈逃亡検事だったのだわ〉

つぶやいた。まちがいなかった。精悍で男らしい風貌だが、どことなく体全体にあった暗い感じ——どうりで、訪ねてくることをしぶったわけだ。バーのような暗いところならともかく、ほかでは顔がばれるからだ。飛行機を盗んで北海道から東京に潜入したという大見出しの新聞を読んだのは、ついこの前だった。顔写真もあったのに、なぜ、気づかなかったのか……。

三穂は血の気をなくしていた。悪い男ではなさそうだった——無理にもそう思おうとした。そう思わなければ、自分がみじめだった。しかし、無力感のようなものが体を抜けて走るのを、どうしようもなかった。強姦・強盗・殺人――ふっと、三穂はわれに返った。杜丘から十万もらって、何かの片棒を担いでしまった。

――杜丘が逮捕されたら……。

刑事がやってくる光景が、みえた。

2

「ついに、杜丘も運が尽きたようです」

細江刑事が、矢村にいった。

「さあ、どうかな……」

新宿署に向かうパトカーの窓から、矢村は熱意のない視線を外に投げて答えた。

「なにか、ご心配ごとでも？」

細江は、矢村のかわいた表情にちらと視線を向けた。眉のあたりにうっとうしいようなものが溜まっていた。三穂という女の密告で、新宿署を本部に、大包囲網のてはずがととのっていた。杜丘が三穂を訪ねさえすれば、確実に網に落ちる。逃れることは不可能だ。

逮捕を目の前にして、矢村の沈んだ表情がわからなかった。

「心配事ではない」矢村は短く否定した。「おれは、やつを逮捕することに、気がすすまんのだ」

「急にまた、なぜですか?」

矢村のいうことが、細江には奇異に思えた。

「三穂の密告で、武川洋子と酒井義広の関係がわかった。武川吉晴は城北病院で死亡しており、それがA=Zになんらかの関係があるという想像はできる。だが、それまでだ。調べてみると、武川吉晴の死因に不審な点はない。よしあっても、いまからでは調べようがない。武川と前後して三人の死人が出ているが、これも同じことだ。灰になっているんだからな。われわれには持駒はないのだ」

「ですが、杜丘を逮捕すれば……」

「おれは、無益だという気がしてきた。やつは死物狂いになっているが、情報となれば、われわれと似たりよったりだ。何か連中の犯行を示すものに近づいてはいたのだが、それがなんだかわからんのだ。だからこそ、罠をかけて遠ざけられた。いまだってまだ五里霧中だ。何かを握ったのなら、ズバリ核心を突くはずだからな」

城北精神病院は、つついてもボロを出しそうな気配はなかったし、A=Z開発中止にもこれといった含みを嗅げないのが現状だった。

「と、おっしゃると……」

「虎は野に放っておいたほうがいい。徘徊《はいかい》する跫音におびえて、動き出すやつが出てくるはずだ」

「でも、いまとなっては止めようがありません」

機動隊が新宿に投入されていた。

「そうだ。やつに、もう逃げ路はない」

車は夕暮れの新宿に入っていた。

3

その女は、さっきからなにげない視線を杜丘に向けていた。二十六、七——そんな年頃にみえた。人妻か？　人妻にしては垢ぬけのした感じをただよわせていた。水商売の女が、だれかと待ち合わせしていると、そんなふうにみえた。

新宿にあるIデパートの屋上だった。めずらしくスモッグがなく、冬の陽がさんさんと落ちていた。杜丘はその陽ざしを半顔に受けてベンチにもたれていた。土曜の午後で、子供たちが乗り物に群れており、老人や若い母親がそれを見守って、けっこう混雑していた。

杜丘は女から顔をそむけた。顔をそむけてから、杜丘はなんともいえないさみしいものを感じた。女の視線に含まれているものを杜丘は知らない。知らなくても、今までの杜丘なら女にみつめられて悪い気はしなかった。街路や広場で女漁りをしたことはないが、女にもてないという風貌ではないと、自負があった。行きずりの女に振り返られたり、みつめられたりすることがたびたびあった。得意というほどではないにしても、そうしたものは生きるための糧にはなった。

今は逆だった。女はものうい初冬の陽に染められて、ふっとマンハントでもしてみたくなったのかもしれない。混雑の中で一瞥しただけで逃亡検事と気づくはずはあるまいから、女の胸にそれに近い情感がかげろうじみた炎を燃やしていると想像すべきだったが、いまは逆にしかとれなかった。女の瞳に燃えるかげろうに、獄舎をみた。殺気に近いものをさえ感じとれるように思えた。

街を歩いていても、そうだった。振り返り、ときにみつめられる視線に、殺伐なものをしか、感じられなくなっていた。

鏡をみれば、すさみきった餓狼《がろう》じみた自分が映しだされるのではあるまいかと思う、おびえがあった。

明日のない、今日を生きるしかなかった逃亡の影が色濃くしみついてしまっている自分を、冬の澄明な陽の中に杜丘は見ていた。

――もう十一月九日か。

手に持った新聞の日付けをみて、ふっと杜丘は視線を上げた。

遠波真由美との約束の日だった――。

牧場をセスナで脱出する間際に、遠波は真由美がサラブレッド納入のために十一月九日に上京して十五日まで麴町のKホテルに滞在するから、ぶじに東京潜入ができたなら、あってやってくれといった。

上げた視線のかなたに新宿西口の高層建物がみえた。そぎ落としたような側面に桃色の陽が当たって美しい。

――電話をかけてみるか。

真由美はサラブレッドを納入するために、父親のかわりに上京するのだといっていた。

おそらく、電話を待っているにちがいない。

コートの襟を立ててベンチを立った。女は、もういなかった。

熱帯魚売場の側に赤電話があった。

「榛様でいらっしゃいますか。遠波様は今朝がたお着きで、ただ今はお出かけです。七時

過ぎにお戻りになられます。ご連絡をお待ちしているとのおことづけでございます。はい
――部屋は六階の六一三号室でございます」

フロントの返事だった。

杜丘は、いま新宿にきていること、八時ごろに電話することを伝えてくれといって電話を切った。

もとの場所に戻った。

榛姓を名乗ると、金毛の羆に喰い殺された幸吉を思いだした。幸吉の無残な死も、金毛との死闘も、生まれてはじめての操縦でセスナを夜空に駆ったことも、それらのすべてが遠い記憶としてしか残ってなかった。本来なら、金毛が怒号を放ってつかみかかったことも、幸吉のまだ動いている内臓を吐き出して死んだことも、闇の夜空に駆け昇ったときの体の細るような不安も、そうしたことはおそろしい悪夢となって眠りの中にしばしばあらわれるはずであった。

それがいっこうに夢界に襲ってこない。夢でさえも、逃亡者には過去はないのかもしれぬ――杜丘はそう思った。みる夢は決まって明日に訪れるかもしれないおびえだった。通行人に指をさされる夢が多かった。ウエイトレスに、車掌に、ふだんはなんでもないそれらのひとびとが、急に杜丘に向かって放つ指弾の高い声が、夜を押しつぶすほど、夢を喰

い荒らすのだった。

夜――逃亡者にとって夜は明日への不安と、夢へのおびえの地獄であった。その夜がまた迫っていた。

三穂との約束は、はたすつもりであった。食事はともかく、会って残金の五万を渡さねばならなかった。十五万の価値はあると杜丘は思った。相手が三穂だから、武川洋子は喋ったのだ。杜丘が訪ねても、いや、かりに矢村が訊問したとすれば、洋子は二枚貝のように口を閉じたにちがいない。

昨夜から同じつぶやきを、これでなんどか洩らした。

〈蟻走感《ぎそうかん》か……〉

皮膚を蟻が這うむずがゆい感じがするのは、自律神経失調でも起こる症状だ。統合失調症初期症状でもそれに似た感覚の起こることのあるのを、杜丘は知っていた。病が深くなれば蟻走感だけではなくて、小動物の幻影をみることがある。蛇が壁を這っていたり、寝床の中に蛙やトカゲがいたりする。

武川吉晴は変人だった。五十過ぎまで独身でいて、急に三十も年下の女を嫁にもらい、異様なほどの嫉妬をみせたことは、変人の亀裂に病の根が伸びていたとも推定できる。皮膚の下に蟻が逃げ込んで、それを殺そうと体から歯肉まで血まみれに針で突き刺したのは、病が深くなった証拠か。

〈いや、ちがう〉

三穂の話の一端から、杜丘は、武川吉晴が統合失調症ではなかったと思う論拠を得ていた。その論拠は冷えた石のようにずしりと重いものであった。

武川吉晴は統合失調症ではなかった。武川吉晴がおのれの体を針で刺したのは、薬のせいだ。

――コカイン！

杜丘の知っているかぎりでは、それは典型的なコカイン酩酊の末期症状だった。

麻薬の中ではヘロインやモルヒネと並ぶコカインだが、中毒症状のはてに小動物の幻影をみるという点で、コカインはその無残さを際だたせていた。寝床の中に、食卓に、壁に、ありとあらゆるところに蛇やサソリ、クモ、蛙などが這いはじめるのである。中毒者はおびえて眠ることもできなくなる。部屋に這っているだけならよい。やがては武川のように、蟻やミミズやシラミ、南京虫などが、皮膚の下に這い込むようになる。コカイン幻覚は皮膚と粘膜の幻覚である。それらが、皮膚の下を這って体中に逃げ回るのだ。それだけではない。歯肉や喉の奥などに糸クズやガラスの破片や砂がいっぱいたまったような感じになる。それを突き殺し、糸クズやガラスをはがそうと、中毒者はおのれの全身を針で突き、歯茎まで突き刺すが、虫はたくみに逃げ回り、とってもとっても糸クズは喉に張りつくという状態になる。

武川吉晴はコカイン中毒だった。――もちろん、精神障害でも、ていどの差こそあれ、そういう症状はないわけではない。幻覚を見、幻聴をきくのはこの病の特徴だ。幻聴覚にはさまざまなものがある。だが、杜丘が、武川吉晴をコカイン中毒だと断じるには、他にもわけがあった。

ツグミの狂死だ。

ツグミはタバコの煙をつつき、スモッグに煙った水色の月光を必死になってついばんだ。タバコと月光をまちがえたのだろうと、洋子はいった。だが、はたしてそうか。まちがえたものとかりに仮定しても、それならツグミはそもそもなぜタバコの煙を欲したのか。タバコの煙に栄養があるわけではないのだ。

ツグミはタバコの煙をつついたのではなかった。考え得る結論はそれしかなかった。

――コカインだ。

小鳥がコカイン酩酊を起こすものかは、杜丘は知らない。コカインについては麻薬事件をてがけたときに勉強した知識だけで、薬理学者ほどの蘊蓄《うんちく》があるわけではない。だが、小鳥がタバコの煙を喰うわけはないから、武川吉晴が経口か注射で体に入れたと同じコカインが、どうにかして、ツグミの餌にも混じったのにちがいない。ツグミはコカイン酩酊で幻覚をみ、タバコの煙を何かとまちがえたのだ。月光も、またしかり。

――猿にもコカインが……。

杜丘の想像はそこまでだった。それから先の闇に想像の果実のみのりをみることはできなかった。果実の存在は感じるのだが、闇のほうが厚く、果実を覆っていた。

発端は洋子だ。洋子が武川吉晴に見染められる。武川は退職官吏だが、億の財産がある。洋子の気持が動いた。武川のような中年と結婚するのは財産のためだけで、肉体的なものは酒井義広か、あるいは他の男で満たせばよいと、洋子は考えた。

ところが、武川は嫉妬の鬼だった。

武川などは早く死ねばよい。洋子でなくてもその立場になればだれでもそう願おう。洋子は酒井義広に連絡した。酒井は武川にコカインを飲ませることを提案する。製薬会社の重役だから、コカインはルートがあったものとして、武川の知らぬ間にコカインが体に入って行く。コカイン酩酊はあらゆる麻薬の中でとくに効果がすばらしい。当初は、気宇は壮大になり、芸術的な才能さえ現出する。性欲の増進はいうまでもない。洋子にとって夫がコカインに酩酊して都合の悪いことは、何一つない。

だが、やがて、コカインは常用者の人格に牙を剝きはじめる。部屋はいびつにゆがみ、カーテンはギラギラ光る物体になり、絨毯は動きはじめ、チリは金色の光を帯びて部屋をはね回る。金や銀の蜂がうなりをたてて飛びかい——登りつめた者を廃人に落とすに、そう時間はかからない。

武川を殺すことはなかった。殺しは危険だ。廃人になるのを待って精神病院に入れさえすればよい。精神病院では、もちろんコカイン中毒を看破る。が、そこは酒井が手を回してある。製薬会社と精神病院は薬で密着している。そして、事実、酒井の紹介で城北病院は武川を収容にやってきた。

洋子は武川の財産。

酒井は洋子とその財産。

発端は、そうだった。それが、朝雲殺害にどうつながったのか？

〈精神病院か……〉

つながりを考えるとすれば、舞台はそこにしかなかった。朝雲忠志は厚生省医務局医事課員である。医事課は医師業界に監督権を持っている。

城北病院に入院した武川吉晴は、死亡した。肝機能障害が事実なら、問題はない。だが、そうでないことがなんらかで発覚して、朝雲忠志が知ったとする——朝雲は医師業界の陰険さに骨にしみる恨みを抱いている。厚生省に入ったのも、折をみてそうした内部暴露をやる肚だったと、仮定できなくはない。

朝雲はネタをつかんだ。

そのネタは、酒井と洋子がなんらかの都合で武川を精神病院で殺す必要が生じ、それを実行したという、たんにそれだけのものではなかったと推定できる。武川の死をも含めて、朝雲がネタをつかんだと、手応え充分に感じられる内容のものでなければならない。そうでなければ、武川個人の死だけでは、それが殺しだとしても、朝雲の耳には届きはしないだろう。

朝雲は内密の処分を拒んだ。

酒井義広と医事課員の青山禎介、薬事課長の北島竜二の三人が、朝雲を説得にかかった。だが、朝雲は頑として応じなかった。殺さざるを得ないはめに、酒井は追い込まれる。朝雲が公表すれば、武川殺害がばれるからだ。

——薬事課長!

杜丘は眉を上げた。

朝雲の死ぬ前夜、薬事課長もきていた。なぜ、課のちがう薬事課長が……。

——薬か？……。

およその謎は解けてきたと、杜丘は思った。

ここまできての問題は、酒井が朝雲を殺す必要に迫られたとして、なぜ、猿まで一緒に殺したのかだと、杜丘はその推理に苦しんだ。

猿と一緒でなければ、朝雲を、証拠を残さずに殺すことができなかったからか。

妥当な推理はそれだった。偶然に猿がアトロピンを飲んだのだとは思えなかった。容器のないアトロピン液を猿に飲めるわけはない。解剖ではカプセルなどの検出物はいっさいなかったのだ。

酒井は、洋子からツグミがタバコの煙に異常な反応を示すことをきいたにちがいない。月光にまで何かのまぼろしをみたと。酒井はそこで悪魔的な犯行を思いついた。同じ実験を猿にもこころみた。猿はそっくり同じ反応を示した。

その反応のどこかに、朝雲殺害のアトロピン容器の謎が隠されていなければならない。だからこそ、猿も一緒に殺したのだし、朝雲家と武川家で同じ頃に猿とツグミがタバコの煙に反応をみせたのだ。そうでなくて、猿とツグミがタバコの煙を……。

〈羆か……〉

それを思いだして、杜丘は弱々しく首を振った。

なぜ、羆がタバコの煙を喰うのだ——。

デパートの閉店時間が迫っていた。

4

電話には三穂が出た。

「これからうかがってもよろしいですか」

「ええ――え、どうぞ。お待ちしてるわ」

杜丘は電話を切った。かすかな不安を呼ぶものが三穂の声にこもっていたような感じがした。最初のええと答えた声が、側にいるだれかを振り向いていったものに思えた。

杜丘はその場にしばらく佇んでいた。逃亡者の草の葉のそよぎにもゆらぐ不安定な心が生んだ疑心だと結論した。歩きだした。三穂という女に、他意はあるまい。あれば、あんな貴重な情報をよこすわけはない。好感情を持っているからこそ、招待してくれたのだ。

むしろ、好意に溺れることのほうにこそ危険があると、杜丘は思っていた。

女に飢えていることは自身がよく知っていた。誘われれば、のめり込まないとはかぎらない。たんに欲望を満たすだけではなく、女の肌に逃亡生活のすさみを癒すものをみるようになることは、避けねばならない。

三穂のマンションは新宿の大ガードの近くで、青梅街道を跨いだ一画にあった。土曜の午後の八時前で、車の混雑はまだつづいていて、人波と車の洪水を無数のネオンが赤や青に染め、夜の花が咲き乱れていた。

杜丘は足早に歩いた。女もアルコールも音楽も無縁だった。夜の花園を不粋に横切った。八階建てのマンションだが、そう大きなものではなかった。ノッポのビルで、幅がなかった。

マンションの前を足早に素通りした。マンモス歓楽街はその辺りまで触手を伸ばしてきており、飲み屋やバーがひしめいていた。巨大な胃袋に思えた。翌朝はいたるところに嘔吐があり、ゴミの山で、ポリバケツからは茶褐色の汚汁が流れ出て道を染める。消化不良の街だった。

ビルの前を一度、素通りした。十分ほどたって、戻ってきたとき、杜丘の足が停まった。オデン屋が出ていて、さっきはいなかったが、オデンを食っている三人の男の一人に見覚えがあった。

――矢村が張っている！

中年過ぎのその男は、矢村の部下の細江刑事だった。細江だけではなかった。あとの二人も捜査一課員らしかった。そう思うと、鉢巻をしたオデン屋のオヤジも刑事としてどこかで会った顔にみえた。

女と立ち話をしている男がいて、横顔をみせたとき、地検の特捜班員だとわかった。

杜丘はゆっくり踵を返した。鼓動が高鳴っていた。三穂が裏切ったのだ。矢村が張っているとすれば、ここだけではない。合図すればこの地区をいっせいに包囲する手筈がととのっている――。

「杜丘ッ、待て！」

細江のするどい声が背後を叩きつけるように襲った。オデンの屋台がはじけとんだようにみえた。

杜丘は突っ走った。走るのは危険だが、しかし走らないわけにはいかなかった。敏捷《びんしょう》な、肉食獣を思わせる足音が襲いかかっていた。逃げる路はたった一つ、車の間隙を縫って青梅街道を突っ切るしかない。歩道を逃げればたちまち群集に囲まれる。

危険を覚悟で車道に跳び出た。ここでつかまるわけにはいかなかった。なんとしてでも逃げのびねばならない。体ごと叩きつける勢いでヘッドライトの光芒を突っ切った。

背後で「杜丘ッ」と叫ぶ声と、車のすさまじい軋みが重なって、軋みは杜丘のコートをかすめて舗道にのめってドカン！　と車の砕ける音が起こった。振り返る余裕はなかった。なおも突っ切った。怒声と、急ハンドルを切り、急ブレーキを踏む音がつづいた。

どうにか路を渡って走った。

小田急ハルクの角を曲がって、走るのをやめた。ごった返す人波にまぎれる作戦に出た。

パトカーの咆哮がきこえた。一台や二台ではなかった。青梅街道にも甲州街道にも、あらゆる道路に、突っ走るホーンが湧き上がった。すぐ側の新宿署から、獲物を求めて走り出る白バイのけたたましいサイレンがつづいた。

駅に向かった杜丘は、遠くから引き返した。どの改札口にも数人の警官の姿があった。ふたたび通りに戻った。


「袋の鼠ですよ、やつは」

新宿署に設けられた指揮室で、防犯担当の東《あずま》警部がいった。

「そう願いたいね。ぜったいにだ」

伊藤検事正の顔は不安で引きつっていた。

矢村はものをいわなかった。

「こっそり張らせていた機動隊、交通機動隊、警備防犯――が、いっせいに検問をはじめました。絶対に逃げられはしません。あとは網を絞るだけです」

「ヘリコプターを盗んで逃げたりは、しないだろうね」

伊藤はまじめな顔で訊いた。

「まさか、あなた」

東警部は笑った。自信に満ちた笑いだった。

「どうしたのだ、矢村君？」

最初から黙りこくっている矢村に、伊藤が心配そうな眼差しを向けた。

矢村は答えなかった。伊藤と東を一瞥して、その視線を窓に向けた。窓ガラスを染めたネオンや新宿の夜景が明るい。パトカーの交錯する音が光彩のまたたきにまじってきこえた。


群集の中に混じって、杜丘は歌舞伎町に向かった。警官の姿はあちこちにみえた。厳戒を布いているのだ。しかし、群集をいちいち調べることはしなかった。そんなことは可能ではないのだ。もし強行すれば騒動になりかねない。庶民の街である新宿には若者とアジテーターが多い。だれかが警察ファッショだと叫べば、たちまち波紋が渦を巻いて拡がるおそれがある。不況と失業とアルコールと賭博と女と喧嘩。それにムード的反警察感情が重なって、騒動の下地はつねに充ちている街なのだ。

警察は無用の摩擦は避けていた。

群集に混じって歌舞伎町に出た杜丘は、西大久保方面に抜けようとした。が、それはすぐに絶望だとわかった。路地という路地にパトカーが停まっており、ハンドトーキーを持って立哨する機動隊員の姿があった。杜丘は群集の中に戻った。

包囲網は完全だった。新宿駅を中心に西口一帯から歌舞伎町にかけて蟻の這い出る隙間もなく出口を塞いでいた。出口さえ塞いでおけば、無理に群集とトラブルを起こすことはない。やがて人波は一人減り二人減りして、散って行く。警官の前を通り抜けられないものだけが取り残され、やがて追いつめられるのだ。

――絶望か。

青梅街道につながる街路《メーンストリート》に出て、杜丘は佇んだ。もうどこにも行くあてはなかった。ここまで必死に逃げのびてきた過去がちらとかすめた。きわどいところをそのたびにどうにか切り抜けてこられた幸運が、いま自分の体を離れるのを知った。体から重量感が消えた。そのくせ、足だけは重い。逃亡の始まりも新宿であった。終わりも、そうらしい。連鎖の輪がようやく断ち切られようとしていた。無益な一巡だったという気がした。

赤電話に、杜丘は近づいた。遠波真由美に約束を果たせないことを伝えておかねばならないと思った。その必要はないかもしれないが、ほかにはもうすることがなかった。追い詰められるのを待つだけだ。ここは田舎の警察とはちがって、世界に冠たる警視庁と東京地検の膝元だった。万に一つも希みはもてなかった。

電話に真由美が出た。

「いま、どこなの！」

真由美はいきなり甲高い声で訊いた。

杜丘は手短かに事情を説明した。

「――約束をはたせなくて、残念です。お詫びをしておきます」

「いいえ、約束は守っていただきます」

静かな中に切って返すものがあった。

「しかし、もうこうなっては脱出は不可能です。諦めるしかありません」

警官が二人、こっちに近づいていた。

「三十分後に――」真由美は急き込んでいった。

「そこから道路を渡った反対側の角に立っていて。わたしが救出してあげます」

「やめるんだ」杜丘は警官をみながら早口でいった。「そんなことは不可能だ。ここは北海道とはちがうのだ」

「とめてもだめ。もう手配はしてあるの」

「手配をしてある？」

「ええ。帰りに新宿を通って非常警戒をみたのよ。あなたの伝言と考え合わせて、囲まれたのはたぶんあなただろうと。――ともかく、きっかり三十分後にいまいった地点にいること。それまではどんなことをしてもつかまっちゃだめよ」

「だめだ！　もしもし！」

しかし、一方的に真由美は電話を切っていた。

杜丘は電話から離れた。

レストランや遊戯場のぎっしり詰まっているビルに入って、警官を避けた。三十分や一時間なら包囲の中を泳ぐことはできる。土曜の夜の八時過ぎはまだ混雑の最中だった。

だが、三十分後に真由美はいったい何をするつもりなのか――。

どんな計画を樹てたにしろ、ヘリコプターでも使わないかぎり、脱出は不可能だ。出口という出口は厳重に塞がれている。機動隊まで動員しているところをみれば、おそらくは数百人が囲んでいるのだ。

諦めるしかなかった。三十分待って、やってきた真由美を説得するつもりだった。真由美は日高牧場でも自分を榛幸吉の小舎に逃している。ここで下手に動けば、逃亡援助の罪を適用されかねない。

五分、十分と時間が過ぎて行った。

ビルを出た。繁華街に並ぶ商店をひやかしながら警官を避けて、もとの場所に戻った。

二十分が過ぎようとしていた。厳重な検問のせいで、メーンストリートは上下線ともビッシリ車が詰まっていた。車の間を縫って、指定された向こう側に、杜丘は渡った。

渋滞した車から運転手が降りて警官に喰ってかかる姿があちこちでみられた。やけにホーンを鳴らす車もある。ものものしい警官の出動に何事かを察知して、事件の起こるのを待ち構えているらしい群集もあった。何事があったのかと、きいて回る若者もある。そうした人波が歩道にあふれ、喧噪が高くなっていた。

そうした喧噪のかなたから、何かどよめきのようなものがきこえてきた。かなり遠くであった。街路が明治通りとクロスする辺りのようだ。何事かが起こったらしく、地鳴りに似たどよめきが起こって、それが歩道を埋めた人波に波動してきているようだった。その正体が何かもわからないうちに、ひとびとが叫びはじめた。

〈暴動らしいぞ!〉

杜丘の側にいた男たちが叫んだ。たしかに異様な気配だった。どよめきはかなりな早さで喧噪を捲き込んでこちらに向かっていた。杜丘の周囲の群集が揺れ動きはじめた。正体を見極めようと伸び上がり、中には渋滞に捲き込まれたトラックに走り寄って、無断で荷台に這い上がる者まであった。

〈革命だ!〉

長い髪の男が怒鳴った。

――ほんとうに暴動なのか？

杜丘は動かなかった。革命はともかくとして、触発的な暴動なら起こり得る――何かはわからない旋風《つむじかぜ》のようなものが膨れ上がりながら急速に近づきつつあった。どよめきに混じって甲高い女たちの悲鳴がきこえ、男の怒号が突っ走り、それらが渾然《こんぜん》して巨大な坩堝《るつぼ》が押し寄せていた。

杜丘はなおも動かなかった。しかし、体はバネのように撓《たわ》んでいた。異様な事態だ。暴動であれ何であれ、これは千載に一遇の好機であった。利用して逃げねばならぬ。それには押し寄せてくる坩堝の正体を見極めることだ。見極めたのち、機敏にまぎれ込む。

叫びと悲鳴の中に、杜丘は馬蹄のひびきを聴いたように思った。

――馬が！　まさか！

だが、錯覚ではなかった。

〈馬だ！　突っ走ってくるぞ！〉

〈逃げろ！　暴走だ！〉

あちこちで叫びが上がり、歩道に群がった群集が車道になだれを打って走りはじめた。

その中を馬蹄の音がきこえる――それも一頭や二頭の音ではなかった。杜丘の体を戦慄が走った。馬蹄の音はすべてを物語っていた。真由美がサラブレッドを放って包囲陣の一画を突き破ったのだ。

――なんてことを！　無謀だ！

それも、馬群は歩道を突っ走ってきているのだ。

戛然《かつぜん》と蹄鉄の音が鳴りひびいた。群集が悲鳴を残して道を割いた中を、サラブレッドの集団が疾走してきた。街灯とネオンと群集の叫びにサラブレッドは昂ぶっていた。黒い瞳が見開かれて炯《ひか》り、耳を伏せ、鼻腔がカッと開いていた。たてがみが背に躍って、ただならぬ気配だ。

先頭の馬上に男が伏せていた。巧みに馬群を誘導しているのだ。

――真由美が寄越したのか！

その男は杜丘の側を駆け抜けながら、手をさしのべた。無鉄砲であろうと、ここまできては躊躇《ちゆうちよ》することはない。杜丘はその腕に縋って大地を蹴った。

「しっかりつかまっているのよ。これから非常線を突っ切ってみせるから！」

男とみえたのは、真由美だった。

「馬です！」無線が叫んだ。「どこのどいつか、何十頭もの競走馬を放ったのです。いま西口一帯は大混乱に陥っています！」

「なに！　馬だと――」

伊藤が立ち上がった。相が変わっていた。

いっせいに各方面から無線が入りはじめた。どの報告も馬群の捲き起こした混乱を告げるものだった。

混沌としていた。

情報を整理し、真相がわかるまでに小一時間かかった。

馬は北海道の日高牧場から運んできたものだった。大型トレーラー二台から放たれた十頭だとわかった。二人の運転手が逮捕されて、事情を説明した。道に迷って新宿までやってきたところへ、二人の見知らぬ男がやってきた。男たちはそれぞれ刃物を突きつけて馬を放てと脅迫し、一頭の馬にいつも車に積んである鞍をつけて一人が乗り、放った馬群の先頭に立って走ったのだという。もう一人は介添えをして消えた。

十頭の馬は角筈《つのはず》通りを突っ切り、大ガードをくぐって西口に出た。そこからバラバラになった。青梅街道に出た馬が四頭あって、その中の一頭に二人の男が乗っていた。警官隊が阻止しようとしたが、蹄にかけられそうになって、たあいなく突っ切られた。非常線を突破した馬は路地に入り込み、細い裏路を巧みに縫って追跡を撒《ま》いた。

大ガードの手前で、杜丘らしい男が馬上に拾いあげられたのが目撃されていた。

結局、六頭の馬は新宿署裏にある公園に警官隊が追い込んだが、男二人を乗せた馬とともに四頭は未発見だった。

「ああ——」伊藤が悲痛なうめき声をあげた。「またしても、日高牧場だ！」

額に拳を当て、机に突っ伏した。

無線が入って、細江刑事が矢村に指示を乞うた。矢村は腰を上げた。

「どこへ行くのだ、矢村君——いったい、どうすればいいのだ」

伊藤が弱々しく問いかけた。

「おれにもわからん」

無造作にいって、矢村は出た。

署の玄関に細江が車を寄せていた。

「運転手は、どこにいる」

「公園です。馬を収容しています」

「そこへやってくれ」

公園は目と鼻の先だった。

馬の収容は終わっていた。

矢村は運転手の一人を脇に呼んだ。

「馬の引き渡しにはだれがきたのだ。ボスか、ボスの娘か」

「お嬢さんです」

三十前の実直そうな男だった。いざとなれば罪をかぶる覚悟が固い声に出ていた。

「ホテルは、どこだ」

「麴町の……」

「どこだ。はっきりいえ」

「たしか、Ｋホテルです。でも、お嬢さんは何もご存じありません」

「わかっている。しかし、遠波真由美がきていることは喋るな。喋れば逮捕される。わかったな」

「はい。でも、刑事さんは……」

「おれか。おれはきかなかったことにする」

矢村は踵を返した。

「Ｋホテルだ。麴町の。ただし、急がなくてもいい」

深ぶかと座席に体を埋めた。

「みごと、杜丘は逃げましたね」細江がいった。「でも、あきれた男です。あれで検事だったとは……」

「うん」

矢村はタバコをくわえてうなずいた。

Kホテルに着いたのは十一時近くだった。矢村だけホテルに入った。

「マネージャーを呼んでくれ。警察だ」

「はい。わたしですが……」

色の白い青年が眉をしかめていった。

「遠波真由美という女が泊まっているはずだ。十時前後に外出から帰った姿をみかけなかったかね。男と一緒だったかもしれん」

「なにしろ、わたしどもでは……」

青年は眉をしかめたまま、首を振った。

「部屋は」

「六一三号室でございます」

青年は、調べて答えた。

矢村は階段に向かった。

「エレベーターがございますが」

ボーイが、腰を曲げ気味に、手でリフトを指した。

「そいつは、きらいなんだ」

矢村は歩いて階段を登った。

六一三号室を捜して、ドアを叩いた。内部は静かだった。こんどは乱暴に叩いた。物音がきこえた。

「どなたなの？　いまごろ」

遠波真由美の声がした。

「警察だ。開けろ」

「けいさつ——お待ちください」

ちょっと間をおいて、ドアが開いた。

遠波真由美が立っていた。ブルーのネグリジェの下に白い肌がすけてみえ、胸が高く、パンティの周りに青ざめた感じのエロチックな陰影が溜まっていた。

「矢村警部——でしたわね」真由美の瞳がキラッと炯《ひか》った。「羆にやられた傷は、お治りになって」

「ガウンを着るんだな」矢村は真由美の体から視線をそらせた。「やつがきているはずだが、出してもらおうか」

「なんのことなの」

真由美は動かなかった。

「杜丘冬人だ」

矢村は部屋を見回した。ツインベッドの部屋は、見たかぎりでは男の気配はなかった。バスルームに矢村は視線をとめた。

「杜丘さんは、来てないわ」

真由美の声はふるえをおびていた。

「ガウンを着ろと、いっているのだ」

「いいえ」真由美ははげしく首を振った。「わたしの自由でしょう」

きっぱりした声でいうと、真由美はその場でネグリジェを脱いだ。脱ぎ捨て、つぎにブラジャーも外した。

「バカなまねはやめるんだ」

形のよい乳房が、矢村の目の前にあった。

「やめないわ」

真由美はその場でパンティも脱いだ。青ざめていた顔はいまは血の気を失って白く沈んでいた。矢村に全裸をみせて、ゆっくりバスルームに向かった。腰がくびれ、陶磁を思わせるなめらかな白い尻が、盛り上がってゆっくり動いていた。

「話がある――」矢村は声で引きとめた。「ガウンを着なさい」

矢村はベッドに腰をかけた。視線の端で真由美が裸にガウンをはおるのがみえた。

「うかがうわ」

真由美はソファに体を沈めた。

「杜丘に伝言がある」矢村はタバコをくわえていった。「かれに会ったら、君から伝えてくれ」

「いいわ」

「三穂という女から連絡があって、杜丘の動きがわかったのだ。おれは今日の午後、城北病院を調べてみた。その前に、酒井義広と例の二人が城北病院院長の堂塔康竹《どうとうやすたけ》と会ったので、内偵にかかったところだった」

矢村は、バスルームにきこえる声でいった。

「武川吉晴の死と前後して、他に三人の入院患者が死亡していることがわかった。病名は死亡届にそれぞれもっともらしいのがついている。これが、そのコピーだ。君に預けておくから、杜丘に渡してくれ」

コピーを真由美に渡した。

「その後、東邦製薬は開発中の神経遮断薬A＝Zを中止した。なにかがあることは想像できるが、証拠は消えてしまっている。死体は灰になってしまっているしな。城北精神病院の死亡率は高く、月に十人の死亡者が出ることもあるからというのが、病院側の説明だ。武川吉晴の病もカルテをみたかぎりでは、どうということはなかった……」

「お待ちください」真由美がいった。「矢村さんは、かれを逃がしてくれるの」

「いや」矢村は首を振った。「逃がしはせん。しかし、正直のところ、やつを追うのはくたびれた。コマ鼠のような男だ。それに……」

「それに、なんなの？」

「君のすばらしいヌードへの返礼もある」

矢村は渋面を崩さずにいった。

「いやらしいかた」

「いやらしくはない。君のきれいな尻をみて、それでもやつを引きずり出すわけにはいくまい。ただし、地検特捜班は血まなこになっている。用心したほうがいい」

矢村はゆっくり体を起こした。

フロントに下りた。

「いかがでした」

細江が寄ってきて訊いた。

「おらんよ」

矢村は吐き捨てるようにいった。

5

「だいじょうぶなの？」

遠波真由美はレンタカーを運転しながら、不安に曇った瞳を、杜丘に向けた。

「わからんがね、しかし、やってみるよりほかに方法がない」

杜丘はコートの襟にほおをうずめて、前方をみていた。

車は武蔵野市に向かっていた。

自分にきびしすぎる男だと、真由美はその横顔をみて思った。城北精神病院に検査のために入院させてほしいというのだった。あのカミソリじみた矢村警部が調べてわからない事情を探るには、それしかないという。真由美は大学時代の友人で、結婚して東京に在住している津山ひろみに会って、名前を借りることにした。津山ひろみが新婚の夫を精神病院に送り込むことになるのである。

精神病院はとかくの噂が多い。もちろん一部の病院であろうが、城北病院にはそのおそれが強く、いったん入院してしまえば退院させてもらえないかもしれず、また病院側が杜丘の手配写真をおぼえていればそのまま警察に引き渡される。

こわいのは、杜丘だと悟られて、酒井義広と病院を結ぶ黒い罠に拉致《らち》されてしまうことだった。殺されないまでも、武川吉晴と同じように薬を使われて、植物状態にされてしまう危険は、充分、考えられた。

「あぶないと感じたら、矢村さんに救出をたのむわ」

「そいつはやめてほしい。逮捕されてはおしまいだ」

「でも、かれは、あなたの味方よ」

「そんなにあまい男ではない。かれが逮捕をひかえたのは、おれを泳がせるためだ。みたまえ、尾行車がついてきている……」

「尾行車が？」

「さっきからみていたのだが、まちがいない。矢村の部下だ」

オリーブグリーンの小型車が二台後にさっきからついてきていた。

「撒くわ」

「そうしてくれ。病院までついてこられたのでは、ぶち壊しだ」

真由美はゆっくり車を走らせながら、交叉点でちょっとした混雑をつくり、その中にたくみにまぎれる作戦に出た。渋滞ができたり消えたりしている間に、オリーブグリーンは視界から消えた。

「怒るわよ、きっと。矢村警部……」

「かまわんさ。ところで、君が五日目に退院を申し出て、もし病院側が出さないときには、おれは独力で出てくる」

「そんな、かんたんに行くかしら」

「隙はあると思う。君には迷惑ばかりかけて済まないが、病院が出さないといえば、北海道へ帰っててくれないか。おれなら、心配はいらない。脱出には馴れているからね」

杜丘は、ふっと、笑った。

さみしさを含んだ透明な感じの笑いがほおを流れたのを、真由美はみた。

昨夜——矢村がホテルの部屋を出て、杜丘はベッドに入った。男と女の関係が生じるものと期待したが、杜丘はじきに静かな寝息をたてた。その寝顔にいまの透明な感じのさみしさが浮いていた。はてしのない追跡と逃亡に暮れる男の、なにかだったように思えた。

「追跡と逃亡の終着駅は、どこになさるおつもりなの」

「終着駅があるとすればだが——おれは君の胸に標識灯を点《とも》しておきたいと思っている」

夜空からみた闇の牧場を、杜丘は思い出していった。闇の中に自動車のヘッドライトが凄愴《せいそう》なほどのさみしさを浮かばせていたのが、よぎった。

「いいわ。灯を点して待っています」

「ありがとう」

城北病院が見えてきた。

「決心は変わらない？」

真由美が訊いた。

「変わりはしないさ」

杜丘は、真由美と並んで玄関に入った。

ブルーに統一した玄関と待合室は近代的で、清潔でおちついた感じだったが、逆に真由美はある種の植物の擬態《ぎたい》めいたおびえを感じた。ゆらりと建物が一揺れすれば、それは魔境に変貌しているかもしれない不安だった。

電話で連絡してあったので、杜丘は無造作に壁の向こうに連れ去られた。

真由美は全身の筋肉になえを感じながら、車に戻った。眠り草というのがあって、ちょっと触れるとたちまちぐったりとなる、あの感覚だった。

「幻聴覚をみるとかでしたな」

院長の堂塔康竹が、訊いた。五十年配で、太った男だった。額にするどい皺が走っていて、癇性にみえた。

「はい。ときどき、側にいない人の声がきこえるのです。それがどうも、わたしの悪口をいっているように――ばくぜんとなんですが」

「よろしい。統合失調症だ」院長は満足そうにうなずいた。「当分の間、入院しているんだな」

院長の合図で、看護人に杜丘は引きたてられた。あっという間の診断だった。

服を着替えさせられ、暗いじめじめした板を渡しただけの廊下を渡って、幾つも並んだ保護室の一つに入れられた。錆びた鉄格子が背後で重い音をたてた。

四畳ほどの部屋に三人の患者がいた。一人は頭のはげた五十過ぎの男で、一人は四十前後の職人らしい男、あとの一人は、はたち前の少年だった。板張りの部屋の隅に穴を掘っただけのコンクリートの便所があって、悪臭がただよっていた。

杜丘は板壁にもたれた。

精神病院の中にはいいかげんなのがあることはきいていたが、この城北病院はとくべつのように思えた。診察で嘘がばれるとは思わなかった。精神病の診断基準は他の医学に較べるとかなりあいまいであった。そのあいまいさが、法廷でよく争われる。犯人が心神喪失であったとか、統合失調症であったとかの鑑定で、死刑が無罪になるのだ。いつのばあいも、検事と精神鑑定医は対立する。杜丘も精神鑑定医には信を持たなかった。もちろん例外もあるが、おおかたは、我が田に水を引くことにはげむ露骨さがあった。

堂塔康竹はその口のようだった。

覚悟していたから、驚きはしなかった。武川吉晴がこの病院で死亡し、前後して三人の人間が死んでいる。それが朝雲忠志を殺害する原因となり、検事である自分が陥穽に落ちるはめになったのだ。魔窟であることは、入る前からわかっていた。

晩飯が運ばれた。冷えた麦飯に冷えたミソ汁。乾魚が一つにタクアン二切れ。ろくに洗わないアルミ容器は黒くベトついていた。

食う気にはなれなかった。

少年がこっちを見ていた。杜丘はうなずいた。少年はニコッと笑って杜丘の分に箸をつけた。

先に終えた職人ふうの男がズボンを下ろして部屋の隅にしゃがんだ。一際、悪臭が湧いた。

「いつも、あれだ」

はげ頭が、眉をしかめていった。

少年は黙って食っていた。

看護婦がきて、杜丘の血を採って行った。青ぶくれの中年女で、なぜかふてくされた顔で杜丘を覗いたが、ものはいわなかった。少年が両手を突いて看護婦を迎えたのが印象に残った。

「この病院では、よく患者が死ぬらしいですね」

裸電灯がついてから、だれにともなく、杜丘は訊いた。

「看護人にきかれたら、あんた、半殺しにされるよ」崎中と名乗ったはげ頭が声をひそめていった。「死人なんか、なんぼでも出る」

「まさか」

「そのうちにわかります。向精神薬をどっぷり飲まされましてな、そのせいで一日中ぼんやりしとって、体は動かんのです。体を絞ったら薬の水が出るんじゃないかと……」

「飲まなければいい」

すると、土井という職人ふうの男が奇妙な声をたてて笑った。「あんたな、看護人が飲むのを見届け、最後に口を開けさせて調べるんだ」

「………」

えらいことになったと、杜丘は思った。

「お宅ね、家族と面会のときに、もしそんなこと一言でもいうたら、えらいことになりますよ」

崎中がいった。

すぐにも武川吉晴のことがききたかったが、三人の性格がわかるまでは危険であった。崎中と土井はともにアル中でもう一年近く入っているのだという。アル中で一年というのはひどすぎた。せいぜい三カ月が限度である。それをきいてみた。

二人は退院を再三願い出たが許可が出ず、ついに共謀して脱走を計ったのだと、崎中が首をすくめた。発覚して、保護室に入れられている。もう二カ月近くになる。院長に嘆願するのだが、相手にされない。殺すも生かすも——ということらしい。

家族が退院を願い出ると、肝臓が悪化しているからという。事実、薬づけで肝臓はしだいに悪くなる一方だと、崎中はいった。

「院長の足の裏でも舐めるようにしてへイコラせんと、あかん」土井がいった。「あいつをみたろうが、やつは看護婦にでも両手を突いて迎えとる」

顎で少年を指した。

その少年の苦しげな息遣いが、夜中にきこえた。杜丘はだまって天井を見ていた。土井が少年の薄い布団に移ったのは知っていた。少年の白い顔が視野の隅にみえた。ちょっとあらがう気配がしたが、少年は諦めたようだった。土井は少年を裸にして背中に乗っていた。苦痛に耐えるのか、小さなうめき声が少年の口から洩れていた。

長いことつづいていたが、やがて静かになった。

翌朝、看護人がきて、杜丘の顔写真を撮《と》った。正面と横から撮った。なんのために顔写真を撮るのか——杜丘は緊張したが、訊ねはしなかった。その写真から身許が発覚するおそれが頭をかすめた。

逃亡検事だとわかれば、院長から酒井に連絡が行く。密謀が練られる。おそらく警察に突き出したりはするまい。薬で植物状態にするか、ロボトミー手術で性格を抜き取ることぐらいはやるかもしれぬ。現職の検事に強盗・強姦・殺人の罪を被せるくらいだから、その検事が潜入しているとわかっては、ぶじには済むまい。

覚悟の上だとは思うものの、冷たいおののきがあった。真由美には脱走は馴れているといったが、それは身許が発覚しないときのことで、万一発覚して薬づけにされたのでは、体が動かなくなる……。

「逃亡にそなえる写真だよ、あれァ」

土井がいった。

写真を撮られたことで、長期入院が決定したことを杜丘は知った。おそるべきあっけなさであった。真由美がたのんだのは診断入院である。その診断もせずに逃亡用の写真を撮ったのだ。

一部の精神病院があくどい営業をやっていることは杜丘も知っていた。看護人が患者を殴り殺したり、病院側が人手を減らすために患者の中から腕っぷしの強いのを助手に選び、そのボスがアウシュビッツの監視人《カポー》以上の横暴をつづけ、逆に患者から殺される事件が起きて、それまでは暗闇だった精神病院に警察のメスが一部だけ入れられた。ただ一部だけであった。同じ闇がまだまだ覆っていることは想像はしていたが、目の前にみると肌寒さを感じないではいられなかった。

政治の責任だという。医療報酬が安いから、措置入院や生活保護入院患者を可能なかぎり抱え込み、薬で儲けねばならない。それは一般の病院でも同じことである。健保報酬は一定の額に押えられているから、患者に薬を飲ますしか儲ける道はない。馬に喰わすほどの薬を出す。最近はその薬を気味悪がって飲まないで捨てる患者が増えてきた。だが、薬を拒否する患者はまだない。薬をボイコットすれば睨まれるからである。薬を捨てようが飲もうが、儲かるのは医者と製薬会社である。政治の責任はたしかにある。

だが、精神病院でとなると、話は別だ。監禁して薬づけにするのは人権無視もはなはだしい。患者を増やすために四畳の板の間に三人を閉じ込め、穴を掘っただけの便所と一緒という病院を経営する男には、人権意識はおろか、人間の性《さが》はない。

酒井義広と堂塔康竹の企んだ犯罪の根を、杜丘は見たと思った。刑務所が文化的に思えるこの陰惨な精神病院の中から、朝雲忠志殺害の黴《かび》が生え育ったのだ。

6

「武川吉晴?……」崎中は首をひねった。「あの保護室暮らしをしていたじいさんかな」

「そういやァ、あのじいさん、もとは高級官吏だとかいっとったぜ」

土井がいった。

「高級官吏でも、待遇は同じですか」

杜丘はとぼけて訊いた。

「それァ、いったん入ったら最後――」土井が声をひそめていった。「おれ、なんどかあのじいさんの世話したことあるが、あのじいさん、重症患者だとか看護人がいうとったな」

「あなたが世話をしたのですか」

「ここじゃね、大部屋に入ると、重症患者のクソの世話から何から何までやらされるのよ。

いずれ、あんたもそうなるぜ。ところであんた、そのじいさんの知り合いかい」

土井はふっと、探るような目を向けた。

「いいえ、同じ町内にいた人から、ここで死んだという噂をきいたもので……」

退院したさにどんな告げ口をされるともわからなかった。杜丘は不安を嚙み殺した。

「あれは、治験薬《ちけん》にちがいないな」

小会社の経理をしていたという崎中は、鳶職《とびしょく》だったという土井よりは分別があった。

その崎中がひくい声でいった。

「治験薬？……」

「大量投与療法という、あれですよ。大量投与だから、ふつうの薬じゃ量が多すぎてとても飲ませられない。それで十倍とかに濃い治験薬を飲ませるんです。あれ使われると、どんな男でも腰がぬけて動けんようになる。あのじいさんがそうだと、わしは……」

「いや」と、土井がしたり顔で遮った。「新薬の実験だという噂があったぜ」

「ほんとうですか、それは」

杜丘はこわがってみせた。

「三日間で四人死んだからな。それも保護室に監禁されとる老人ばっかし。それに、死なんだ患者でもえらい高熱が出て、そのあと発疹が体中にできとった。ありゃ一月ほど治らなんだな」

「あなたがみたのですか」

「みたとも」土井は顎を引いて目を三角にした。「薬で失禁してクソだらけのやつらを介抱したからな。おそろしいブツブツが体中にできとったわ」

「もう、やめてくれ。そんな話！」

少年が青白い顔でいった。

「あいつ、気が小さくてな」土井が嘲《あざわら》うようにいった。「義理のオフクロ蹴っとばしたまではよかったが、あべこべに横っ面殴られて、そんでカッとなって包丁ふり回した。近所の者がきたとき、狂ったように目が据わっとった。なに、やつはおびえてトロンとしとったんだが、ここへ連れてきたらあんた、一目みただけで精神病だと放り込まれた。出たい一心で、看護婦の足を舐める気でいやがる」

「その坊やの尻を毎晩舐めとるのは、だれですかね」

崎中が唇を曲げていった。

「なにをいってやがる。てめえの知ったかぶりで、脱出しそこねたんじゃねえか」

「まあまあ――」

杜丘は両者をなだめた。

警察も、検事も知らない世界が、ここには生きていた。

大部屋の連中が食事を配ってきた。

食器には触れない真中の部分を、すこし食べて、板壁にもたれた。

土井の排便の悪臭をかぎながら、杜丘は、危険を冒して潜り込んだだけの収穫はあったと、思った。

想像は当たっていた。――武川洋子が、夫の嫉妬深さに閉口するかして、酒井義広に連絡する。酒井はコカインをそれとなく武川に常用させる。数週間もあればコカイン酩酊がはじまる。

おのれの皮膚の下に無数の虫を這わし、喉が糸クズやガラスクズで詰まりはじめた武川は、体中を血だらけにして精神病院に担ぎ込まれた。

ちょうどその頃、東邦製薬は、矢村のいった神経遮断薬A＝Zの実験をはじめた。その実験台に、武川も含めた、保護室に監禁されている老人たちが使われた。老人といっても武川のような精神障害の患者はすくない。年とって体が弱り、多少は頭のぼけてきた老人を、最近は家族が面倒みかねて精神病院に放り込むのが多いという。面倒をみる家族がないというのもある。ふつうは家族に見守られて安らかな死を迎えるはずの老人が、現代はこの施設に集まってくる。そんな老人たちが死んでも、だれも文句はいわない。

新薬にしろ治験薬にしろ、持ってこいの実験台だ。

ところが、薬禍が出た。三日間で四人が死に、発熱者が何人か出た。それを、厚生省医務局医事課の朝雲が知った。朝雲は摘発するといった。同じ厚生省の薬事課長が間に入ったのをみても、それは明らかだ。厚生省は医師の味方であり製薬会社の味方である。寄ってたかって朝雲に翻意を求めた。

朝雲は、殺された。

殺さなければ、新薬の人体実験がばれて四人の人間が死んだのがばれるだけではない。武川にコカインを使わせて廃人にしたことまでばれるおそれがある。新薬A＝Zの人体実験による死は賠償で濁せるかもしれないが、麻薬取締法違反はかならず実刑が出る。売買ではなく殺人の目的でやったとなると、救いようがない。

朝雲忠志は殺害された――。

矢村警部と杜丘が現場を検証した。

矢村は自殺と判定した。

杜丘は他殺説を主張した。

酒井義広を尾行して、陥穽に……。

〈なぜだ……〉

杜丘は肚でつぶやいた。他殺説を主張し、尾行をはじめた段階で杜丘にわかっていたことは、なにもない。アトロピン液の容器がなかったことだけだ。綿密な殺害計画をたてた犯人にはそれくらいのことはわかっている。追跡をはじめたその段階で検事を葬る覚悟を決めるには、それだけの何かがなければならない。

杜丘は仮説をたてた。もしあの時点で杜丘の追及がこの城北精神病院に伸びていたとすれば、酒井と堂塔にとっては容易ならざる事態というおびえはある。だが、ここまで追及の手が伸びていたかとなると、疑問だ。百歩をゆずって伸びていたとして、崎中と土井に訊いたことが正面から訊問してわかったかとなると、それは不可能に近い。

犯人はあわてて検事を陥れることはない。かりに検事を陥れたとして、そのために警察が他殺説に傾けばヤブをつついて蛇を出したことになる。どうにもなりはしないのだ。

結論は一つだと、杜丘は思った。

杜丘自身は気づかなかったが、犯人が綿密に練った殺害計画の輪の一つに、自分はそれと知らずに触れていたのだ。犯人はその傷口の化膿をおそれた。一人、他殺説をとなえて尾行をはじめた杜丘が、いつその傷口に気づくかと……。

気づけば犯行が容易に解ける、それは何かだった。だからこそ、むりにでも陥穽を設ける必要があったのだ。一時にもせよ、目をそらさせることができれば、犯人は有利になる。

人体実験の患者の発熱発疹は治っていようし、焼却した死体は調べようがない。その上に、杜丘がそのとき知らずに触れた犯行を示す傷口は、時がたてば消えるものだったのかもしれない。

——その傷口とは、なんだ。

思い出せるかぎりの事件現場の様子を、何十回となく克明に反芻《はんすう》してみたが、キーワード らしいものといっては朝雲の妻にきいた、猿が喰ったというタバコの煙しかなかった。

〈タバコの煙か……〉

ツグミもそれを欲し、そして武川吉晴は狂乱の末に殺されている。ツグミと猿がアトロピンではなくコカインによる幻覚をみたのだと解ければ、武川、ツグミ、猿、そして殺害のキーワードはコカインだとなる。

——だが、それなら、羆はどうする?

羆がコカインを、などとは、とうてい考えられない。

杜丘が知らずに触れていた犯行の傷口——それは、何なのか? 材料が揃い、犯行の枝葉の繋りは目にみえるものの、そのぶきみな繋りは肝心の幹を覆い隠していた。

糞尿にまみれた豚のような四日間が過ぎた。

夜になると、土井は少年の尻を抱いた。四日間で一日休んだだけだった。杜丘も崎中もだまっていた。最初、少年は苦痛の声を上げているのかと杜丘は思ったが、そうではなかった。少年は感応しているのだとわかった。

その少年は、昼間は看護婦に両手を突いて媚を示していた。

さいわい、杜丘には大量の向精神薬は出なかった。五日目に妻が診断結果をききにくることになっている。退院を強く申し出ることになっていたが、病院側は妻に病状を説明して正式に入院を決め、それから大量投与をはじめるつもりのようだった。

大量投与――それ自体は決して悪いわけではなかった。統合失調症や強度の鬱病患者には大量の向精神薬を飲ませる。神経遮断薬や抗鬱薬が発明されたおかげで精神病院の様相が一変したといわれていた。大量投与で症状が改善されるから、暴れたりする患者はなくなった。したがって病棟も開放的でふつうの病院と変わらなくなってきている。陰惨さはなくなったのだ。向精神薬発達のせいで――。

杜丘は、そうきいていた。たしかにそのとおりかもしれない。ただし、正しい治療を行なう精神病院での話だった。患者を診察もしないで抱き込み、不平をいわさぬように向精神薬づけにして儲けに専念する病院は、論外だった。薬の悪用である。ここでは、薬は拘束服《キャミソール》のかわりに使われていた。

みていると、同房の三人もかなりの量の薬を飲まされていた。薬に悪馴れしているというこもあったが、それでも三人とも横になれば眠っていた。丸太ん棒と変わらなかった。杜丘の薬は少量だったが、やはり眠ろうと思えばいつでも眠れた。

五日目の午後になって、怒った顔の看護人がやってきて、杜丘を呼んだ。

退院かと思ったが、事態は急速に悪化したことがわかった。一回り狭い部屋に入室を命じられた。

「そこに入っとれ」といった。入ると、鉄扉の閉じる重い音がした。

独房のようだった。同室者はなかった。穴を開けた便所から腐臭が昇っていた。

看護人は刺すような視線を向けてから、ものもいわないで引き上げた。

板壁にもたれて杜丘は原因を考えた。真由美が退院要請に来なかったわけはない。来たが、予想したとおり、たぶん通じなかったのだ。

しかし、それだけではない。それだけならこの独房に移されたりはするまい。

――身許がばれたのか？

その可能性が強かった。看護人の目には酷薄な光が浮いていたようだった。

脱出するなら早いほうがよい――そう思った。妻を蹴った以上、今夜からでも薬づけになるおそれがある。薬で腰が抜け、失禁状態になっては、脱出は不可能だ。

体を動かしてみた。ほとんど食べてない上に薬を飲まされているから力感はない。ないが、一人や二人の看護人なら、叩きつけて通れないことはあるまい。杜丘は歯を嚙みしめた。脱出するときは、てかげんはしないつもりだ。いのちがけでやる覚悟を決めた。ここは精神病院ではなかった。敵地なのだ。連れ戻されたら最後、植物状態にされることは避けられない。

それにしても、夜を待たねばならない。昼間の脱出は目につきすぎる。

——堂塔はどう出るか。

逃亡検事が潜入したとわかったのだとすれば、そのときの驚愕《きょうがく》した顔がみえる。

筋肉に静かな憤りの力を溜めて、杜丘は先方の出方を待った。

「出ろッ、診察だ」

看護人の乱暴な声がかかったのは、夜に入ってだった。二人の男に杜丘は引きずり出された。明らかに悪意のこもった扱いだった。

院長室に連れ込まれた。

「掛けろ」院長は冷たい目で杜丘を見た。「君はいったい何者なんだ。本名をいってみろ」

「津山皎二ですが……」

「でたらめをいうな。その津山がなぜ、武川吉晴のことを調べる」

あっと、思った。昼前に崎中と土井が診察に呼びだされたのを思いだした。あれは、様子を訊くためだったのか。

「武川さんを知ってる知人がいたものですから」

「津山皎二は、電話に出たよ」院長の額に癇性の筋が走り、くぼんだ目が、けものじみた残忍さを浮かべた。「いわなければ、いうようにさせてやるまでだ」

堂塔はテーブルの電撃療法器を顎で示した。

「いっておくが、こいつは百十ボルトの交流を額に当てるものでな、ふつうは麻酔をかけて通電するが、このままやると君はどうなると思う。いうまでもない。君は失神して全身に強直痙攣《けいれん》を起こす。ときには一週間も記憶が戻らんこともある。雷に直撃されたぐらい強いのだ。一度やれば、二度目はこの器具をみただけで君はわしの奴隷になることを申し出るだろうな。這いつくばって」

堂塔は陰惨にほおをゆがめた。

「なるほど」

杜丘はゆっくりうなずいた。電撃療法をなんども麻酔なしでやられると、どんな人間でも性格がぼけておとなしくなるというのは、きいたことがあった。そんなものを食っては、脱出どころではない。うなずきながら、隙をみた。背後には二人の看護人が立っていた。

その看護人が堂塔の目くばせで、杜丘の両腕を押えた。

一瞬おそかったことを、杜丘は後悔した。

「わしはな、君らに〈なるほど〉などといわれる人間ではない。名前を忘れたのなら、思い出させてやろうじゃないか」

堂塔は電極を手に取った。それを目の前に突きつけた。

「待ってくれ――」

そう叫んだつもりが、声にはならなかった。電極が、ガーとほおをなでた一瞬、杜丘ははね上がった。何事が起きたのか理解できない瞬間であった。

「こいつはほおだが、額にやれば脳に通電して、君は痙攣の上、小便をもらして失神する。どうだ、それをやってもらいたいか」

「………」

杜丘はだまって堂塔をみつめた。サディスチックな、くぼんだ堂塔の目だった。

「這え。這ってわしの奴隷になるのだ。そうしなければ、君は一生ここから出られなくなる」

杜丘は、首を横に振った。

「そういうことなら、実力で奴隷にしてやろうじゃないか」

堂塔の目に油膜めいたにぶい光をみたと思った瞬間、電極が杜丘の額に押し当てられた。放電中の雷雲に捲き込まれたと思った。脳がもだえ狂い、その後は何もわからなかった。

「だらしないやつだ」

悲鳴を上げて失神した杜丘を、堂塔は足で蹴った。

第八章　クモの巣

1

帰郷をのばして、遠波真由美は杜丘冬人からの連絡を待った。

退院の要請を院長から蹴られたのが、十一月十四日だった。十五、十六、十七と、焦躁のうちに三日間が過ぎた。杜丘からの連絡はなかった。脱出すれば津山宅に電話が入る約束になっていたが、その電話はかかってこなかった。

脱出の機会をうかがっているのか、それとも身許がばれて薬づけになり、身動きできない状態でいるのではあるまいか。そう思うと、いたたまれなかった。

一刻も早く救出すべきではないか。

――もし、ロボトミーでもやられたら？

ロボトミーとは前頭葉白質切截をいう。額に穴をあけて前頭葉神経を切ってしまう。前頭葉は高等精神巣だから、そこを切られると性格が変わって、ぼけた人間になる。一時は精神病院ではロボトミーが流行した。どんな男でもそれをやられると病院側に従順になる。喜怒の感情が長くつづかず、夢もみず、取越苦労もしない。なかば植物的になる。精神病院にはもってこいである。

だが、いまはロボトミーは廃《すた》れた。人権侵害もはなはだしいからだ。それに手術による死亡率も高い。しかし、なくなったわけではない。新聞記事にもときどき、世紀末的な手術を平然と行なう病院を訴える、患者の談話が出る。

それを杜丘にやらないという保証はどこにもなかった。万一、身許がばれでもすれば、杜丘は堂塔にとっては危険この上ない敵である。杜丘の感情を抜き去ることに躊躇はしまい。あとで問題になっても、杜丘は実際に粗暴な行為が多い為にロボトミーをやったのだと釈明すれば、非難はあるだろうが、済まないわけではない。強盗・強姦・殺人をやったのだからと、逆に世間はなっとくする。

あのおそるべき金毛の羆に立ち向かって幸吉の仇を討ち、一度の練習もなしに日高山脈のそびえる夜空にセスナを駆った杜丘の果敢さが消えてしまうかもしれないのだと思うと、真由美には堪えられなかった。

明日いっぱい待ってそれで連絡がなければ、真由美はもう一度、城北病院に強硬に退院を迫る肚を決めた。杜丘の自力脱出にまかせてはおけない事態だった。病院が拒否すれば、そのときは、ためらうことなく矢村警部に救出を依頼するしかなかった。

さいわい、杜丘の記憶は減退してなかった。

独房に放り込まれて、鍵がかけられた。

「明日の晩までによく考えておけ。それでまだ思い出せなけりゃ、何回でもかけてやる」

看護人が、嘲ることばを残して去った。

〈明日の晩か――〉

杜丘は力なくつぶやいた。何回も電撃療法をやられると、ロボトミーと同じに性格がボケるときいていた。

早く脱出しなければと思う焦りが、絶望の闇の中に徐々に引き込まれて行くのがわかった。薬だった。失神から回復させられて、杜丘は薬を突きつけられた。飲まなければ――と、堂塔は電極を握った。まるで凶悪無残な目だった。大量の向精神薬らしいものを飲まざるを得なかった。その薬がいま全身に毒物のように滲んでいた。眠りと絶望の深い淵が体も感覚も引きずり込もうとしていた。

城北精神病院をあまくみたことを悔いながら、杜丘は崩れ折れた。

翌日は昼近くまで目が醒めなかった。目覚めてみると、犬や猫の食器より汚ない食器に飯が盛られていた。千切大根の浮いた味噌汁だけで、お菜はなかった。杜丘は食器を取った。頭が重く、体はどうにか動くていどで、食欲などはなかったが、食わねばならないと、自分にいいきかせた。体力の衰えるのはたとえ一滴でも防がねばならない。

味噌汁をかけて、食った。汚物を食うような感じがした。

昼に、また薬を飲まされた。看護人が二人、木刀を持って立ちはだかった。ためらえば容赦なく殴る構えだった。

薬のために、また杜丘は眠った。口を開け、舌を動かさせてまで調べるから、どうにも逃れる方法がなかった。眠りながら、いよいよ薬づけが始まったのだと知った。肝臓が毒に染まって機能を停止した感じがした。そのせいで衰弱がひどく、二人の男を叩きつけてでもと思う気力は、もうどこにもなかった。

夜まで眠って、また院長室に連れ出された。体はふらふらしていた。

「どうだ、考えは決まったか」

堂塔は冷笑を浮かべた。

杜丘は黙っていた。

「しぶといやつだ」堂塔は電極を握った。「そんなにこいつが好きなら、何十回でもかけてやろうじゃないか」

声が昂ぶっていた。まるで、意のままにならない動物にたいする態度だ。

「待ってくれ」杜丘はいった。舌の回りがなめらかに動かなかった。「いうよ」

名前をいうのは死の宣告を受けるにひとしい。どんな陰険な虐待がなされるかわからなかった。だが、電撃療法でボケてしまったのではどうにもならない。

「ようやくわかったらしいな」

「ああ」と杜丘は弱々しくうなずいていった。「わたしは、杜丘冬人だ」

「杜丘――冬人!」

堂塔のくぼんだ眼が一瞬みひらかれ、驚愕の表情が去って、口がしまりなくあいていた。

「それは、ほんとうか!」

「ほんとうだ」

「しかし――それは……」

堂塔は口の中で何かを、つぶやいた。

「わたしがここに潜入したわけは、あなたは、ご存じのはずだ」

杜丘は悪あがきはしなかった。

「それァむろん——いや、わしにはなんのことか、見当がつかん」

堂塔はあわてて否定した。困惑の色があらわれていた。

「わたしを警察に引き渡しますか。それとも、このまま退院させますか」

「それァむろん——」堂塔は同じことをいった。「君は逃亡検事だ。殺人犯人でもある。警察は君を逮捕することに全力をあげている——しかし、だ」

堂塔の目に、持ち前の残忍さとずるさがよぎった。

「しかし、君は統合失調症で、いまはわしの患者だ」

「なるほど……」

「そのなるほどはやめろ！　君をどうするかはわしが決める。よし、連れて行け」

堂塔の顔にようやく不敵なものがあらわれた。しかし、その不敵な表情の下にある皮膚を染めたおびえはかくせなかった。

杜丘は房に戻された。

薬を、また飲まされた。

看護人の扱いが急に用心深くなった。脱出を極度に警戒する様《さま》が露骨だった。

翌日は何事も起こらなかった。ただ、薬が変わったようだった。昼過ぎに飲まされた薬で杜丘は足が立たなくなった。腰も抜けたように感じた。このままでは失禁すると思った。

思いながら崩れ落ちた。毒を飲まされたのではあるまいかという気がした。

その晩は、堂塔に呼ばれなかった。

どう処置するかを、酒井義広と相談しているのにちがいあるまいと、夢遊病者じみた頭で杜丘は考えた。結論が出るのは一、二日後と思った。ロボトミーをやって性格を変えてしまうか、それとも薬づけと電撃療法で廃人にするか。または闇に葬るか。いずれにしても警察には渡すまい。自分たちの首を締めることになるから。

薬を飲むのをやめねばならない。薬さえ飲まねばなんとでもなるのだ。

——だが、どうやる?

うつろな頭で、杜丘は考えた。

薬のせいで、部屋が揺れていた。

2

杜丘からの連絡はなかった。

十一月十九日朝——。

遠波真由美は城北病院に向かった。もう猶予はならなかった。

「しつこいかただね、あんたも」

堂塔は、真由美をみて眉をひそめた。

「そんないいかたはないと思います」真由美の顔は青ざめていた。「夫を退院させていただきます。あなたに引き止める権限はないはずです」

「だから、ご主人は統合失調症で危険な状態にあると申し上げたでしょう」

「統合失調症についてあなたと争いたくはありませんが、統合失調症の診断は容易ではないというのが学説ではありませんか。過去の症例や、生活環境なども診断には必要だとあります。あなたは、妻のわたしに何も訊ねず、ただ幻覚をときにみるだけの軽い症状の夫を重症者だといっています」

臆しているばあいではなかった。

「わしも同様に、統合失調症について素人のあなたと争いたくはないのでね。あきらめてお引き取りいただきましょうか」

堂塔は冷ややかにいった。

「妻の要請を退けてまで、あなたの一存で夫を監禁できる権限がおありですか」

「危険な患者は強制入院させられるんでね」

「あくまでも危険だとおっしゃるのですか」

真由美の声がふるえた。老獪《ろうかい》で厚顔な堂塔をねじ伏せる力は、真由美にはなかった。

「それほどわたしの診断を疑うのでしたら、都の鑑定医を寄越したらどうです。わたしはこれでも精神科医としては知られた男でね。診断には自信を持っているんです」

堂塔はうそぶいた。そのうそぶきに、病院が行政と密着しているのを真由美は感じた。

「強制入院のばあいは、行政の長の承認がいるはずです」

「これから東京都に書類を出すところでね」

ひるまなかった。

「めちゃくちゃです!」真由美は叫んだ。「それにしても、妻のわたしには病院を選ぶ権利があるはずです」

「妻――」堂塔の目が真由美の乳房にとまり、ゆっくり体を舐めた。「ほんとうの津山皎二さんは自宅にいて電話に出ましたよ。患者にきいてみたところ、患者は妻などないそうですがね」

「そんな……」

冷たいものが体を走った。杜丘冬人だと、ばれてしまったのか?

「お帰りください。他人のあなたにこそ、なんの権限もないのです。もし、あの男が犯罪者だってごらんなさい。あなたは他人の名をかたって犯罪者をかくまおうとしたことになるのですよ」

「………」

「おわかりいただけたようですな」

堂塔は卑屈な感じの笑いをこぼした。こぼした後のほおはこわばっていた。

真由美は病院を出た。

――杜丘は敵の手に落ちた。

そのことだけが頭にあった。追われるように病院を離れた。

最初に目についた公衆電話に駆け寄った。警視庁にかけ、捜査一課の矢村警部につないでもらった。

「矢村は帰郷中ですが」

「帰郷中――くには、どちらなのです」

不安が真由美を襲った。

「九州です。母キトクの電報がありましてね、昨夜おそく発ったばかりです」

「呼び戻していただけませんか」

思わず、真由美はいった。

「呼び戻す！　いったいあなたと矢村のご関係は――いや、どういう用件なのです。キトクの母から呼び戻すほどの急用なら、わたしがうけたまわりましょうか」

むっとした、若い声だった。

「矢村警部でなければだめなんです!」真由美は泣き声をだした。「とにかく、電話だけでも入れてみてください」

「だから、用件を……」

「………」

真由美は電話を切った。

いってよいものなら、東京地検に駆け込む。所轄の警察にでも。だが、そうすれば杜丘は救出されるかわりに、逮捕される。逮捕されても犯罪をあばけるだけの証拠をつかんでいればともかく、杜丘のいうタバコの煙のキーワードなどは一笑に付されることは目にみえていた。

——かんじんなときに矢村警部が……。

真由美はタクシーを拾った。

ホテルに戻って、父に電話するしかなかった。父は中央政界にコネが強い。精神病院から杜丘を出すくらいは、やれないことはあるまい。思ってもみなかった希みが湧いた。

ホテルに戻るなり、電話を入れた。

父は札幌に行って留守だった。

至急、父の居所を突きとめて電話を入れるよう命じて、切った。

——その間に何かが起きたら……。

堂塔康竹は、杜丘冬人とわかった以上、ぶじには出すまい。治外法権的な精神病院という機構をたくみに使って、杜丘をふぬけ人間に造りかえるのはわけはない。真由美が警察に訴える危惧も考慮して、どんなてをうつかわかったものではなかった。

電話は、なかなか鳴らなかった。

三時間近くたって、午後もおそくなった頃、ベルが鳴った。

「お父様！」

しかし、出たのは交換だった。

「おれだ、矢村だ」矢村の錆《さ》びた声が、伝わった。「なんの用だね」

「杜丘さんが、たいへんなの！」

「やつがどうした」

矢村の声はおちついていた。

真由美は事情を手短かに訴えた。

「だれかに、そいつを喋ったか」

「いえ、だれにも――」

「わかった」放った矢が鳴るような、ひくいがするどい声がした。「これから帰るが、あんたはいますぐにそのホテルを出て、渋谷のTホテルに移るんだ。そこは危険だ。榛姓でチェックインしてくれ」

「いいわ。すぐ移ります。でも、お母様は？」

「死んだ」

そういって、矢村は電話を切った。

3

東京地検特捜班の緊急会議が開かれたのは、十一月十九日の午後だった。

矢村警部に不穏の動きのあることを、警視庁に出向していた特捜班員がつかんだ。遠波と名乗る女から、緊急を要する、それも一刻を争うという感じの電話があり、通話は一方的に切れたが、捜査一課員が一応、矢村の故郷に電話を入れてみた。矢村は、わかったと答えただけで、べつに指示はなかった。

特捜班ではその電話の主が遠波真由美ではあるまいかとみて、北海道に照会した。上京中とのことであった。滞在先のホテルを調べてみた。チェックアウトしたばかりだった。しかし、特捜班員はそのホテルで重大なことを発見した。杜丘が包囲から逃げのびた夜、矢村がやってきて、遠波真由美に会ったらしいことだった。

「遠波真由美が馬を放って杜丘を救けたのだ。そして、自分のホテルに連れ帰った——矢村は包囲が失敗したあと、遠波真由美を訪ねている。やつは、そこで、杜丘に会ったのだ」

伊藤検事正は唇を嚙んだ。

「だが、なぜです？　なぜ矢村は杜丘を逃がしたのです」

班員の一人が訊いた。

「わからん」伊藤はにがい顔を振った。「たとえ、どんな考えがあってのことであろうと、矢村はわれわれに背信行為をしたのだ。許さん」

もとはといえば、手錠をかけさせなかった自分のおちどがあるから下手《したて》に出ていた伊藤だったが、矢村のこの明らかな背信行為を知っては、黙視できなかった。

「懲戒を申請してやる。しかし、その前に証拠をつかまねばならん。遠波真由美が急いでホテルを出たところをみると、矢村と電話連絡がとれたのだ。矢村はたぶん今夜の飛行便で戻ってくる。空港を張るのだ。それから尾行だ」

声は激していた。

「杜丘に会うと思いますか?」

「たぶんな」

「そのときは……」

「かまわん。矢村を逮捕したまえ」

伊藤の目は冷たく燃えていた。

特捜班員一同の表情には重苦しいものがあった。

矢村が羽田に着いたのは、夜おそくだった。

空港から遠波真由美に電話を入れて、ホテルで待っているように告げた矢村は、タクシーを拾った。

まっすぐ、城北病院に向かった。

潮時だろうと、矢村は思った。杜丘が城北病院の探索をはじめたことは承知していた。撒《ま》かれはしたが、尾行した捜査員が武蔵野市に向かった杜丘の車を確認していた。

城北精神病院は正攻法では崩せなかった。何か容疑があればだが、漠然とした疑いだけでは、矢村としてもどうしようもなかった。同じことは酒井義広にもいえた。アトロピン容器の謎を解くいとぐちがないかぎり、締め上げるてだてがなかった。捜査員に内偵はつづけさせているものの、どこからも酒井はボロを出さなかった。すべてが、朝雲忠志殺害にかかっていた。それが根だった。根さえ掘り起こせば枝葉は自然に枯れ落ちる。横路夫婦、武川吉晴――それらは枝葉であった。

結局、矢村はサジを投げた。投げざるを得なかった。朝雲殺害の根は矢村には掘れなかった。杜丘を泳がせるしか方法はなかった。罠に落ちた杜丘はけもののように生命を賭けて敵に迫っている。いのちをかけた男は警察に手の出せないことをやってのける。城北精神病院に潜り込むくらいはやってのけるだろうと、矢村は杜丘の精悍な動きに期待した。だが、逆につかまってしまったとは……。

――ここらが、潮時だ。

救出すれば、逮捕するしかない。ことに、病院から連れ出すとなれば、放すわけにはいかない。逮捕してあらいざらいぶちまけさせ、正攻法で攻撃するしかなかった。

――やつには、気のどくだが……。

数台の車が入れ変わりながら尾行していることに、矢村は気づかなかった。

城北病院に着いたのは、真夜中近かった。深夜にもかかわらず玄関に灯がついて、なんとなく気配が騒々しかった。

「堂塔院長に会いたい。警視庁だ」

応対に出た看護人の顔色が変わった。

応接間に通ってしばらく待つと、堂塔が入ってきた。顔をしかめて、そのくせおびえた目がおちつかなかった。

「この夜中に、いったいなんの用です」

堂塔は虚勢を張った。

「津山皎二を出してもらおうか」

「さあ、そんな男は存じていませんが」

堂塔はくぼんだ目を天井に向けた。

「とぼける気かね」矢村はちょっとの間、ことばを切った。「病院中を引っくり返されたいのか」

「捜したって、そんな男はいやしませんよ」

「勘ちがいしないほうがいい。男だけじゃない。脱税、医師法違反、精神衛生法違反、人権侵害、傷害、暴行、——患者の一人一人を訊問すれば、あんたをつぶすくらいわけはない。警察をなめんほうがいい」

矢村は席を立った。

「お待ちください」堂塔の顔から虚勢が消えた。「思いちがいをしていました」

「思いちがいか……」

矢村は腰を下ろした。

「ほんとうのことをいいます。じつは、津山皎二には今夜、九時すぎに脱走されたのです」

「脱走——信じられんね、そいつは」

「こいつが、証拠です」

堂塔は入れ歯を外してみせた。歯が二本、折れていた。

「なんだね、そいつは」

矢村は汚ならしそうに眉をしかめた。

「あいつめ、わしを人質にして、わしのほおに電撃療法に使う電極をあてやがった。そのときのショックで歯が折れたのだ」

肚だたしそうに、入れ歯を納めた。

「あんたにしては、うかつだったな」

杜丘冬人とわかって厳戒の中を脱出するのは容易ではない。とくに精神病院からは。薬づけになっていたはずだ。それを——杜丘のタフぶりに、矢村はふっといらだちを感じた。ヨロヨロになって救出される想像が裏切られたためばかりではなかった。

「そう、うかつだった……」

堂塔は精気のない顔でうなずいた。

杜丘は薬づけになっていた。そいつはまちがいない。反抗心を起こさせぬように向精神薬を四百ミリ近く飲ませてあったのだ。ふらふらになっているはずで、腰のぬけないのがふしぎなくらいだった。

八時すぎに院長室に連れてこさせた。杜丘の足は乱れていた。看護人が杜丘を椅子に掛けさせた。杜丘はぐったりと体を沈めた——と思ったつぎの瞬間、跳ね上がっていた。どこに隠していたのかと思われるするどい動きだった。堂塔は首を締められていた。

「動くな！」

杜丘は片腕に電極をにぎっていた。躍りかかった看護人の一人が顔に電極を突きつけられて部屋の隅にふっとんだ。

「乱暴するな」

「乱暴はしない」と、杜丘はいった。「あなたにお返しをするだけだ」

「やめてくれ！」

堂塔は首を締められたまま、悲鳴を上げた。電極が額を擦過した。歯がガチガチ鳴った。白眼を剝いた目の奥で火花が砕けて、どこかの骨の折れる音をきいたように思った。

「院長を救けたければ、騒ぐな」杜丘は電極を引き千切り、机にあった鋏《はさみ》をとって堂塔の背に当てた。「おれの服と車を用意するんだ。警察にしらせると、堂塔を刺し殺す」

「け、けいさつにはいうな！」

堂塔は叫んだ。杜丘は鋏の先を背中に突き刺していた。血の流れるのがわかった。ブスリと、抉《えぐ》られる恐怖に、堂塔はあぶら汗を流した。

堂塔は車に引きずり込まれた。

しばらく無言で車を走らせた杜丘は、さみしい場所を選んで車を停めた。「あばよ」と、杜丘はそれだけいって車を下りた。コートの襟をたてた長身が闇にまぎれた。

車で引き倒してやる。——そう思ったが、杜丘はキーを持ち去っていた。

「これをみてくれ」

堂塔は背中をめくって、血のにじんだバンソウコウを、矢村にみせた。

あくどい稼ぎで溜めた脂肪が、皮膚の下に、黄色味をおびたにこごりのように溜まっていた。

矢村は顔をそむけて立った。

やつめ——と、肚の中で、またしても脱走に成功した杜丘に憤りに似たものを吐き出していた。

4

立ちくらみがしたのは、荻窪まできてからだった。わずかな瞬間だが、体からいっさいの重さがぬけた感じがした。そのくせ、立ちくらみが過ぎた後の体は大地に吸い込まれそうなほど重かった。

杜丘は電車を降りた。終電間近い時刻だった。かなりの熱のあることが、体を駆け抜けて行く風に似た悪寒でわかった。歩く足取りに力が入らなかった。

バー街に近い通りだった。

ビルの壁に、杜丘は体をもたせかけた。のめり込みそうだった。旅館を捜さねばならない。うつろな視線を周囲に向けたが、旅館もホテルもそのあたりにはなかった。

右のほうに、女が一人、信号待ちをしていた。

左のほうからは、警官が自転車で近づいてくるのがみえた。

杜丘は歩きだした。職務質問にかかってはそれまでだった。足に力を入れて、ゆっくりすれちがった。

警官が行ってしまうと、もう動く体力が残ってなかった。路地に入って建物の壁にぐったりよりかかった。

睡魔がとりついた。

「ちょっと、どうかしたの？」

女の声がした。目を開けてみると、信号待ちをしていた女のようだった。三十前後の面長な顔の女が覗き込んでいた。

杜丘は、ゆっくり首を振った。

女は、男の唇がふるえているのをみた。街灯のかすかな明りに男の顔は青白く冴えてみえた。ほおがこけていた。目のするどさや鼻筋の脇にできた濃い陰影などから、一瞬、女は凄惨なという感じを受けた。

「あんた、警察に追われているわね」

女は訊いた。

「いや――」

「隠してもわたしにはわかるのよ。さっきからあんたのこと、見てたんだから」

「もう、行ってくれませんか」

杜丘は、かろうじていった。

「熱があるようね」女はつっと額に手を触れた。

「いけない、たいへんな熱だわ。あなた、行くところあるの？」

「旅館か、ホテルを、捜している……」

「おかねは持っているの」

「いまは、持ってない。しかし……」

杜丘はかすかに首を振った。つづけて説明しようとしたが、それだけの気力がなかった。

「そんなとこだろうと思ったわ」

女はもういちど男の顔を覗いた。真正面からライトで照らしても消えそうにない深い翳りがあったが、もしそれを取り除くことができれば、案外無垢な肌の見えそうな感じだった。

「いらっしゃい」

腕をとって、肩にかけた。

「どこへです」

「黙ってわたしに任せとけばいいわ」

女は、長身の男を肩に支えて通りに出た。

タクシーが停まって、ドアを開けた。

走り出したタクシーのフロントガラスにネオンが流れて、それが太い虹になって突き刺さるように迫ってきたのを、杜丘はみた。避けようとしてぐらつき、女の体に頭をのめり込ませた。支えたのは乳房だと思ったが、それっきりだった。

5

「どういうことなんだね」

矢村は椅子を引き寄せて腰を下ろした。伊藤の表情はつねとはちがっていた。はっきりと喧嘩腰なのがわかった。検察庁に呼びつけるというのもおだやかではなかった。

「君は、われわれを裏切って、杜丘の逃走に手を貸した」

血の筋を引いた伊藤の目は、暗かった。

「なんのことだか」

矢村はタバコをくわえて、天井を見た。

「とぼけるな。証拠は上がっている。新宿で包囲した晩、君は遠波真由美の部屋で杜丘を発見しておきながら、逃がした。精神病院潜入も知っていた。警官の君がそうやったばあいは、五年以下の懲役になることを知っているだろうな」

「ホテルには杜丘はいなかったし、精神病院におれが訪ねたのは津山皎二という男だ——そう答えたら、どうなる」

伊藤は追い詰められた鼠だと、矢村は思った。いや、特捜班員全員が窮鼠《きゅうそ》だった。

「往生際が悪いな。その津山皎二の妻は遠波真由美の友人だ。津山皎二は入院なんかしていない」

「それなら訊くが、津山皎二の名で入院した男が杜丘だという証拠があるのかね。堂塔がそう認めたわけではあるまい」

「法廷で吐かせてやるさ」

「では、おれも法廷でお目にかかろう」矢村は腰を上げた。「おれの逮捕状がとれたら、やってくるんだな」

「話はまだ終わっていない」きびしい声で伊藤はいった。「遠波真由美の居場所をいうんだ。それから、この事件から君はいっさい手を引く。こっちの条件はその二つだ」

「どっちも断わる」矢村は立ったまま答えた。「朝雲殺害はおれの手で処理するといったはずだ。それに、いっとくが、おれは捜査で飯を食ってきた男だ。あんたの脅しにのると思うのか」

「これは脅しではない。われわれは検察庁の威信をかけている。君が反抗するなら、潰してやる。最後の警告だ」

「検察庁の威信か――」矢村は険しい目で伊藤をみた。「おれには、そんなものはない。

あるのは自分の信念だけだ」

いい捨てて、矢村は踵を返した。

6

目が醒めたのは、昼前だった。杜丘は布団の中に寝ていた。六畳間に小さな台所のついた部屋だった。だれもいなかった。枕元に薬や氷のうなどが置いてあった。パジャマを着ていた。

しばらく天井を見ていると、女のことがよみがえってきた。

ドアの開く音がした。

「お目ざめね」

女は枕元に坐って、京子だと名乗った。

「だいぶ、迷惑をかけたらしい」

杜丘は天井をみたままいった。京子と名乗った女は、面長で痩せていた。肌の荒れだけではないすさんだものが表情に出ていた。

「そう、迷惑だったわ」京子はくったくのない声でいった。「医師《せんせい》を呼んできて注射してもらい、それからあなたの体をお湯で拭いて、着替えさせて――臭かったわよ、あなたの体……」

「よけいなことをしてくれた」杜丘は、こみ上げてくる怒りに似たものを呑み込んだ。

「みず知らずのあなたのやることではない」

「ご心配なく、あなたの自尊心は傷つきゃしない。わたしは馴れているの」

京子はタバコをくわえていった。

「馴れている？」

「男の体に奉仕するのがわたしの仕事なの。いろいろなこと要求されて、羞恥心なんて――でも、セックスなしで男の体にさわったの、はじめてだったわ。臭かったけど、ちょっと感激した」

「臭い臭いと、いわないでくれ」

眠っている間にこの女が――屈辱に近いものを、杜丘は感じた。臭いのは当然だった。十日近く風呂に入ってないのだ。入らないだけではなかった。便所と同棲していたのだ。

便所――うっと、吐き気がこみ上げた。あわてて口を押えた。

「吐くの」

京子が心配そうに覗いた。

「いえ、だいじょうぶです」

吐き気を衝《つ》き上げた映像を消そうとして、固く目を閉じた。だが、閉じると、よけい鮮明に浮かんだ。

——向精神薬を飲まされつづけたのでは、脱出は不可能だった。堂塔はそれを計算している。腰がぬけ、失禁しそうになるほど薬づけにしておいて、その間に酒井義広と対策を練る気だ。その対策とは、たぶん杜丘の高等感情を切り取って半植物状態に改造することだ。ここに入院させたという証人がいる以上、消しはできまい。あるいはわざと隙を作って脱出させ、横路夫婦のように消す手段に出ないともかぎらない。酒井と堂塔にとっては危険きわまりない敵だから、抹殺にためらったりはしない。だが、殺しには多少の危険がともなう。となれば、やはり手術だ。病状が悪化したといえば、合法的にロボトミー手術ができる。

脱出は一刻を争うところにきていた。高等感情を切り取られて半植物状態になって暮らすくらいなら、杜丘は死を選んだ。

——薬をなんとかしなければ。

薬を飲まないわけにはいかないから、飲んで吐くことを杜丘は考えた。ところが、吐くには馴れがいる。酒を飲みすぎたときなど、器用にもどしてしまう人がいるが、杜丘は不得手だった。喉の奥に手を入れ、体を二つに折って苦しんだが、食べるものが喉を通らない状態だから、吐くのは容易ではなかった。出ても、すこししか出ない。薬は一日に三度飲ませられる。完全に、そしてすばやくもどさなければ危険だった。薬が効きはじめると神経から筋肉が弛緩して、もどす機能はおろか、もどそうとする意志さえもなくなる。

脱出は、つぎに堂塔に呼び出されるときに決行しなければならない。処刑を宣告されてからではよけい監視がきびしくなる。

杜丘は便所をみた。セメントの四角い穴があいているだけの便器の底には、つねに逆流してくる汚水が溜まっていた。その水をアルマイトのコップで汲《く》んだ。悪臭が鼻をついた。看護人が薬を飲ませ、口の中を調べて去ってすぐ、杜丘はその汚水を、目をつぶって飲んだ。胃まで吐き出してしまいそうな激しい嘔吐が衝き上げた。いっぺんで胃の中は空になった。

朝、昼、晩、杜丘は汚水を飲んだ。脱出に失敗すれば、生きているというだけの植物状態に改造されて堂塔に隷従させられるのだと思うと、汚水を飲むだけの気力が出たのだった。

「すまなかった」杜丘は京子に詫びた。「あなたに文句をいいたかったのではなく、ただ、汚れていたから恥ずかしかったのだ」

「謝ることないわ。あなたとわたしでは身分がちがうもの」

「身分?……」

なにをいいだしたのかと思った。

「わたしは夜の女。あなたは、もと東京地検検事の杜丘冬人さん……」

「知って、いたのか」

杜丘は京子を見た。特別の感情は見えなかった。

「風呂屋と交番でね、あなたの写真みてきたの」

「そうだったのか」杜丘は布団を出た。まだめまいが残っていた。「おれの服を出してもらいたい」

「クリーニングに出したわ」

「クリーニングに!　いつだしたのです」

「おとといよ」

「おととい――というと」

「そう、あなたは二日間、眠りっぱなしだったのよ。体が衰弱している上に肺炎を起こしているから、とうぶんは安静にするようにって医師《せんせい》がいったわ。だからクリーニングに出したの」

「しかし、君はなぜ……」

布団に腰を下ろした。

「犯罪者をかくまうのかっていうのなら、答えはかんたんよ。あなたは無実だという記事も週刊誌には出ているわ。もしそうなら、復職するかもしれないじゃない。一方、わたしは売春罪で地検送りになる公算が強いし、そのときは杜丘検事殿に……」

「やめるんだ！」

ひくいが、するどい声で杜丘はいった。

「ほんとうは……」

何かに刺しつらぬかれでもしたように体を固くした京子は、いいかけてやめた。

「ほんとうは、なんです？」

杜丘はおだやかに訊いた。

「セックスのともなわない男の世話をしたかったのよ。ううん、そうじゃない。してもいいわ。あなたがしたければいまでもさせてあげる。元気になって出ていくまで毎日でもさせてあげる。でも、お金はもらわない。ただよ。ただで毎日わたしを抱いて、わたしに介抱されて元気になって出て行った男のひとがある――いいえ、ちがうわ！　そんなロマンチックなこと、うそだわ。そんな思い出なんか、なんにもなりはしないわ。さみしいのかな？　それァ、さみしいことはさみしいわ。街で男に声をかけて、セックスのお相手をして——でも、それはわたしの仕事よ。ひょっとしたら、恋人が欲しかったのかもしれない。あなたのように、決してヒモなんかにはならない、男らしい恋人が」

一気に、京子はそこまで喋った。

「でも、それも、うそだわ」京子は声を立てて笑った。「ほんとうはね、わたし、こんな仕事をしているせいか、妙な夢をみるの……」

「妙な夢?」

「夢の中でね、自分がだれだかわからなくなったり、帰る家も故郷もなくなっていたり、それで、わたしだけどうしたんだろうって、もう死にそうにさみしくなる夢なの。これでも昔は夫がいてね、たまにそんな夢をみても、醒めると、ああ、わたしには夫がいたんだわと、安心できたの。それが、いまはだれもいない。ひとりぼっち……」

京子は、膝に視線を落とした。

「こんなことといつまでもつづくわけはないし、定着したもののないおびえが夢に出るのだろうと思うわ。それでね、あなたが逃亡検事だとわかったとき、あなたも夢の中では未来を失っているのではないのだろうかと、そう思ったのよ。それなら、同病者だわ。しかもね、身分のちがう同病者——わたし、下層階級でないあなたのようなインテリが同じ未来のない世界に堕《お》ちてきたのをみて、正直、ほっとしたわ。人間、だれでもそう幸福なばかりではないのだと思って。ひがみなの。そのひがみをあなたが埋めてくれたように思えたのよ。ごめんなさい」

京子は途中から声をしめらせていた。

「…………」

〈未来か？〉

窓から冬の弱い陽が射して、京子の横顔を染めていた。

売春を職業とわり切っている女が最近は多い。レディとしか思えない二十過《はたち》ぎの娘がマッサージの免許を持って客に呼ばれてホテルにくる。マッサージのマの字も知りはしない。性技だけはすぐれている。呆れるほど表情が明るい。ねたましくなるくらいだ。

三十前後のこの女には、そうした明るさはない。おそらく、自分でいうように愉しい未来はあるまい。未来が消えて、そのくせおぞましい過去ばかりが膨れ上がって行く。膨れ上がって行く過去の闇が、未来の正体なのだった。

だが、それはだれにとっても同じことであった。国家公務員である検事という職にあるかぎりは、京子のように帰る家のない夢はみないですんだ。計算された、あるいはされ得ると信じた未来がぎっしりと詰まっていると信じていたからだ。その未来が、ふいと、奇術師の指先から消えるように消えてなくなるとは、だれも思わない。

人はみな逃亡者かもしれない。犯罪をおかして警察に追われているだけが逃亡者とはいえなかった。明日を失い、昨日を失うことは逃亡への旅立ちであった。そして、逃亡者には今日を生きることしか残されていない。闇の一部にスポットライトを当てたように、そこだけしかない、どこへも通じない絶縁された今日……。

それにしても、こうした京子のような人間を裁くときに冷たく法文だけを適用したかってを思うと、杜丘は背筋が冷たかった。

ものを知らなさすぎたと思う、悔いとも赤面ともつかないものがあった。

7

城北病院に潜入するために、二十万ばかり残っていた逃亡資金は、遠波真由美の手で津山ひろみに預けてあった。脱出すれば津山に連絡して受け取ることになっていた。

津山に電話をかけてもらったのは、翌朝だった。

「現金書留でわたし宛てに送金してくれるそうよ」

京子が戻ってきて、いった。

「君には迷惑をかけた。着きしだい、おれは出て行く。犯罪者を匿《かくま》ったことがわかると、逃走援助、犯人蔵匿という罪が君にもおよぶからね」

「どうしても行くってんなら、しかたがないわ」京子はうなずいた。瘦せぎすなせいか、睫《まつげ》がひょろ長く、幸が薄そうに見えた。「でも妙な法律ね、動けない病人を介抱して罪になるなんて……」

「うん。法律なんてのは、どこかに妙なところがあるもんだ」

「あなたは検事だったから、法律を侵すのが習慣的にこわいのね。わたしは平気だわ。もともと法律の外で生きているのだから」

「いや」杜丘は苦笑した。「逃亡生活ではずいぶん法律を侵してきた。詐欺、銃砲所持違反、狩猟法違反、飛行機強盗、航法違反――それに、刑法第九十七条の逃走の罪だ。こまかく数えたらいくつになるか。これからも侵すだろうしね」

「これからも、まだやるの」

京子は不安そうに、杜丘を覗いた。

「犯人を追いつめるまではね」

「それじゃ」京子は頭を上げて笑った。「かりに無実が証明されても、そっちのほうの罪で刑務所行きよ」

「刑務所には行かんよ」

「だったら、一生逃亡生活？」

「そのつもりだ」

「復職した杜丘検事殿に、地検の一室で〈まともに暮らせよ〉なんて説教される一幕はないのね」

「そんなことをするくらいなら、君のヒモになるほうがましだな」

　実感であった。

「ほんとう？」京子の声がふっとしめりをおびた。

「あなたはヒモになる男ではないわ。でも、一晩だけ、そうしてくれない」

「どういうことです？」

「わたしは夜になると街に出て行くわ。でも、家に戻ればあなたがいると思うと、相手の男にどんな嫌なことをされてもがまんできるわ。ヒモってのはそのために必要なの。ヒモの効用ってとこかな。叩かれたり絞られたりしても、みんなヒモを持っているわ。わたしは持ったこと、ないけど……」

「そんなことでしたら」

　杜丘はうなずいた。

「よかった」

安心したようにいうと、京子はその場で服を脱いだ。青白い体だった。杜丘の見ている前でシュミーズ一枚になって、布団に入ってきた。

「ヒモは自分の女を抱いて、やさしくしてくれるものなのよ」

「でも、そいつは……」

「じっと抱いててくれてるだけでいいわ」

京子は足をからませていった。

しばらくそのままでいて、杜丘はそっと京子の背中に手を回した。京子は目を閉じ、杜丘の胸に顔をくっつけていた。女の匂いがむせんだ。

カーテンの隙間から洩れる冬の弱い陽射しの中を、弱ったハエが一匹這っていた。

ドアを小さく叩く音がした。「新聞の勧誘よ、きっと」京子はそのときまで胸の前で組んでいた手を、恥じらうしぐさで杜丘の腰にそっと乗せた。

ドアの開く音がしたような気がした。

杜丘は、息を呑んだ。

長身の矢村警部が、渋面を浮かべて二人を見下ろしていた。

「やっているのか」

矢村がひくい声でいった。

「いや」

「なら、起きろ」

見下ろしたままでいった。

「なんなの、あんた！　ひとの部屋に！」

シュミーズ姿の京子が、食ってかかった。

「静かにしろ。警察だ」

「け、けいさつ！」

苦虫を噛みつぶした顔の矢村から、京子は杜丘に視線を向けた。杜丘は青い顔でうなずいた。「警視庁のかただ」

「あ、あなたを逮捕にきたの！」

京子は、布団に崩れるように坐った。

「そうだ」杜丘は壁にかけた服をとって、着替えをはじめた。「警部——一つだけ、たのみをきいてくれないか」

「なんだ」

「この女は、見逃してやってほしい」

「いいだろう」

いい捨てて矢村は踵を返した。

「世話になった」着替えを済ませて、杜丘は京子の手をとった。「体をこわさんようにな。おれにいえるのは、それしかない」

京子はこっくりうなずいて、杜丘の血の気を失った唇が小さく痙攣しているのをみつめた。

ドアのところで矢村が振り返った。

「その女——このことはなかったことにするんだ。いっさい忘れてしまえ」

京子はうなずいた。

矢村と杜丘は並んで廊下を歩いた。

「だいぶ、人相が悪くなったな」

歩きながら、矢村がいった。

「あんたほどではあるまい」杜丘は苦笑した。「しかし、まあ、人相も悪くならずにはおくまい。ところで、手錠をかけないのか？」

「ああ」

「隙があれば、おれは逃げるぜ」

「逃げてみろ」矢村はひくい声でいった。「だてに拳銃は持ってないぜ」

「持ってはいても、あのていどの腕ではね」

「罷か……」矢村は、そっと左の腕を押えた。「あれは、相手が悪かった」

パトカーも警官の姿もなかった。覆面パトカーが一台停まっていた。運転席にいたのは細江刑事だった。細江は車を寄せてきた。挨拶はしなかった。杜丘に向けた視線をすぐにそらした。

「どこへ、行くのだ」

通りすがりの女が、怪訝そうな顔で杜丘を見た。すこし行って、足を停めて振り返ったのがみえた。

「黙ってついてこい。それとも手錠をはめられたいか」

「いや。このままのほうがいい」

杜丘は覆面パトカーに乗った。ふとみると、アパートの二階の窓のカーテンの陰に、シュミーズ姿の京子が身をひそめて覗いていた。

さっきの女はもういなかった。

「こいつは君の金だ」細江が車を発車させると、矢村は封書を渡した。「津山ひろみから預った」

「そういうことか」杜丘は、矢村がやってきたルートが想像できた。「遠波真由美さんはどうしている」

「地検特捜班が血眼で捜しているが、今頃は北海道に向かって飛びたっているだろう。一緒に金を届けるといったが、おれがむりに帰らせたのだ。あんなところを見させたくはないからな」

「おれは……」

「まあいい」

と、矢村はいった。

車は目白台にある高級マンションに着いた。守衛室のある、コの字型の建物の中庭にはプールまである立派なものだった。

「あんたが、ここに住んでいるのか」

細江は車を運転して帰り、二人はエレベーターに乗った。

「そうだ」

「一つ訊くが、おれは逮捕されたのかね」

「そうだ。ばあいによっては放してやるが、だいたいはぶち込むつもりだ」

矢村はそっけなく答えた。

十一階にある部屋のベランダからは、新宿から中野が見下ろせた。

「そのへんに掛けろ」

テーブルには飲みかけのウイスキーが三本あって、グラスや小皿や何かが雑然としていた。黒レザー張りのソファには新聞や雑誌が乱雑に放り投げてあった。

「奥さんは――いなかったんだな」

「よけいなことを喋るな」

矢村は氷を持ってきて、自分のグラスだけに入れてケンタッキーバーボンを割った。

「おれには、飲ませないのか」

「ほしければかってに飲め。むりに飲んでもらいたくはない」

「乱暴な男だな、あい変わらず」

杜丘もケンタッキーバーボンを氷で割った。久しく飲まなかったバーボンの香料が口の中に拡がって、滲みた。


逃亡事件の杜丘らしい男が、目付きの悪い仲間と車に乗った――特捜班がその情報を受けたのは、午前十時前だった。通報者は目撃してから二十分後に電話をかけたという。家庭の主婦で、車種やナンバーはおぼえてなかった。

――矢村だ！

伊藤はとっさにそう思った。目付きの悪いのは矢村の特徴だ。また、矢村以外に杜丘をそうかんたんに捜し出せる男はいない。捜査一課に電話をかけてみた。矢村は留守だった。念のために杜丘逮捕の連絡があったかを訊いてみたが、ないという。

特捜班員が矢村の顔写真を持って通報者に会った。やはり矢村だった。

報告をきいて、伊藤の目に強く炯《ひか》るものが浮いた。喰うか喰われるかだと、伊藤は覚悟した。矢村と杜丘の接触ははっきりした。理由もなく矢村が動くわけはないから、矢村は矢村なりに朝雲忠志殺害事件の根を掘ろうとしているのはわかる。しかし、ここまできては伊藤と矢村の利害は袂《たもと》を分かつ。なにがなんでも一刻も早く杜丘を逮捕する——検察庁の面目をかけて。伊藤の使命はそこにあった。矢村の動きは伊藤の地位を葬りかねなかった。

——懲戒を申請して、つぶしてやる！

伊藤は電話をとって、警視庁の上層部を呼び出した。

8

「ところで、横路夫婦を殺《や》ったのか」

グラスに口をつけて、矢村は炯る目を杜丘に据えた。

「妙なことはいわんでくれ。おれが殺《や》ったと思っているなら、あんたのことだ、真由美さんの裸に退散するわけはないだろう」

「あれは、いい尻だった」矢村はニコリともせずにいった。「ありったけのことを話せ」

「わかったよ」杜丘はグラスを乾した。「問題は朝雲忠志殺害の動機だ。三穂から武川吉晴の件はきいただろう」

「統合失調症で入院し、肝機能障害で死亡したことはな」

「ちょっと待った、三穂は入院前の症状は話さなかったのか」

「きいてないぞ、おれは。何かあったのか？」

「そうだったのか……」どうりで、矢村が酒井を野放しにしているわけだ。密告した三穂の悩みを、杜丘は知った。「武川吉晴は統合失調症ではない。あれはコカイン酩酊だ」

「なに、コカイン！」矢村の表情がすーと険しくなった。「コカイン酩酊だという証拠があるのか」

「証拠はないが、あの症状はコカイン酩酊の末期症状だ。まちがいない」

三穂からきいた武川の病状を、杜丘は説明した。

「あの女め！」

矢村の眉にこぼれそうな険相が溜まっていた。

「三穂を責めるのはやめてくれないか。あの女のおかげで真相が見えはじめたのだ」

「わかっている」

「それならいい。——ところで、武川洋子の飼っていたツグミが幻覚をみている。朝雲の猿も同じ幻覚をみている。ツグミと猿が同じ幻覚をというのは妙だ。なんらかの理由でコカインを餌に混入され、幻覚をみたのではないかと、おれは思っている……」

「タバコの煙のことか」

矢村の視線が遠くに向いた。

「そうだ。タバコの煙だ。おれの推理をいうと、こうなる。——武川洋子は夫の嫉妬に耐えかねた。若い男と会う機会もない。そこで、酒井義広に救けを求めた。酒井はコカインで武川吉晴を廃人にして、精神病院に送り込み、洋子と財産をものにする計画をたてた。武川は洋子と結婚してからその変人ぶりに磨きがかかり、ほとんど家を出なかったそうだ。コカイン酩酊が出ても、わかりはしない。酩酊が出るまでにコカインによって精神を蝕《むしば》まれているからよけいだ。一方、城北病院では、死んでもどこからも文句の出ない老人患者ばかりに東邦製薬の新薬を与えた。あんたのいったA＝Zだ。人体実験だ。武川吉晴も入っていた。そして、武川も含めて四人が死に、他の患者には高熱がつづいて、ひどい発疹が出た……」

「まて、そのA＝Zの人体実験とやらは、たしかなのか」

「そうだ。あんたの示唆で、潜入してたしかめたのだ。九分九厘、まちがいない。製薬会社というのは、どんどん新薬を出さねば経営がなりたたない仕組みになっているのは知っているだろう。一つの薬が効かなくなる寿命というものがある。だいたい二、三年だといわれている。新薬を出すことは至上命令だ。ところが新薬というのは、動物実験から臨床例報告とうるさい手続きを経ないと許可にはならない。酒井はその実験に、城北病院の患者を使ったものと思われる」

「それでA＝Zの開発を中止したのか……」

「たぶん、そうではないかと思う。現在、精神病院では薬物の大量療法というのが花を咲かせている。薬の進歩で、今までどうにもならなかった精神病患者でも治療が可能になったそうだ。大量に薬を費消するから、向精神薬の研究というのはさかんだ。ところが、神経遮断薬などの向精神薬はまたの名を、〈化学の拘束服《キャミソール》〉とも呼ばれている。大量に飲ませれば、どんな粗暴な患者でも失禁して、一日中トロンとしている。手間ひまがかからないわけだ。おれは、堂塔は悪魔的な経営方針をとっていると断じることができる。大量療法は拘束服《キャミソール》のかわりであり、薬をどっさり使って儲けるためにしかすぎない。治療などということは頭にない男だ。そんな男だから、酒井と組んだのだ。呆れたことに、実験用のラッテやマウスより患者の待遇は悪いのだ。待遇などといえたものではないかもしれない。老人を閉じ込めた保護室などというのは、悲惨この上ない。クソまみれだ。また、そういう老人が多い。家庭から見放されるんだな。家族にしても、寝たきりの老人を抱えては生活ができないということもあろうが、ともかく、老人がすこしぼけてくると、精神病院に入れるのが現在の世相らしい。親一人子一人の家庭ではたしかに面倒はみられない。そんなことしていては社会の落伍者になる。しかし、余裕のある家庭でもいまはそうなんだそうだ。一般の病院が引き受けないから、精神病院に掃き寄せられてくる。老人というのは多かれ少なかれ、ぼけてくるものであり、それをどんどん精神病院に放り込むというのは、なげかわしい」

「堂塔が平気で人体実験をやれるわけか……」

「そういうことだ。だれに気がねすることもない。武川吉晴もその中に組み込まれたのだ。若い女に手を出したばかりに、あわれなものだ」

「あの野郎め！」矢村はグラスを音たてて置いた。

「君はその堂塔に電撃療法をかけたそうだな」

「本来ならあの男こそ精神療法を受けねばならんのでね」

白眼を剝いて入れ歯を吐き出した堂塔を思い出して、杜丘は苦笑した。

「――ところで、その人体実験による死亡を、どういうルートからか、朝雲忠志が知った。朝雲は医師業界に恨みを抱いている。そうかんたんには懐柔できない。酒井は関係の深い薬事課長を引っぱり出して説得した。ところが、朝雲はがんとして首をたてにふらない。同じ厚生省の医事課と薬事課の衝突では、ことはおだやかに済むはずはない。A＝Z中止には厚生省の圧力がかかったにちがいない。開発は中止にしたが、朝雲が医師法違反で城北病院を手入れすれば、高熱と発疹をだした患者から四人の死因を辿られることになる。厚生省にとっては朝雲は腹の中に巣喰う毒虫と同じだ。それだけではない。酒井としてはコカインによる武川吉晴廃人計画まで発覚することになる。――動機は、それだ」

「なるほど――で、朝雲殺害には、ツグミと猿にコカインを与えて何かの実験をした。その結果がアトロピンの容器の謎につながるというのか」

矢村はむずかしい顔でウイスキーを注いだ。

「そういうことになる。それでなければツグミと猿に幻覚をみせる必要もなく、また猿も同時に殺さねばならない必要性はないわけだ。猿と人間を同時に殺すというのは、至難のことだといわねばならない」

「それで……」

「もっかのところ、おれに推理できるのはそこまでだ」

「喋らんつもりか」

矢村は険をこめた視線を、杜丘に向けた。

「おれはあんたに逮捕されている。強盗・強姦はともかく、横路加代殺害現場におれは指紋を残した。ここでぶち込まれては無実は証明できない。なにもかもおれには不利だ。裁判にも負けよう。だから、おれは、いのちがけで逃げている。だが、結局、あんたには負けた。おれの話が信用できなければ、ぶち込むんだな。そのかわり、あんたはこの一連の事件の犯人を永遠に掌中にはできない」

「…………」

矢村はどこからか吸いかけの、ちびた葉巻を捜し出してきて、くわえた。ものをいわなかった。半白眼で杜丘をみて、煙を吐きだした。

「おれに一つだけはっきりいえることは、連中がおれに罠をかけたのは、朝雲他殺説を主張したおれが、連中がおびえる何かの真実——もっとも触れられたくない犯罪の芯に、知らずに触れていたにちがいないということだ。連中はあわてた。それを調べられては、当時はまだ人体実験患者に発疹が出ていたから、そこからもろもろの罪が発覚するおそれがある。で、ともかく、おれを罠に落として傷を癒やそうとなったのだ。きいているのか」

「きいている」

「どう考えてもそいつは〈タバコの煙〉しかない。猿とタバコの煙――それに、酒井はおれの尾行を承知していたから、武川洋子がタクシーの運転手に喋ったツグミとタバコの煙も、おれの耳に入った可能性をおそれていたはずだ。とすると、キーワードは〈タバコの煙〉しかない。おれは逃亡中ずっと、いや、武川吉晴のコカインのことがわかってからは、とくにそのキーワードを考えている。何かがなければならんのだとね。しかし……」

杜丘は、榛幸吉にきいた羆とタバコの煙の話をした。

「羆もそうだというのが、コカイン酩酊者の喉にからんだ糸クズのように、どうにもおれからはがれないのだ……」

はがれるものなら、針で掘り出したいほどだった。

「それで」矢村は葉巻を置いて、グラスをとった。「これからどうする気だったのだ」

「どうもこうもあるものか。おれにはそのキーワードを解いて酒井義広に迫るしか道がないのだ。それもあんたがたの国家権力から逃げ……」

杜丘は声を呑んだ。

「なんだ！」

矢村が嚙みつくようにいった。

「タバコの煙だ！」杜丘は押し殺した声で叫んだ。

「いや、クモの巣だ！」

「クモの巣？」

「そうだ――」

杜丘は遠い目を上げた。視線は矢村を透して、迷い犬を拾った都境の間道に伸びていた。路端にみごとな幾何模様のクモの巣があった。みとれていると、小鳥がどこからかはばたいて、昆虫を捉えたクモを、ついばんだ――。

そのクモの幾何模様が、葉巻からゆっくり立ち昇って崩れた紫煙のなかに、浮かんだのだ。それほど、たったいま矢村の手から昇った紫煙はクモの巣に似ていた。

〈クモの巣……〉

杜丘は、都境の間道からふたたび矢村に視線を戻して、つぶやいた。猿も、ツグミも、タバコの煙ではなくて、煙にクモの巣の幻影をみたのではあるまいか。

「朝雲家の庭のクモの巣をみただろう」

「ああ、みた。鑑識が公害グモだとかいって写真に納めたようだったな」

矢村が答えた。

「よくきいてくれ」杜丘は矢村の目をみつめた。

「おれは山中でクモの巣を小鳥が襲うのをみた。クモを喰ったのだ。あのグロテスクなクモを喰うとは残忍な小鳥だと思い、また生存のきびしさを知らされたと思ったが、要するにクモは小鳥の餌だったのだ。いま、その葉巻の紫煙がゆっくり崩れて、クモの幾何模様に、おれにはみえた。おれが小鳥なら、まちがえてつつきはしないだろうか？……」

「とっぴな仮説だが、小鳥がコカインに酔っていれば、わからん」

「いや、コカインではなかったのだ」

「なにをいっとるのだ、君は！」

矢村は乱暴にグラスを置いた。

「考えてみれば」杜丘はゆっくり首を振った。

「いや、みなくても、羆にコカインは無縁だ。アトロピンならともかくな。それに羆にも猿にもツグミにも一つの共通性があることに、いまあらためて気づいた。――それは人間に飼われていることだ」

「その共通性が何になる」

「そんなことが、おれにわかるものか」杜丘はグラスにバーボンを注いだ。「わからんが、タバコの煙はクモの巣だったことは、たしかかもしれん」

「待て」矢村はバーボンを取り上げた。「そうガブガブ飲むな。――かりにクモの巣だとしてだ、羆や猿やツグミが喰うとすればクモだ。巣なんか喰うわけではあるまい」

「そういえば、そうだ」

杜丘は、グラスを握って考え込んだ。

「それにだ」矢村は、杜丘の沈鬱な表情にいった。

「あの庭にあったクモの巣は、どれも幾何模様なんてものじゃない。アブストラクトの連中のよたった絵みたいだった」

「………」

「それはまだいい」矢村は自分のグラスにはバーボンを注いだ。「そのよたったクモの巣と、アトロピン容器の謎がどうしてつながるというんだ」

「わからん……」杜丘は考えをまとめるしぐさで首を振った。「わからんが、おれは、あの庭のクモの巣をじっとみていた記憶がある。そのおれを女中がみていて、連中に何かの折に、妙な検事だぐらいに喋ったとしたら、どうなる——タバコの煙が犯行のキーワードで、そのタバコの煙は実は庭の、ク、モ、の、巣だったのだ。しかも、おれは他殺を主張して……」

「………」

こんどは矢村がグラスを握って、黙った。

「何かが、あの庭にあったのだ」杜丘はうめくようにいった。「謎は事件現場にあるというが、おれもあんたも、ひどくかんたんなもので、しかし重大なものを見落としていたのだ」

よたがかったクモの巣が、杜丘を見下ろしてふっと嗤《わら》ったような気がした。

矢村の前のバーボンを引き寄せたが、矢村はだまっていた。

「ところで、おれをどうする気だ」

杜丘はウイスキーを注いで、訊いた。

「正直なところ——」矢村は瞑想の淵から体を起こして、ポツンといった。「この事件はおれの手に負えそうにない」

「そいつはおれも同じだ。だが、あんたとちがう点が一つ、おれにはある」

「…………」

「おれは、アイヌの老人の幸吉さんと、あの金毛を狙った。金毛は最初は巧妙に逃げ回っていたが、ある日を境に逆襲に転じた。あの巨体で音もなくおれたちの周辺に忍び寄った。おれはそのときのぶきみさが忘れられん。狙われたときの、いや逆襲に出られたときの跫音もしないそのぶきみさを、おれは、おれを陥れた犯人にきかせるために、いのちがけで戻ってきた。あの老練な幸吉が金毛に喰い殺されたように、おれもまた逆襲の逆襲に遇って墓穴を掘るかもしれんが、それでもおれはやるしかなかった。過去も未来も失ったおれには、その日にいのちを賭けて存分に生きるしかなかったのだ。そこが、あんたとちがっていた」

「わかっている」矢村は灰色ににぶく炯る目を杜丘に向けた。「おれは、君が羆を殺し、無謀にも夜空に駆け昇ったと知って、横路加代殺害は無実だと思いはじめた。姑息《こそく》な犯罪者のやることではない。そこで、君の狙っているものを先取りしようとしたが、かんじんの朝雲殺害の謎は固い扉を閉ざしたままだ。横路敬二も殺され、このほうにもてがかりは何一つ残っていない。とほうに暮れたというのが本音だ。で、君をとらえて君が何を持っているのかを、吐かせようとした。ホテルで見逃したのはあの娘の裸舞いに毒気を抜かれたせいもあるが、ともかく君は武川吉晴と精神病院を東京に潜入してすぐに浮かび上がらせた。もう少し泳がせ、あちこちに波風をたたせるのが賢明だと思ったのだ。だが、もう終わった。酒井義広の朝雲殺害の動機がわかり、君のいうことが正しければ、キーワードまでわかったが、そこから先をおれが引き継いでも、事件は解決できるとは思えない……」

電話のベルが鳴った。

受話器をとった矢村は、しばらくだまってきいていたが、よしわかった、と一言こたえて切った。

「あんたらしくもない、弱音だ」

杜丘は話のつづきに戻った。

「いや」矢村は鋼鉄じみた首を振った。「君のいうキーワードが正しければ、問題を解決しようとしているのは、君ではない。君の逃亡生活そのものにあったのだ。罷とタバコの煙――小鳥のクモ襲撃――それらの積み重ねが、君をしていま一つのものに指をさせようとしているのだ。おれは、君を放そうと思う」

「本気か……」

「そうだ。――いまの電話は部下の細江からだが、伊藤検事正は公安委におれを告発したそうだ。それだけではない。警視庁首脳部に抗議して、おれを事件から遠ざける処置をとった……」

矢村のほおには冷たい笑いが浮かんでいた。

「なぜだ、伊藤はなぜそんな処置を？」

「君を連れ出したのを、だれかが目撃して通報したらしい。精神病院にもおれを尾行してきたしな。――そこで、本庁では、おれが君を連れ出したなどは半信半疑ながら、やっきになっておれの行方を捜しはじめた。いまに、ここにも特捜班の連中がくる」

「どうする気だ」

杜丘は腰を浮かせた。

「どうもこうもあるもんか。君は逃げ出せ。伊豆半島突端に近い入間《いるま》というところに東邦製薬の薬理研究所がある。海に面した断崖絶壁の上だ」

「薬理研究所が？……」

「横路敬二と酒井のつながりを調べるために行ったが、なにも得られなかった。しかし、問題がクモの巣にあるとすれば、再考の余地がある。あそこでは昆虫類を飼育しているそうだ。おれにいえるのはそれだけだ。あとは君のかってだ。ただし、ヘマはやるな。塀には電流を通したり、ともかく警戒の厳重な研究所だ。とくに君が東京に潜入していればなおさらだ。つかまれば私刑にあうかもしれず、警察に突き出されることになれば、完全に君は有罪《ギルティ》だ。余罪もいっぱいある。どっちにしても、ろくなことはない」

「あんたは、どうするのだ」

「おれか、おれのことは心配するな」

「だが、正面きって検察庁に楯ついては、あんたに勝ち目はない」

杜丘は、矢村のほおに沈んだものが気にかかった。

「勝ち目はないが、捜査上の信念を枉《ま》げるわけにはいかん。おれは、今日までそれでやってきた。いまさら変える気はない」

矢村の声はおちついていた。

第九章　最後の砦

1

三島市から国道136号線が伊豆半島西海岸を走って、突端に近い南伊豆町に通じている。

その途中の差田から県道を海岸に向かって辿ると入間部落に行きつき、そこから先は細い砂利路の村道になっていた。

バスを降りて、杜丘は砂利道を海岸に向かった。

十一月も末近い海風は冷たかった。路傍を埋めた灌木の枝々は一様に陸に向かってのけぞり、黒潮の打ち寄せるせいで温暖の気候であるとはいえ、海風の厳しさを身をもってあらわしていた。喬木《きょうぼく》はほとんどなかった。風が捲き上げる塩分のために生長が一定に抑えられているようであった。

黒潮のオゾンが匂っていた。

しばらく行くと、有刺鉄線を頑丈に張りめぐらした場所に出た。

私有地に付立入厳禁
東邦製薬薬理研究所

標示板が立っていた。

有刺鉄線に沿って、杜丘は歩いた。灌木の繁みを縫ってかなりな距離に伸びていた。はては断崖で終わっていた。冬場に襲いかかる波濤のはげしさを物語るようにあらあらしい垂直の絶壁であった。高さは三十メートルもあろうか、はるかの下に、穏やかな、黒ずんだ淵がみえる。深淵のようであった。

建物はその崖上にある。小学校の校舎ほどもある鉄骨造りの二階建てと、他にもう一棟、コテージ風の宿泊施設らしいのがある。建物の周りには広い庭があって、その外周を高い塀が取り巻いて、塀の両端は崖で終わっていた。塀の上には電線が張ってある。

杜丘はタバコをくわえた。

おそろしく厳重な構えだった。有刺鉄線を張りめぐらした中にさらに塀があって、電線まで通してある。電線はたぶん矢村がいった弱電流警報装置だ。おまけに背後は天険の要害である断崖絶壁ときている。

——忍び込むのは不可能か。

予想外に警戒の厳重な研究所だった。ここで、神経遮断薬A＝Zをはじめ、さまざまな新薬が薬理実験を経て開発されたにちがいない。製薬会社にとって薬理研究所は大動脈といえる。新薬をどんどん売り出さねば社の存続が成り立たないという宿命的な体質を、製薬会社は背負っている。開発に厖大なエネルギーを注ぎ込んで製品化した新薬といえども、サイクルの早い現代ではせいぜい二、三年で効き目がダウンするからだ。またそうなる前に他社が追随してシェアに斬り込んできもする。したがって休む隙もなく新薬の開発をしつづけねばならない。停滞すれば動脈硬化を起こすのだ。

焦りの余りに、基礎実験の段階でいきなり人体実験に走ったのが、この事件を生んだ要因だ。もちろん、堂塔院長のような患者をモルモットくらいにしか思わない悪徳医師と、賄賂をもらって黙ってみすごす、つねに資本の側にしかたたない厚生省の役人の体質の三者が、ガッチリ嚙み合っての犯罪であった。

その、ドス黒い血の環流する大動脈が、目の前にある。

あらゆる意味で、厳戒はうなずけた。

タバコを、杜丘は断崖に捨てた。消えて行った崖下から一陣の風が吹き上げてきて、灌木にざわめいた。そのざわめきがふっと北海道の山を思わせた。あれから二カ月近くになる。朝雲忠志の死からすればすでに三カ月が過ぎていた。

——可能だろうか？

そう思うと、三カ月前の朝雲の死の謎をあばくことなどは不能事に思えた。かりにタバコの煙かクモの巣がキーワードであるにしろ、これから研究所に忍び込んで、消えたアトロピン容器の謎がはたして捜せるものだろうか？

忍び込むことすら絶望に思える厳戒だ。かりになんとか忍び込んだとしても、杜丘には化学的あるいは薬理学的な知識はない。方程式かなにかで証拠を包んでゴロンと放り出してあったとしても、わかりはしないのだ。

わかっていることはただ一つ。やってみるしかないという盲目的な執念だけだ。

〈クモの巣と薬理研究所か……〉

つぶやいた。両者を結びつけた矢村のやぶれかぶれ的な発想に苦笑が湧きかけて、それが消えた。ちょうど陽射しが翳って、かげりの中に建物が表情を変えたようにみえたのだ。成功するか不成功に終わるかはともかくとして、目の前の研究所は杜丘にとっては最後の拠りどころといえる。その重苦しい最後の希みが、建物にあやしい表情をみさせたようだった。研究所全体が狡猾な一匹のけものの顔をひそめている感じがした。

——ここが最後の砦か。

新宿の街角で杜丘に呪いのコートをかぶせた闇の支配者のひそむ、ここが砦だった。この砦を抜くことができなければ、標的を見失うことになる。標的を見失うのは矢村も同じだ。杜丘にはまたはてのない逃亡生活がつづき、矢村は懲戒免職——悪くすれば逃走援助で起訴され、受刑ということにもなりかねない。

——矢村か……。

人はそれぞれに生きかたがあるものだと思った。いまのいままで追跡者だった矢村が、おのれの信念を枉《ま》げられないために、明日は逃亡を覚悟している。性格の芯に一匹の狷介《けんかい》な蝮をひめた矢村の顔を思い出した。アクの強い——というよりも、アクのかたまりのような男だった。

杜丘は踵を返した。矢村の渋面を思い出したせいで、にわかに闘志をおぼえた。

有刺鉄線に沿って引き返した。立入厳禁の立札の近くまで戻った杜丘は、自動車の音をきいて灌木に身をひそめた。目の前の砂利道を二台の東京ナンバーの外車がゆっくり近づいていた。

——酒井義広！

灌木の繁みで、杜丘は息を呑んだ。有刺鉄線の前で停止した車の窓に、酒井の太った赭《あか》ら顔があった。酒井だけではなかった。助手席から振り返って笑っている人物の顔が、はっきりみえた。

――堂塔康竹！

まがうことなく、それは城北精神病院長のあの堂塔だった。尊大ぶった贅肉の中の細い目が、いまは崩れていた。酒井の隣に若い女が二人いた。横顔が一見して、しろうとではなかった。はなやいだ雰囲気がある。堂塔の崩れた顔から判断するまでもなく、二人が芸者らしいことは想像がつく。

二台目の車がつづいて停まった。後部座席に男と女が乗っていた。女は前の車の二人と同じ仲間のようだった。男は――その男の横顔をみつめて、杜丘の鼓動がまた高く鳴った。見覚えがある。

――厚生省薬事課長！

たしか、北島竜二といった。朝雲忠志が死ぬ前夜、朝雲の同僚の青山禎介と酒井義広の三人で朝雲家を訪ねていた北島竜二――。

正門が開いて、二人の制服の守衛《ガード》が有刺鉄線でこしらえた門に近づいてきた。

二台の車は研究所内に消えた。

杜丘は動かなかった。

酒井に堂塔に北島――。

役者が揃ったのだ――。

だが、やつらはいったいなんのためにこの研究所にやってきたのだ？　それぞれが芸者を同伴しているところをみれば、特に重要な用件があってきたのではあるまい。

それなら、肉欲か――。

しかし、ここは東邦製薬にとっては神聖な薬理研究所だ。こんなところでまさか乱痴気騒ぎをやるとは思えない。

時計をみた。午後を回ったばかりだった。

2

「あんな崖に鉄梯子《てつばしご》をかけて、どうする気なのかね」

杜丘は漁師に訊いた。

最寄りの漁港で雇った平尾という若い漁師だった。小さな一本釣りの漁船は研究所の沖に出ていた。垂直に屹《き》り立った崖に鉄梯子がかかっていて、それを登れば研究所の裏庭だった。何かの折の非常口――というよりは、密輸品の搬入口にみえる。

「連中が釣りに出るときの降り口ですよ。大型のすばらしいモーターボートを持っているんです」

「モーターボートを」

「ふだんは妻良《めら》港に繋留してあります」

「豪勢なものだね。研究員ともなれば」

実感だった。

「お偉方や招待客専用らしいですよ」

平尾は浅黒い顔をかすかにしかめていった。研究所に好感は持っていないらしい。

「なるほど、招待客用か。そういえば、あそこの道路を入る車に芸者らしいのをみかけたが、宿泊施設もあるのかね」

「ありますよ、立派なのが。村から賄いの手伝いに雇われている主婦が二人います。ひどいもんですよ。研究所に芸者を連れ込むんですから」

「そいつは、ちょっと常軌を逸しているな」

杜丘はしかし、首をかしげた。なにか解せないものがあった。招待客用の宿泊施設があるとはいえ、酒井はなぜ肉欲の場に研究所を選んだのか？　伊豆半島にはそれ向きの温泉料亭はいくらもあるのだ。

「芸者を連れ込んだとなると、あいつら、明日はまた鮫狩りをやる気だ」

平尾は語気を強めた。

「鮫狩り?」

「そう、鮫狩りです。やつら芸者を乗せてキャアキャアやりながら鮫狩りをやるんだ。おかげでこっちはひどい迷惑です」

「しかし、鮫狩りといっても、日本近海にはそんな狩りの対象になるような獰猛な鮫はいないはずだがね」

狩猟をやめてから杜丘は三年ほど器具潜水《スキユバダイビング》にこった経験がある。太平洋岸から日本海とかなりな海に遠征はしたが、そんな話はきいたことがない。

「それがいるんですよ。巨大な人喰鮫の群れがね。——お客さん、黒潮のことはご存じですか」

「いや」杜丘は首を振った。「太平洋を流れているくらいしかしらない」

「黒潮というのは部分的には一定の流路を保っていないんです。四国から紀州と沿岸に沿って、千葉沖にやってきますが、流軸が八丈島の南にあるかと思うと、この伊豆半島すれすれに近寄ってきたりします」

平尾は海を指しながら説明した。

「思い出したよ。黒潮が紀州沖で湾曲して流れるときは、その湾曲の内側に大冷水塊が蟠《ばん》踞《きょ》して漁業や沿岸農作物に大被害をもたらす——たしか、そうだったね」

「よくご存じです」平尾は白い歯をみせた。「しかし、伊豆半島に接近した黒潮が凶暴な人喰鮫を運んでくることは、だれもしらない。漁師だけです」

「なるほど、黒潮が運んできたのか」

「黒潮はね、いろんなものを運んできます。南方の海にしかいない熱帯魚の群れがこのあたりで泳いでいることも、めずらしくはないんです」

「初耳だね、そいつは」

「黒潮は幅が三十カイリから五十カイリ。スピードも一日に三十から五十カイリほど流れていて、熱帯魚から椰子《やし》の実など、それァいろんなものをここに運んできます。でも、人喰鮫《タイガーシャーク》だけは運んできてほしくない……」

「そのタイガーシャークが、きているのかね」

「ええ」平尾はうなずいて崖を指した。「三十何年前にやはり人喰鮫の群れがやってきて、漁師が喰われたそうです。ずっと昔からそんなことがあったらしくて、あの研究所のある崖上に、鮫をよけるといわれる鮫塚が建っていたんだそうです」

「………」

「連中は鮫塚を取っ払っただけでなく、いまはその人喰鮫を飼っているんです」

「人喰鮫を飼っている――」

「実験動物の死骸なんかをあの崖から投げて、鮫を寄せているんですよ。餌があるものだから鮫はこのあたりに居ついてしまっているんです。そうやっておいて、連中は客を招待して鮫狩りをやるんだ。四、五メートルもある大物だからそれァおもしろいでしょうがね、おかげで磯専門の漁師はあがったりだし、だいいち危なくてしょうがない。ほら、やってきた」

平尾の指の先、崖と漁船の中間を、ぶきみな三角の背鰭《せびれ》を突き出した鮫が遊弋《ゆうよく》しているのがみえた。かなりの大物だ。

「あんなのが、たくさんいるのかね」

「いますよ。あの崖下は深い淵になっている上に餌が投げられるものだから、鮫にとっては絶好の溜まり場ですよ」

平尾は肚だたしそうにいった。

遊弋する人喰鮫の背鰭を、杜丘は心もち青ざめた顔でみつめた。

――つきに見放されたのか。

夜陰にまぎれても、正面から研究所に忍び込むことは不可能に近い。弱電流警報装置は切断するわけにはいかない。切れば警報が鳴るし、途中の電柱に登って送電を停めれば、よけい警戒させることになる。それなら海からなんとかならないかと背後に回ってみれば、この有様だった。

鮫は黒潮が運んできたものだから偶然であり、その偶然までもが研究所を完璧な要害に造りあげるのに力をかしている。最初、鉄梯子をみたとき、杜丘はつきを信じた。表の厳戒とはうらはらで、間が抜けていると思った。鉄梯子を登れば難なく忍び込めるのだ。

だが、人喰鮫《タイガーシャーク》がいた。

深夜にあの淵にこっそり船を着け、鉄梯子を登ったとする。――運がなければ発見されて追われることになる。逃げるのは鉄梯子しかない。真っ暗闇のことだからどんな拍子に足を踏み外さないともかぎらないし、それに梯子は垂直の壁についているから、上から石でも落とされることになれば、淵にダイブして逃れるしかない。その淵に凶暴なタイガーシャークの群れが待ち受けているのだ。

つきに見放されたと思うしかなかった。

――諦めるか?

羆との闘いのときも、夜空にセスナを駆ったときも、そして精神病院潜入のときも、なんとかあやうく難を逃れることができた。だが、そのつきはここにはない。自由のきかない水中で獰猛な人喰鮫の群れから逃れる方法などは、あるわけはないのだ。

杜丘は、遊弋する鮫の背鰭を凝視した。

「移動してみますか」

平尾が、黙り込んだ杜丘に訊いた。

「いや、もう港に戻ってくれないか」

平尾には、学術映画のロケハンで崖を捜しているのだといってあった。

「手漕ぎのボートを貸してくれるところはないかね。明朝までだ」

「ボート？　ボートで崖をみて回るのですか。それも夜。それァ危険ですよ。あの鮫にぶち当てられてみなさい。ボートなんかひっくり返りますよ」

平尾はぶきみに遊弋をつづける三角鰭を指した。いつの間にか小さな帆に似た背鰭は三つに増えていた。

「用心はするよ。しかし、闇に溶けていた崖が未明から朝陽にどう変化して行くかを、じっくり見極めたいのだ。シナリオの設定に必要なのでね」

そうはいったものの、杜丘自身にも、忍び込むか諦めるかの去就はついてなかった。

「それァ、ボートはありますがね……」

賛成できかねるという表情で、平尾は視線を杜丘から鮫に移した。

「あれだ！」

平尾が叫ぶまでもなかった。三十メートルは超すと思われる断崖絶壁の上に十人近い人影がみえて、淵に何かを投げ落としていた。猫か犬の死骸のようだ。崖下の淵には鮫の背鰭が六つほど、かなりのスピードで波を切っていた。

芸者のらしい嬌声がきこえる。

杜丘はふっと戦慄をおぼえた。自分たちに貢献した実験動物の死骸を平然と鮫に投げ与える人間の心に無残なものを感じた。何かが麻痺してしまった人間の集まりだった。酒井は保身と欲望のためなら殺人を厭わず、堂塔は利益のためなら人体実験を平然と行ない、患者の上に醜怪な君臨をする。そして、厚生省薬事課長の北島竜二——不法の限りを尽くす業界に自らも貪欲に餌を求めて喰い込んでいる。業界保護省といわれる厚生省の体質がさせるにしても、あまりにもあさましすぎる。

——糾弾してやる。

杜丘は逃亡に追い込んだ元凶はいま崖上に芸者を従え、恬然《てんぜん》として実験動物の死骸を鮫に投げ与えている——その投げられる死骸に杜丘は痛みを感じた。自分を投げられている気がするのだ。

「あいつら、鮫に喰われて死ねばいい」

平尾が毒づいた。

3

手漕ぎのボートで港を出たのは、深夜の一時過ぎであった。

月がなくて星明りだけの晩だった。海は凪いでぐろぐろと静まっていた。オールの切り返しのたびに薄い銀の溶液に似た夜光虫の光が動く。

一時間近く漕ぐと、昼間検分した断崖がみえてきた。星明りに断崖の下辺は海と溶けて定かでなかった。ゆっくり岩端《いわはな》に漕ぎ寄せた。真下からみると、絶壁は闇の帝王の城塞でもあるかのように漆黒の岩肌をかすかな蒼みのある天井板に向けて屹立《きつりつ》していた。

オールの音を殺して岩端を曲がった。曲がったところは鮫の淵だった。

淵はさざ波がたてる音のほかは静まりかえっていた。鮫のあのぶきみな鰭は闇に馴れた目にもみえなかった。

——眠っているのか。

鮫が夜行性なのかは、杜丘は知らない。ねがわくば夜は眠る生き物であってほしかった。

ボートは淵を音もなく滑った。

接岸した。鉄梯子の下部は二坪ほどの岩床《テラス》になっていた。コンクリートを打って平らにしてある。波のない日はモーターボートを繋留するのか、杭を埋めてあった。その杭にボートを繋いだ。岩床に杜丘は荷物を下ろした。伊東市の潜水器具店から保証金を積んで借りてきたスキュバ装備一式だった。万一のときのために水中銃《スピアガン》や照明用の水中フラッシュも用意していた。

潜水服《ウエットスーツ》に着替えてきていた。ウエットスーツには頭巾《フード》から足袋《ソックス》まで付属している。冬の海に入るには是非とも必要なものであったし、研究所に忍び込んだばあい、合成ゴムのソックスは音をたてないから好都合であった。

ウエットスーツに着替えたのは万一を慮《おもんぱか》ってであった。それしか方法がなくて海に逃れることになったばあい、洋服では動作が鈍り、ボートに泳ぎ着くまでに人喰鮫の一打を躱《かわ》し切れない。それに瞬間的な冷えが体の自由を奪うおそれもあった。

にわかに体が軽くなったような気がした。ピタリ肌に密着するスーツのせいもあったが、体を締める一種の浮揚感は緊張からきているものでもあった。

鉄梯子を仰いだ。くろぐろとした絶壁のかなたには星しか見えなかった。牙城は闇の奥深くに眠っているのだ。

鉄梯子に足をかけた。冷やりとした手触りだった。ゆっくり登った。登るにつれて不安の黒い布が急速に絞られて、高みに向かうにつれて円錐形にするどく尖《とが》る感じがした。振り向くと、淵は遠い下に星明りも浮かべず、ボートの姿さえも呑み込んでいた。

何かの陥穽が待ち受けているのではあるまいか？　登り切るあたりで、待ち受けた守衛《ガード》によって鉄梯子が夜空に突き離される不吉な想いがかすめた。

三十メートルの闇の空から悲鳴を上げて鮫の淵に落ちる映像――。

杜丘は奥歯を噛みしめた。おびえはさらに浮揚感を呼び、手足の感覚に狂いをきたすもとになる。登っているうちに、ふと日高牧場の草原《ステップ》からよるべのない夜空に向かって離陸《テイクオフ》したときの、たまらない孤独感を思い出した。それに較べればここは断崖絶壁とはいえ、大地であった。

鉄梯子を登り切った。あたりを窺ったが、なんの物音もない。研究所は深い静寂《しじま》の底に眠っていた。すぐ目の前に建物のドアがある。芝生を踏んでドアに近づいた。ノブには抵抗がなかった。滑り込んだ。

――成功だ。

あまりのあっけなさに拍子抜けがした。有刺鉄線をめぐらして、高い塀には電流まで通す厳戒をしながら、背後がぬけていた。人喰鮫のうようよいる淵から鉄梯子を攀《よ》じて侵入してくる者があるとは思わなかったからか。

あるいはそれとも罠――。

懐中電灯で照らしながら進んだ。床はタイル張りだが、合成ゴムのソックスはコソとの音もたてない。長い廊下が続いていて、その両側にずらりと部屋が並んでいた。幾つかのドアに開発課のプレートが貼ってあった。薬品のにおいが強い。

資料室のプレートも幾つかあった。そのうちの一つのノブを回してみた。ここにも鍵はかかってなかった。滑り込んだ。

電灯の輪に浮かんだのは事務機だった。マイクロリーダーらしい複雑な機器などがあって、その奥は世界各国の薬学に関する文献や図書がびっしり詰まった書架がある。一通り見て回ったが、そのうちのどれかを手にとってみる気には、杜丘はなれなかった。薬学の書籍などはどうせ構造式の羅列にちがいないし、マイクロリーダーなどに手をつけてもどうなるものでもなかった。そうしたことは覚悟の上であったが、忍び込んだばかりで早くも失望感がつきまといはじめた。競争相手の専門技術者が忍び込んだのならともかく、まったくの門外漢の杜丘にはたして何かが発見できるのか。

資料室を出た。廊下はコの字形に曲がっていた。依然として物音はない。罠は設けられていないようだ。建物全体が寝静まっていた。二階に上がる階段があった。二階はやめて、廊下を進んだ。突き当たりを左に曲がった一画が薬理研究課になっていた。幾つかの部屋にプレートが貼りつけてある。

かすかな物音がして、杜丘は足を停めた。すぐ側の部屋だった。

——警備室か！

しかし、どうやらそうではなかった。かすかな物音は断続的に夜気を搏《う》っていた。杜丘は、ほっと肩の力を抜いた。実験動物の飼育室らしかった。そっと近づいて、ドアを細目に開けて内部を照らした。そこはラッテの飼育室だった。金網に飼われたかなりのラッテが光芒の中に浮かんだ。何かの実験中らしい記号のついたのも幾つかある。

並んだドアを順々に開けてみた。兎ばかりの部屋もあれば、マウスの部屋もある。各室に暖房が入っていた。

四つ目のドアを開けてみた杜丘は、懐中電灯の光芒に浮かんだものをみて、あやうく声をたてそうになった。

——クモ！

目の細かな金網の容器に一匹ずつ収容された、たくさんのクモがいた。小さいのからはじまって毒々しい大型の鬼グモ、さらには南米産の毒グモ《タランチユラ》であろうか、おそろしく大きな毛だらけのまで、ひっそりと金網にへばりついて光芒に浮かび上がる姿は、さながら夜の妖気をみるようにぶきみだった。

寒気がして、体が竦《すく》んだ。

体の竦みには別の意味もあった。それは、朝雲家の庭樹にかかっていたあの公害グモの奇妙な巣だった。都心ではめったにみることのできない鬼グモが、朝雲家だけにはたくさんの巣を張っていた。それが何を意味するのかはわからないが、この目の前のおぞましい光景とどこかでつながっているのではなかろうか——。

矢村と交した会話がキラリ蘇った。キーワードのタバコの煙がクモの巣なら、これはいったい？

わけのわからない戦慄がかすめた。

毒々しさを秘めた夜の妖気を、杜丘はまじろぎもせずみつめた。

——何かがこの研究所にある。

ふっと、そう思った。クモの妖気から触発された予感《インスピレーション》めいたものだった。

矢村はかつてここを調べたが、横路敬二が東邦製薬につながる証拠は発見できなかった。証拠があったとしてもすぐに酒井が焼却してしまっていたからだ。正攻法ではだめなことを矢村は知り、そのために杜丘に侵入を示唆したのだ。だが、その侵入に矢村はもとより杜丘自身も期待は持たなかった。証拠は抹殺されているという前提があるからだ。たしかにその前提は崩せない。

しかし——。

杜丘はいま、体の奥深いところから湧いてくる予知能力めいたもののしだいに充《み》ちるのを感じた。〈タバコの煙とクモの巣〉〈クモの巣と朝雲邸〉〈実験動物販売業の横路敬二と酒井〉

——何かが秘められている。

酒井と横路を結ぶ消えた鎖の輪《ミッシングリンク》の一端か、あるいは朝雲忠志のアトロピン容器の謎かが——予知能力に憑《つ》かれた杜丘は、クモのぶきみに膨らんだ腹にも嫌悪感はもう感じなかった。

どれほどそこに立っていたのか、われに返って、杜丘は飼育室の一画から離れた。廊下を進んだ。行く手は玄関の方角になっていた。玄関を入った左側に事務室があった。そこも鍵がかかってなかった。滑り込んだ。事務室はたんねんに調べるつもりだった。開発課や資料課、または薬理研究課は杜丘には手が出せない。いま充ちている予知能力《インスピレーション》が何かを発掘する可能性があるとすれば、それは事務室をおいてほかにない。

十坪ばかりの部屋だった。相変わらず研究所は眠りの底にあった。別棟で、女を抱いて眠りこけている酒井に堂塔、北島の顔がかすめた。

スチール机が五台あった。スチール書架や書類金庫もある。金庫と机の抽出しの幾つかには鍵がかかっていた。事務日誌、出退勤カード、各種帳簿、伝票——そうしたものにくまなく目を通したが、どこにも横路が出入りしていたことを示す記述はなかった。一通り見終わって杜丘は失望した。アトロピン容器の謎などは希むべくもないのか。

腕時計をみた。時間が刻々と過ぎて、すでに四時近い。ふっと、重苦しい焦りが出た。おそくとも四時半にはここを出なければならない。

——期待過剰だったのか。

しかし、まだ鍵のかかった抽出しが残っていた。用意してきたドライバーでこじ開けにかかった。金属音が出て闇に消えて行くばかりで、なかなか抽出しは開かなかった。

——?

杜丘は体をちぢめた。何かの物音を聴いた。足音のようであった。

4

懐中電灯を消して、机の陰にうずくまった。

空耳だったのか——物音はそれきりだった。そのままで数分待ったが、何事も起こらない。もうよかろうと体を動かしたはずみに、何かがほおに触れた。みると、机の足にぶらさげた数冊の雑記帳だった。そのうちの一冊を手にとって電灯を向けた。

蜘蛛飼育簿

下手くそなマジック書きをみて、なにがなし杜丘は緊張した。帳面を床に置いて、光の輪の中でページを繰った。雇員かだれかがつけたらしい飼育日誌だった。かなり乱雑な記帳だが、それでもずいぶん前からの仕入匹数などが書いてあって、帳面は手垢で汚れていた。

雌グモの出産や交尾など、おもしろ半分に書いてもいた。たんねんに文字を追った。しかし、どこにも横路の名前はおろか——。

つぎのページをめくって、杜丘の動きが止まった。視線が釘づけになった。

八月二十六日、酒井部長へ鬼グモ十匹届ける。関西産の鬼グモとの注文なれど、関西産は品切れにつき、東北産でスコポラ給餌中のを届ける。

——八月二十六日に鬼グモを？

八月二十六日といえば、朝雲忠志の死ぬ三日前ではないか。

——そういえば。

朝雲の妻が、ここ二、三日、急にクモが巣を張りだしたと……。

——なぜだ！

杜丘は懐中電灯を消した。そのまま、闇をみつめた。小さな黒点のような疑惑が闇のはてに生まれ、それがみるみる膨らんで急速に迫りつつあった。押し寄せる黒い波濤に似ていた。

波濤のかなたにあの朝の朝雲邸があざやかに浮かび上がった。——都心ではみられない鬼グモが急に巣を張りだしたそのまったく同じ日に、酒井義広が鬼グモを十匹届けさせている。

——偶然なのか？

ふいに朝雲邸の映像が切れ、波濤が砕け散った。杜丘の鼓動が大きく鳴った。ゴトンと水車が動きだした音に似ていた。——朝雲の死ぬ三日前の晩は、やはり、酒井義広に北島竜二、それに同僚の青山禎介が夜おそくまで朝雲家を訪ねていた……。

——やつは朝雲家の庭に！

朝雲家の庭に酒井は十匹の鬼グモを放ったのだ！　だがそれはいったいなんのためだ？　なんの目的で十匹の鬼グモを？

いつの間にか、鼓動は凍りついていた。

吐息をついて、杜丘はわれに返った。持ってきたビニール袋に帳面を入れ、輪ゴムで口を密閉してスーツの胸に納《しま》った。

その瞬間だった。

だしぬけに闇を割いたものがあった。犬だ。けたたましい声で吠えたてた。杜丘の体がこわ張った。吠え声からして、嗅ぎつけられたことはまちがいなかった。急いで事務室を出た。犬は玄関の外にいた。おそろしい勢いで吠えながら玄関のガラスドアを前肢で叩き、いまにも叩き破りそうにみえた。星明りで獰猛そうな体軀がみえる。

杜丘は廊下を走った。一刻の猶予もならなかった。連中が起きてくるまでに鉄梯子を下りきらねば危険だ。

侵入口に向かって走る途中で、人の叫び声をきいた。乱れた足音が戸外にきこえ、叫びかわす声が走った。あまりにすばやい反応に杜丘の足が竦んだ。しかし躊躇しているばあいではなかった。なんとしてでも活路を開かねばならない。

「だれだッ、動くな！」

建物を走り出たところで、杜丘は棒立ちになった。建物の内外にいっせいにライトがついた。そのライトの中に三人の守衛《ガード》が鉄梯子の下り口を扼《やく》していた。それもただ立っているだけではなかった。三人とも水中銃《スピアガン》を構えていた。銛先《もりさき》のするどい尖りがライトを跳ねていた。

杜丘は体を翻《ひるがえ》した。鉄梯子は絶望だ。逃げるには塀を乗り越えるしかない。塀に向かって走った。犬が追ってくるのがみえた。塀の側まで走って、杜丘は立ち止まった。高すぎた。とても跳躍で届く高さではなかった。犬が唸りながら襲いかかった。太股に牙が喰い込んだ。咬ませたまま、杜丘は両掌を握り合わせた拳を犬の頭に叩きつけた。犬はよろめいて悲鳴をあげた。そこをしたたかに蹴り上げた。

しかし、それまでだった。スピアガンを構えた守衛《ガード》が迫っていた。

別棟が騒がしくなって、そこからも男たちの走り出てくるのがみえた。

「抵抗すると、ぶち込むぞ!」

守衛《ガード》は若者だった。スピアガンを突き出していった。杜丘は塀に押しつけられた恰好になり、それでもじりじり移動した。

「袋の鼠だ。おとなしくするんだ」

たしかに袋の鼠だった。

「なんだ! どうしたのだ」

別棟から出てきた三人の男が戦列に加わった。喋ったのは酒井だった。

「ヤッ、この男は!」

覗き込んだ堂塔が叫んで体を引いた。そして、酒井に、何か耳うちした。

「なに！」

酒井はするどい声をだした。なかば驚愕のまじった、しかし、斬るようなひびきがあった。

「君たちはいい。あっちへ行って女たちを出さんように見張っていてくれ」

酒井はガードにいい、三人からスピアガンを受け取った。ガードが去ると、酒井と堂塔、北島の三人は杜丘にスピアガンを突きつけた。

「こいつめ、こんなところにまで忍び込みおって。ふざけた野郎だ」

堂塔がにくにくしげにいった。

「そうか、杜丘検事だったのか——」酒井の声は、自信を転がすようにまるみがあった。

「そいつはようこそ、杜丘君。よくきてくれた」

冷たい歓迎のことばだった。

「しばらくだな」

杜丘は塀を背に動きながらいった。

「そう、しばらくだ。ところで、もう悪あがきはやめたほうが賢明だ。塀は高いし、そっちは目もくらむ絶壁だ。その上、淵にはタイガーシャークがいる。知っているだろう」

「知っている」

「すると、漁船で偵察していたのは、やはり、君だったのか。有刺鉄線の外をうろついていたのも。ひょっとして、君ではあるまいかと、警戒していたんだよ、われわれは」

どっしりした体の酒井は、その体全体で嘲り、押しつぶすようにいった。さすがに首謀格だけの貫禄はある。

「そうだったのか。ところで、どうする気だ。降伏をすすめるのか」

「いやいや」酒井はそくざに首を振った。「君は誇り高い男だ。そんな降伏だなんて失礼なことはいわんよ。君にだって、そんな気はあるまい」

口に綿でも含んだような声で笑った。

「まあね」

動きつづけた。

「そこで、提案しよう。君は強盗に入った。それは事実だ。で、追い詰められた。誇り高い君には、降伏はできない。逃げるためには闘うしかない。そう、闘いだ。死ぬまで闘うのだ。そして、死ぬ——どうだね、君らしい最期だと思うが」

「なるほど」

「また、なるほどか！」堂塔が吐き出すようにいった。「しかし、きさまもこれで最期だ。

もう二度といえんようになる」

「覚悟しているよ、それは。だが、君たちにおれが殺せるのか。警察が黙ってはいないし、そうでなくても、やがて君たちが仲間割れしたときは、おれを殺したことがいのちとりになるぜ」

「そのご心配はご無用だ」酒井がいった。「われわれは仲間割れなどはしないし、それに、なにも君を殺すわけではない。そんな無謀なことはせんよ。君は抵抗したあげく、誤って断崖から落ちるだけのことだ。そして、鮫の腹に入る。われわれに罪はないのだ」

その断崖に、杜丘は追い詰められていた。

塀の切れたところから脱出できないかと、にじり寄ったのだが、切れ端は崖の空間に突き出ていて、脱出の希みは消えた。

いまは崖を背にしていた。ちらと覗くと、淵ははるか下方に星明りにくろぐろと沈んでいた。絶望の高さであった。

その上、人喰い鮫が……。

「殺しには馴れているというわけか」杜丘は間合いを計りながら、静かにいった。「君は武川吉晴をコカイン酩酊にしたあげくに堂塔君に殺させ、それを知った朝雲忠志を殺し、さらに横路夫婦まで殺した。堂塔君はもう数がわからないほど患者を新薬の実験台などにして殺している。賄賂をもらってそうした殺人を見逃し、自分も朝雲殺害に一役を買ったのが、そこの北島君だ。さすがは厚生省のお役人だけあって、見上げた度胸だ。どうせなら、汚辱と血にまみれた君の手でおれを殺したらどうだ。実際に人を殺す味もおぼえておくといい」

「だまれッ。だまれッ」北島はふるえ声でいった。「おれは朝雲殺しなど知らん！　ただ一緒に訪ねていただけだ。何の相談も受けてないんだ。こんどだって、おれは誘われてただ鮫狩りに……」

「女まで抱かせてもらってか」

「それは……」

いかにも役人らしいたよりない体つきの北島は、スピアガンを持った手をふるわせていた。

「もういい。あんたは黙っておれ」酒井がふるえる北島を制した。

「さあ、もう、いうことはないのか」酒井はスピアガンを肩に当てて、狙いをつけた。

「君も往生際の悪い男だ。黙って刑務所に入っていればよいものを、執拗すぎた。それが自分のいのちをちぢめたのだ。それにしてもよくコカイン酩酊まで突きとめたものだ。感心したよ。ついでにいっておくが、朝雲を殺したのは事実だ。いや、事実としよう。しかし、その証拠は君たちにはぜったいにつかめない。証拠もつかめずに死ぬのは心残りだろうが、これだけは教えるわけにはいかない」

杜丘の背筋が凍った。酒井が引き金を引けば、なにもかも終わる。スピアガンの威力はよく知っていた。当たればするどい三角銛が体を射抜く。間近では拳銃より威力のある凶器だった。

そして、酒井は撃つ気だ。朝雲殺害を自認した酒井に、ためらいはない。仮借のない赭《あか》ら顔がライトにゆがんでいた。

「腹に穴を穿《あ》けてやろう。そして、君は落ちて行くのだ。鮫は血のにおいにするどいから、たちまち跡形もなく始末してくれる」

酒井はスピアガンの狙いを腹部に定めた。

杜丘の顔が引きつれた。

酒井は引き金を絞った。

杜丘は崖を蹴っていた。

体がふわっと闇の空間に浮いて、一瞬、何もかも凍ってしまった感じがした。神経が細い一本の針金のように絞られちぢんで額のあたりに集まり、体はその神経を空間に残したままおそろしい早さで絶壁をかすめて落ちて行った。何もみえなかった。耳もとで空気の割けて鳴る音がきこえた。

「と、跳んだ！」

酒井が叫んだ。標的を失った銛は、ナイロンの強力な紐を引きちぎって闇にうなりをたてて飛び去った。

「無線でモーターボートを呼ぶように、ガードにいえ！　すぐに来させるのだ！」

酒井は北島に怒鳴った。

5

体は絶壁をかすめて垂直に落ちて行った。いや、垂直に落ちるつもりだった。本来なら頭からダイビングする。その姿勢だと着水まで崩れないですむのだ。だが、高さがありすぎた。三十メートルの高さから頭を先にダイビングすれば、着水の衝撃で脳震盪を起こすことはまずまちがいない。その点、足からなら、両足を開きさえしなければ問題はない。ただし、足からのばあい、水深がなければ海底に激突するおそれがあった。槍を投げたように一直線に吸い込まれるのだ。落ちて行く崖下の淵に三十メートルの落差を支える深さがあるかはわからない。海中に岩の出っ張りがあるかもしれず、あれば、死は避けられない。それに、崖上から跳んで淵に届くかもわからなかった。岩床《テラス》にぶち当たればバラバラになる。

だがともかく、スピアガンを腹に射込まれて鮫の餌食になることを思えば、跳躍を選ぶしかなかった。

落下しながら体がくの字に曲がっていた。跳んだときの姿勢が悪かったのだ。このままで激突すれば腹から胸、顔面を打つ。失神は避けられない。必死になって姿勢を直そうとあがいたが、それはできない相談であった。頭が重く、焦りとは逆に上体はますますかがんでエビのようになった。

その上体がさらに横にねじれつつあった。

激突はあっという間だった。闇を突き破って硬い海面に叩きつけられた。そのときには体が横にねじれていて、それが救いになった。それでもしたたかに顔面と腹を叩いた。呼吸が停まった。一瞬、軽い脳震盪を起こしたが、意識はすぐに戻った。おそろしい早さで海底に向かって突き刺さるように沈んでいた。この勢いで岩にでもぶつかれば、足か腰椎が砕けてしまう。両手を拡げてわずかに勢いを殺《そ》いだ。

鼓膜に激痛が走った。水圧が押し破ろうとしているのだ。唾を呑んで耳抜きをした。そのあたりから沈下のスピードが落ちはじめていた。泡だらけだった周りにおぼろな形がみえてきた。海底のようだった。くろぐろとした岩盤らしいものがみえる。側には絶壁が屹《き》り立っていた。絶壁すれすれに沈下しているようだった。上をみた。水面はどこにあるのか、ただ暗黒の層がどっしり覆いかぶさっていた。十メートル以上は沈下していることはまちがいなかった。

おそれていた鮫の姿はみえない。

岩盤に足が当たった。トンと着地したていどに、勢いは殺がれていた。体をかがめた。かがめた姿勢で全力を足にこめて岩盤を蹴った。跳躍力が鈍ければ浮上まで息がもたない。一気に浮上に移った。ウエットスーツにかなりの浮力があるから、その相乗効果でみるみる上昇した。

浮上したのは絶壁の側だった。頭上で騒ぎがきこえた。岩床に泳ぎついた。救かったと思う隙はなかった。いまにスピアガンを持った連中が鉄梯子を降りて迫ってくる。急いでスキュバ装置を着けた。

鉄梯子を降りてくる乱れた足音がきこえた。杜丘はボートの綱を解いた。足音はすぐ上に迫っていた。ボートに足をかけた一瞬だった。キュン！　と耳元を擦過したものがあった。スピアガンの銛だ。杜丘は体をちぢめた。つづいてまた唸りが擦過して、二本の銛はボートの腹に突き刺さった。ボートの中で水が噴き上げたのがみえた。

岩陰に張りついて杜丘は鉄梯子を見上げた。ようやく訪れはじめた白濁の中で、黒い人影が一団になってすぐそこまで降りてきているのがみえた。杜丘もスピアガンを構えた。だが、撃つわけにはいかない。いくらなんでも、撃ち殺す気にはなれなかった。

ならどうする——とっさには判断がつかなかった。ボートに乗れば銛が飛んでくる。それに、ボートはなかば沈みかけていた。動かすには重すぎるし、まもなく沈む。闘いがむりだとすれば、海中に逃れるしかない。

——だが、鮫が！

運よくいちどは救かったものの、杜丘は太股を犬に咬まれている。スーツの上からだから怪我はしれているが、スーツの中には血が流れているのだ。その血臭はすでに鮫を呼び起こしているものと思われる。

杜丘は覚悟を決めた。ここで海に逃げなければ、崖上で追い詰められたときと同じ状態になるのだ。脚側に装着したシーナイフを抜いて、何かのときのためにボートのロープを切り、切ると同時に海に滑り込んだ。

一気に潜った。潜りながら絶壁を伝ってすばやく移動した。油断のない視線を周囲に配った。黎明《れいめい》が訪れつつあるとはいえ、海中は暗い。その暗い膜を破っていつ巨大で獰猛な人喰鮫が襲いかかってくるかわからない。身に帯びているものといえばスピアガンに照明用のフラッシュ、それに腰に巻いたロープだけだ。シーナイフはあるが、そんなものは数メートルもある巨体のタイガーシャークになにかの役に立つとは思えなかった。

——人喰鮫！

杜丘は泳ぎをやめて棒立ちになった。前方の不透明な膜の中を何か巨大なものがかすめた。ちょうど船腹が通り過ぎるような感じで、それは過ぎた。

とうとう、やってきた——。

スーツの中のかすかな血のにおいを嗅いで、行動をはじめたのだ。

杜丘は立ち泳ぎで前方にある海底から突き出た小さな岩に泳ぎ寄った。極度の緊張で手足が突っ張っていた。全身に痺れたような感じさえある。頭だけは冴えていた。その冴えが恐怖にねじ伏せられそうだった。何かを叫んで、叫びながら死物狂いで浮上したい衝動に駆られた。かろうじてその衝動は抑えたものの、鼓動は異様に高く、早い。

恐怖は鼓動を昂め、エア消費量が倍近くになる。かりに運があって最初の鮫の一打を躱《かわ》せ得るとしても、そうやっているうちにエアが切れればいやでも浮上しなければならず、無防備になる。手足をもがれた蟹と同じで、襲われればひとたまりもない。

腹背に死が迫っていた。

——来た！

どれほどの時がたったのか、もうわからなかった。マスクの奥で必死に見開いた目に、一頭の鮫の迫るのがみえた。みえるのは頭部だけだ。巨大な体のほとんどは暗い海に溶けていた。大きくて偏平な、化け物のような頭が杜丘めがけて一直線に迫った。スピアガンはかろうじて構えたが、心臓は動きをとめていた。

鮫の頭がかしいだ。凶悪な牙を無数に埋め込んだ口が開かれ、それが縦一文字になって突進してきた。体の下に口のある鮫は、襲うときは体を横に倒して襲いかかる。楯にとった岩ごと咬み砕きそうな勢いだった。夢中で杜丘は引き金を絞った。同時に体をのけぞらせた。銛は洞窟に吸い込まれるように鮫の口中に消えた。

鮫が反転した。水が渦巻いて杜丘の体をはじきとばした。翻弄される体を杜丘は必死でたて直した。あたりに浮遊塵《マリンスノー》が舞い立ち、海草の千切れたのが渦巻いていた。反転した鮫が闇の膜に消えるのがみえた。

――やった！

そう思ったのは一瞬だった。反対側からさらに大きい物《もの》の怪《け》のようなやつが襲いかかっていた。気づいたときにはもう躱す隙はなかった。スピアガンを牙だらけの口に突き立ててのけぞった。ガッという音をたてて鮫は咬み、巨体が通り過ぎた。その肌にスーツが触れて引きずられ、放り投げられて数回、回転した。楯にとっていた岩がどこかへ消えていた。

どうにか体勢をたて直した杜丘は、目の前に迫る光景をみて、死を悟った。かすかな黎《れい》明《めい》をにじませた青黒い膜の中を横切り迫る何頭ともしれないタイガーシャークの巨影がみえた。凶暴きわまる人喰鮫の群れが仲間の血臭を嗅いで群がり集まってきたのだ。

ふと気づいてスピアガンをみた。手元からスパリと喰い切られていた。あらためて悪寒がつらぬいた。

シーナイフを抜いた。襲いかかる最初の一頭にかすり傷をつけるのがやっとの武器だ。そのときには、杜丘の体は真っ二つに咬み切られていよう。それでも杜丘はそのシーナイフを構えてじりじり後退した。

死ぬのだと思った。

数メートル前方を巨大なやつが横切り、それが反転して近づいてきた。同時に右からも左からも反転していっせいに迫ってきていた。杜丘の体が凍った。動くことができなかった。一瞬の後には自分の体と血が地獄絵を描くのだ。もう何を考えることもできなかった。放心したように鮫をみつめた。

どこかで爆音がきこえた。たしかに爆音だった。ルルルル——という音が意識の中に滲み込んだ。

――だれかが救けにきたのか。

かすかな希みが湧き、それが杜丘を放心状態から引き戻した。水中フラッシュを持っているいることを思い出した。水中撮影などに使う火薬の燃焼筒である。強力な光を放つから救助船の目印になる。フラッシュを把《と》った。と、鮫が目の前で横転したのがみえた。襲いかかってきた。鼻先が杜丘に向き、頭を振って突っ込んできた。一頭だけではなかった。

鮫――鮫――視界は鮫で塞がれていた。その鼻先でフラッシュが閃光を放った。鮫の黒目がパッと浮き上がった。驚愕した目だった。巨体がのけぞった。閃光はほとばしり出てあたりを白色のするどい光で染めた。最初、何が起きたのか、杜丘にはわからなかった。幻影をみているのではあるまいかと思った。夢魔のような巨体のタイガーシャークの群れは、ちょうど消えかける夢のような不透明の膜のかなたにあわてて走り消えていた。

「フラッシュをたいたぞ、やつは！」

モーターボートの上で、酒井が叫んだ。

「人喰鮫は逃げたのか！　酒井君」

北島はおろおろ声で訊いた。

「わからんが、かもしれん！」

「どうする気だ！　彼に逃げられては、わたしはもう破滅だ。な、なんとかしてくれ」

北島は、舷にしがみついた。

「黙らんか！　いまさら泣きごとをいってなんになる」堂塔が嚙みついた。「そんなだらしのないことでどうする。破滅だというのなら、いっそここへとび込んだらどうだ」

「ま、まさか、わたしを！」

「どこで死ぬのも、同じだろうさ」

堂塔が怒鳴った。

「やめてくれ！」

「待てッ、仲間割れしているばあいか」酒井が仲に入った。「やつを追うんだ。みろ、やつは泳ぎだした」

水深六、七メートルのあたりを、フラッシュがかなりの速さで移動していた。

「光の中に銛《もり》を射込んだらどうだ」

堂塔がスピアガンを構えた。

「この深さではだめだ。あわてることはない。みろ、やつはしだいに浮上しつつある。われわれが待ち受けているとは知らないのだ」

たしかに、光の塊りはしだいに浮上しながら岩端に向かっていた。

「とうとう、やつをつかまえたぞ。わざわざおのれの位置を教えてやがる——」

スピアガンを構えて、酒井は呪うような声でつぶやいた。

光量はだいぶ薄くなっていたが、それでもぼんやりと人影がみえてきた。

「いまだッ」

酒井と堂塔は胴体を狙って同時に発射した。アオサの膜を切って銛が走った。命中かどうかはわからなかった。人影の動きがふっと停まった。同時にフラッシュの閃光が消えた。

「畜生ッ、なんて運のいい野郎だ！」

堂塔がうなった。

「は、はずしたのか」

北島が、這って覗き込んだ。

「心配するな」酒井は自信ありげにいった。「的《あた》っているかもしれん。的っていればそのまま死んで、鮫に喰われる。もし外れていたとしても、やつはこの近所に浮いてくるはずだ。エア切れでな。そこを襲うのだ。逃がしっこない」

モーターボートはエンジンを停めたままだった。十分近く、その状態で漂っていた。

「おい、浮いたぞ！　あれじゃないか」

三十メートルほど先の曲がり端のあたりに浮上した人影を、薄明の中に堂塔が発見した。

「やつだ！　岩端伝いに逃げる気だ。そうはさせるものか！」

酒井はモーターを始動させた。いきなりフルスピードにしてクラッチを叩き込んだ。ゴトッという重い音がした。

「どうしたのだ。動かんぞ！」

堂塔が焦って叫んだ。

「だめだ！　推進軸《プロペラシャフト》か、ジョイントが折れたらしい」

酒井はうめいて後部に走り、プロペラを電灯で覗き込んだ。ロープがシャフトとプロペラにギッシリ巻きついていた。そのために荷重《ロード》がかかりすぎてシャフトが折れたのだ。

「畜生ッ、やつだ。やつめ、こっそり浮いてきてプロペラにロープをひっかけたのだ。なんて、たちの悪い野郎だ」

酒井は歯嚙みするようにして、罵った。

第十章　明日なき戦士

電話が鳴ったのは、夜半近かった。

矢村は飲んでいたグラスを、コトリと置いた。

杜丘がこの部屋を出てから三日が経っていた。その間、無音だった。研究所に忍び込んで何かがあったのかと、矢村は静岡県警に内密の調査を依頼したが、返事は研究所に異常なしだった。

「おれだ、杜丘だ。朗報がある」

杜丘の声をきいて、矢村はホッと肩を落とした。

「生きていたのか」

「あたりまえだ」

「わかった。用件をはやくいえ」

「ついに朝雲殺害の証拠をつかんだのだ。それで、あんたにたのみがある」

「なんだ」

「実証するには、猿が必要だ。猿を捜してくれ」

「猿だと……」

「そうだ。朝雲の飼っていたのとなるべく同じ種類の飼猿だ。ノイローゼでもなんでも、とにかく病気がちのやつがいい。明後日の朝までにたのむ」

「わかった。猿は捜そう。だが証拠にまちがいはないな」

「ない」

「それならいい。パクられない用心をしろ」

「そいつはだいじょうぶだ」

杜丘は笑って電話を切った。

電話のベルで、伊藤は目を醒ました。

精気のない、老人性色斑がみえはじめた腕を伸ばして、受話器をとった。矢村が杜丘を連れ出してから、五日目だった。懸命の捜索にもかかわらず、杜丘の消息はつかめなかった。

「矢村だ」

電話の声をきいて、伊藤は時計をみた。午前三時だった。

「なんの用だ。君とは話すことはない。いまさら詫びを入れてもむだだ」

「詫びを入れる——おれがか」矢村のあきれたような声がきこえた。「そんな気はないね」

「そんなら、なんの用だ。時間をこころえたまえ。用事があるなら役所で聴こう」

伊藤は電話を切った。矢村ときいただけで、むかむかした。

矢村は杜丘を逃がしたのだ。なんらかの証拠の一片でもあれば、そくざに矢村の逮捕状を請求する気持ちの伊藤であった。

折り返して電話が鳴った。

「話をきいたほうが、あんたのためだ」

矢村だった。

「いいたまえ」

伊藤は冷たくいった。

「朝雲忠志殺害事件が解決した」

「…………」

「これから証拠をお目にかける——きいているのかね」

「ああ……」伊藤はかすれた声をだした。「きいている」

「なら、起きて出かける仕度をするんだね。細江刑事を回すから一緒にきてくれ。ただし、あんた一人だ。特捜班員の尾行は断わる」

いうだけいって、矢村は電話を切った。

——朝雲殺害事件の解決。

まさかと、伊藤は思った。杜丘が陥れられた犯罪の根幹は朝雲の死にある。地検特捜班は杜丘を追うかたわら、その解明にも力をそそいでいた。だが、なんの燭光《しょっこう》も得られなかった。ことに矢村と対立したために、闇はその深さを増していた。

——それを矢村が……。

ほおのそげた矢村の厳しい風貌を思いながら、伊藤は寝床を出た。

むずかしい顔になっていた。

三十分ほどたって、細江刑事が迎えにきた。

「どうなっているのだ、君」

車に乗って、不機嫌に訊いた。

「警部に訊いてください。わたしは、なにも……」

細江は口を閉じて車を走らせた。

矢村は道路に出て待っていた。車が停まると、矢村は長身を助手席に埋めた。

「やってくれ」矢村は細江に顎をしゃくった。「猿はどうした」

「神経質な猿だからと、飼主が自分で連れて出ました」

「よし。尾行車に注意してやるんだ」

「矢村君――」伊藤は硬い声でいった。「説明したまえ」

「事件を、杜丘が解いたのだ」

「杜丘が――すると、やはり君は」

「そうだ。わざと、逮捕はしなかった。否定はしない」

「たとえ、事件が解決しても、君の責任は追及してやる」

「ご自由に。ただし、いっておくが、おれは犯罪捜査のプロだ。そのおれが杜丘を泳がせたのだ。検察庁に文句はいわせない。だいたい、あなたがたはなにをやったのかね。考えるのは、自分たちのメンツだけだ。意にそわない捜査員を告発してはばからないのもそのためだ。おびえる捜査員もいるかもしれないが、おれは別だ。おれは最後の賭に勝つことしか考えない」

「………」

伊藤はだまった。

未明の国道20号線を、車は杜丘に指定された八王子郊外に向かってタイヤを軋らせた。

指定の場所に乗用車が停まったのを、杜丘は林の中からみていた。八王子郊外、恩方町の奥の丘陵だった。男が一人だけ乗っていたが、矢村ではなかった。

二十分ほどして、もう一台の乗用車が登ってきた。三人の男が降りた。長身は一目で矢村だとわかった。怒ったように見える体つきが特徴だ。他の二人が伊藤検事正と細江刑事だとわかって、杜丘はゆっくり林を降りた。ここまでくれば二人を避ける必要はなかった。

「杜丘君――」

林から降りてくる杜丘をみて、伊藤は、そのあとのことばが出なかった。杜丘はトレンチコートを着ていた。三カ月前の検事時代の杜丘は、俊鋭といわれる中にも風貌にはまるみがあった。どことはない育ちの良さを示すふくよかさがあったのだが、いまの杜丘にはそのおもかげはなかった。あれは仮面であったのかと思った。

贅肉が落ちたのか、痩せたのか、一本の枯木に止まった鷲に似た精悍さがあった。いや、精悍ではなくてまがまがしいするどさに、伊藤にはみえた。犯罪者はどんな大男でも小さくみえるものだが、逆に杜丘は伊藤を威圧するものを持っていた。

「しばらくです」

杜丘は会釈した。

どんな表情をとっていいかわからない伊藤は、硬い会釈を返した。

「猿は？」

杜丘は、矢村に訊いた。

コートのポケットに両手を入れた矢村は顎をしゃくった。男が猿を連れて一同のところに向かっていた。栗色のまるい目をした猿は、怖そうに四人を見上げた。

その猿と男を車に残して、杜丘は三人を林に案内した。夜明けのなごりの薄い霧が落葉の上を流れていた。

「先に、これを読んでもらおう」杜丘は矢村にノートを渡した。「三日前の晩、東邦製薬の研究所からいのちがけで盗み出したものだ。おれが忍び込んだ晩、ちょうど堂塔院長と北島薬事課長が、酒井ときていた。芸者を連れてね。そこで、おれは連中に水中銃で追われてあやうく殺されるところだった。おれが逃げのびたことで、やつらもあるていどの覚悟は決めているだろう」

かいつまんで、杜丘は事情を説明した。

「君には悪運がついているのだ。よく生きていられたものだ……」

矢村はあきれて杜丘をみた。なんという男かと思った。

「朝雲忠志を殺したのは、酒井義広だ」杜丘は向き合って立った三人にいった。「動機は

「……」

「いや、動機の件はいい。来る道でおれが検事正には説明した。君は殺害の方法と証拠を説明すればいい」

矢村がいった。

「待て――」伊藤が口を挟んだ。「その前に訊いておかなければならないことがある。朝雲殺害は酒井がやったのだとして、横路夫婦殺しは君ではないのか。もちろん強盗・強姦もだが……」

「ちがいます」

「誓えるかね」

伊藤は詰め寄った。こんなふうな結末を、伊藤はとりたくなかった。杜丘を逮捕し、峻烈な訊問を通して事件の解決をはかりたかった。

「誓ってどうするというのだ」

矢村は肚だたしそうにいった。

「君はだまっていたまえ。わたしの現在の立場は検察庁を代表していることになるのだ。あやふやな話をきくわけにはいかん。本来なら、この場で杜丘君の逮捕を命じねばならんのだ」

「…………」

伊藤の内心の葛藤に、矢村は冷たい目を向けた。

「誓いますよ、伊藤さん」

意のままにならないいらだちに青ざめた伊藤をみて、杜丘は苦笑した。

「その誓いにウソのないことを祈るよ」

伊藤は不承ぶしょうにうなずいた。特捜班に連絡しておくのだったと悔やまれた。

「──酒井義広は朝雲忠志を殺さねばならない立場に追い込まれた」杜丘は説明をはじめた。「自殺にみせかけて殺せば、朝雲にはそれらしい動機があることを知っていた。開業できなかった悩みなどがそうだ。事実、警部は自殺説をとった。可愛がっていた猿と一緒に密室状態の庭で毒薬を呷《あお》って死んだのだから、自殺だと思うのもむりはない。問題はどうやって自殺に見せかけるかということだが、酒井は卓越した殺害方法を思いついた。それはツグミだ。傷ついたツグミがタバコの煙を必死についばみ、あげく、スモッグに煙った水色の月の光さえついばんだと、武川洋子からきいて、朝雲家の猿を思いだした。猿がノイローゼで食欲がなく、何か薬はないかと、酒井は相談を受けていた。もちろん、猿がタバコの煙を喰うことも知っていた。そして、これが大事なところだが、タバコの煙が実はクモの巣だと、酒井は知っていたのだ。ツグミも猿も、煙をクモの巣とまちがえたのだと……」

「酒井は、なぜタバコの煙がクモの巣だとわかったのだ」

矢村が訊いた。

「酒井はときどき猿を相手にしていたと、朝雲の妻が証言した。その折に、猿が土グモかなんかの巣を喰ったのをみて、煙を巣とまちがえたのだと悟った。あとで説明するが、クモは貴重な薬理実験動物で、酒井とは縁が深い。ウズグモというのがあって、これがタバコの煙のもやもやとそっくりの巣を張るが、酒井はそんなことは百も承知だから、タバコの煙がクモの巣だと見抜くのはわけはなかった——そう推理してまちがいはない」

「つづけてくれ」

「猿とツグミは、なぜかクモの巣をほしがった。そこがこの事件の要点だ。ツグミは傷ついており、猿はノイローゼで食欲がなかった。栄養のバランスが欠けていたのだ。それを補おうと、タバコの煙に巣のまぼろしをみるほど、クモを欲した。おれは動物園に電話してきいてみたが、タバコの煙を喰う猿はいないといわれた。そのはずだ。動物園では虫などを養殖して与え、栄養のバランスに注意しているからだ。しかし、それでもときにノイローゼ猿がでるという。ふつうの飼猿は果実とか野菜とか、そうした清潔なものばかりを与える。虫などは決して与えない。これでは栄養に欠け、病気がちになるのもむりはない」

「羆のばあいもそうなのか」

「そうだ」杜丘は深くうなずいた。「三者に共通しているのは、人間に飼われているということだ。その共通性がおれを栄養のかたよりという考えに導いてくれた。調べてみると、野生の猿や羆はさかんに昆虫や地虫などを食べている。果実よりそっちのほうが主食といっていい。もちろん、クモも食物の中に入っている。大好物なのだ。要するに、タバコの煙はクモの巣だということを酒井が見抜いた時点で、この犯行は成り立った。酒井はそのノートにもあるように、犯行の三日前に鬼グモを十匹届けさせ、その夜朝雲家を訪ねたときに、庭に放った。そのノートには、酒井は関西産のクモという注文をだしたとある。ところが関西産のがなくて、雇員は東北産ので間に合わした。それが、酒井のいのち取りになった……」

「どういうことかね、それは？」

矢村の目がするどくなっていた。

「東北産も関西産も体構的にはなんのちがいもない。だが、習性におどろくべきちがいがある。関西産の鬼グモは夕刻に張った巣を、朝がたには回収してしまう。もちろん、しないやつもあるそうだが、おおむねが回収する。しかし、関東産、中でも東北産のクモはほとんど回収しない。張りっぱなしで、放っておく……」

「そういえば……」細江がいった。「あの庭の樹にあった妙な巣は、古いような感じがしたな」

「そうだ。あの巣は酒井がクモを放ったその晩に張ったものだ。あれが関西グモなら翌朝には回収しているから、われわれの目には触れないはずだった。酒井の誤算はそこにあった。クモの巣が唯一の証拠だから、その証拠が捜査陣の頭の上でいくつもゆらゆら揺れていては、酒井は顔色を変えたにちがいない。めずらしい公害グモだといって鑑識が写真に納めたし、おれはおれで、長い間、その奇妙な巣を見上げていた。——雇員が東北産のを渡したと酒井は気づいただろうが、もうどうにもなりはしなかった」

「ちょっと待った——」矢村が左腕を出しかけて、結局、右腕で杜丘を制した。「たしかに酒井は鬼グモを持ち出した。それがどう使われたのかはわからんが、順序をたてよう。まずそのクモを朝雲邸に放った証拠がなければならん。推論だけでは……」

「推論ではない。おれはいまあの奇妙な巣は、放したその晩に張ったものだといった。それには証拠がある。そのノートには〈スコポラ給餌中のクモ〉とある。あの奇妙な巣はスコポラミンを与えたための、一種の条件反射だ」

「条件反射？」

「そう、公害でもなんでもなかったのだ。クモはAの薬を与えられればAの網を張り、Bの薬にはBの網を張る。与える薬はおもに中枢神経に作用する麻酔薬で、スコポラミンやモルヒネ、アンフェタミン、その他にもアトロピン、カフェイン、ストリキニン、メスカリンサルファイトなどとあるが、これらの薬は人体実験では幻聴覚などを生むが、それぞれの間にはっきりした作用のちがいはない。ところが、クモに与えると確実に網がちがってくる。めちゃくちゃな網もあれば、奇妙な形のものもある。それらがパターン化されている。網をみれば薬の成分がわかるほどパターンは正確なのだ。そのために、細菌の毒性を研究したり、または法医学の分野などにクモは欠かせない貴重なものとなっているそうだ」

「すると、あの奇妙な網は、スコポラミンの網だったのか」

「そういうことになる。スコポラを与えた鬼グモに巣を張らせて、朝雲邸で鑑識の撮った写真と較べてみれば、指紋のようにピッタリ一致するはずだ。そうなれば、酒井がどうあがこうが逃れることはできない。持ってこさせたのがスコポラ給餌中の鬼グモだとは、酒井は思いもよらなかった。しかし、かりにそれを知らなくても、関西産のクモなら、翌朝は巣を回収して証拠を消してくれたのだが……。ところで、かんじんなのは、酒井がクモをどのように使って朝雲を殺したかだが、これから実験してお目にかけよう。猿を連れてきてもらえませんか」

細江にいった。

細江の合図で、男が猿を連れてきた。

杜丘は、一同を林の奥に案内した。

雑木の低い枝から熊笹に、みごとな幾何模様のクモの巣が張られていた。朝霧のなごりなのか、細い水滴が網全体に付着して、幾何模様は下辺が重そうにたわんでいた。

杜丘は一同を停め、コートのポケットから香水の噴霧器を取り出して、巣に近づいた。すこし離れた位置から、噴霧器を押して霧をあびせかけた。薄い雲に似た霧はクモの巣にかかって水滴にまじり、しだいにその玉を大きくしていった。

「すばらしいデコレーションだ」

矢村がつぶやいた。

矢村だけではなかった。一同は無言で銀色の水滴のたわわに実ったクモの巣を眺めた。子供の頃の夏から秋にかけての朝、裏木戸や藪《やぶ》や山でこのデコレーションをみた記憶が蘇ったのだ。無数の水滴は真珠のようにずしりとたれ下がって、掌に転がせばひとつひとつがそのまま宝石になるのではあるまいかという感じがした。

「猿を近づけてくれませんか」

杜丘は、男をうながした。

男は猿を巣に近づけた。猿はクモの巣を発見した。クイと紐を引いた。動作がすばやくなった。猿は伸び上がった。さっと片腕がクモの巣をつかんだ。ハラリと水滴が落ちた。

つかんで、口に運んだ。もう片方の手も動いた。

あっというまに、巣はなくなった。

「巣を喰った……」

伊藤が、つぶやいた。

猿は一同を見上げて、掌を舐めていた。

細江は、男と猿に帰ってもらった。

「アトロピンか……」

しばらくして、矢村がいった。痛みを受けたような声だった。

「この噴霧器にアトロピン液が入っていれば、猿は死んでいます」

静かに、杜丘はいった。

「致死量〇・〇五グラム――」細江が重い声を出した。「容器がなかったはずだ。あっ」

細江は何かを思い出したように、息を呑んだ。目で杜丘をみた。「そういえば、真っ先に現場についたおれは、朝雲と猿の死体を検《しら》べながら、そこらにかかっていた破れかかったクモの巣を払ったのをおぼえている。なんてことだ！」

拳を、掌に叩きつけた。

「たぶん、酒井はそれも計算していたと思います。刑事がくる。検死に邪魔な破れグモの巣は払うにちがいないとね。警察自身が容器を取り払ってくれるのです」

「ふざけた野郎だ」

細江は青ざめた顔でいった。

「ごらんのように、猿はクモがいなくても巣を喰った。巣にはゴミがかかっているから、それをクモだと勘ちがいして喰うのか、あるいはクモがいないとわかっていても、糸そのものが栄養になるから喰うのかは、わかりません。クモの糸はアスパラギン酸やグルタミン酸、グリシン、リジン、イソロシンなどのアミノ酸で構成されている蛋白質だそうです。栄養がないとはいえないと思います。これは余談ですが、シェークスピアの〈真夏の夜の夢〉に、怪我の血止めにクモの糸が効くという意味のことばがあります。われわれにはわからない何かがクモの糸にはあるのかもしれません。巣とまちがえてタバコの煙でさえ喰うくらいですからね。――ともかく、酒井はそいつを利用したのです。三日前にクモを放って、殺害する晩の三時前に、話に疲れたという口実を設けて、庭に出た。十匹の鬼グモはあちこちに巣をかけている。低いところの巣を二つばかり選んで、クモを殺し、アトロピン液をかける――ちょうど夏から秋にかけては露の溜まりやすい気候です。そのときには、夜空に残ったスコポラの巣は見えなかった。関西産のクモだから毎朝回収していると、酒井は思い込んでいた。――翌朝早く、朝雲は日課の猿の運動をさせる。猿と朝雲が夜露だと思ってアトロピンを飲んで死ぬ。破れ残った巣は、刑事が処分してくれるとみた……」

「猿の死んだのはわかった。しかし、朝雲がなぜ、猿と同じことをしたのかね？」

伊藤が訊いた。あまりにもあざやかな種明かしに、伊藤は先ほどまでの内心の葛藤を忘れていた。

「朝雲は猿を子供のように可愛がっていた――」矢村が答えた。「バナナなどを口移しでやるほどだった。そこらあたりに伏線がありそうだが、ここまでくれば、やつを叩いて吐かせられる」

険しい目を、矢村は空に向けた。アトロピン容器は消え失せたはずだ。警察自らが払ったクモの巣がそうだったとは……。

「たしかに、朝雲忠志が夜露を飲んだ真意はわかりません。だが、およその推理はできます」

昇ってきた冬の朝の陽が四人を染めていた。

「ここで問題になるのは、朝雲の性欲の減退です。妻の証言によると、朝雲は自身をノイローゼの一種だと診断していた。現代人はちょっとしたノイローゼでも性欲を失いがちです。ところが、あの夫婦は子供をほしがった。生むためには性欲をたかめねばならない。酒井にいい薬はないかと相談しています。酒井が、〈性欲回復には夜露が効く〉と、それとなく暗示をしたとすれば……」

「夜露が効く？……」

伊藤の目が不安に曇りはじめていた。

「もし、おれが酒井なら、あるいはこんなふうにいったかもしれない。〈自分の田舎では、昔からクモの巣に溜まった夜露を飲むと受胎に効きめがあるといわれている〉と――」

杜丘はそういって、苦笑した。

「笑うことはない」矢村がきびしい声でいった。

「酒井がそう暗示したのだとすれば、それはむだもなければ隙もなく計算されたものだといえる。朝雲は猿の飼主だから、猿がクモの巣を喰うことくらいは知っていたはずだ。病気がちで食欲のない猿が、クモの巣だけには妙に強い食欲を示す――タバコの煙を喰うほどにね。自分が医師だから、猿はクモかクモの巣に、欠けた栄養を求めようとしているのだと悟ったかもしれん。そこへもってきて、酒井がそうささやけば、翌朝、庭のみごとな真珠粒をみて、ふっと掌を出さずにはいられなかったとしても、ふしぎはない。露というものには、だれしもそうした魅力を感じるものだ。酒井はたくみに心理の盲点をついたといえる……」

「…………」

伊藤はだまって、大きくうなずいた。

「問題は向精神薬A＝Zの開発にあった――」杜丘の声は独白するように低かった。「現代は精神の病の時代だといわれている。ひとびとは生きる価値を見失ってしまいつつある。おれにはよくはわからんが、これは何も政治の責任ばかりではないと思う。どの動物にもみられるように、繁栄のあとに廃墟がくるのと似ている。鼠が一定のスペースに量を増やせば錯乱状態になるのと同じだ。世界中で精神障害者が増大の一途にある。むなしい努力かもしれんが、医学薬学はこれを治そうと挑戦している。その代表的なものが神経遮断薬だ。しばらく前までどうにもならなかった統合失調症も含めて多くの重症な精神科医療に、成果をおさめてきた。鬱病には抗鬱剤ができ、要するにわれわれは精神の領域を薬であていど支配できるようになった。やがては体の病気と同じように、精神の病も投薬で治せる時代がくるかもしれん。そのための向精神薬の進歩であり、A＝Zの開発であって、そのこと自体に悪はなさそうに思える……」

「厚生省と製薬会社のくされ縁――それに、武川洋子と酒井義広の欲にからんだ武川吉晴殺害をのぞけばな」

矢村がいった。

「そういうことだ。——しかし、おれ個人としては疑義がないではない」

杜丘の半顔に朝陽がさして、残りの部分の翳りを深めていた。

「精神の病というのは、自我が行き詰まったばあいの一種の逃避現象だ。患者は幻影をみたり、幻聴をきいたりする世界に逃避することで自分を守ろうとしているのだ。それを薬で治してこと足れりというのは、どうかな。だが、精神の病をつくらないためには、ひとびとに生きる希みを与えてやらなければならない。だが、そんなことはとうてい希めない。明日がどうなるかわからない不安は、だれにしろ、ますます増大するばかりだ。おれは、明日もなく、昨日もなく、ただ今日そのものだけを生きて、逃亡生活をつづけてきた。ところが、これは何もおれだけではない。都会生活者の大半は、今日のことしかわからないのではないかと、おれは思う。いや、今日さえもわかりはしないのだ。——しかし、まあ、こんな話はもうやめておくか」

杜丘はてれくさそうに笑った。

「ともかく、患者が増えるから薬が進歩するというのは、犬がおのれのシッポを追う必死の姿に、おれには思えるのだ。すくなくとも、おれはそんな生活に戻る気はなくなった。

饐《す》えた沼のような気がする」

「饐えた沼か。おれは、そういうところが好きでね……」

矢村の声はひくかった。

「おれは、別の世界を捜すよ」

杜丘は丘陵に視線を向けた。

風が出ていた。

「君は、明日を取り戻した……」

矢村はタバコをくわえていった。

「どうかな――」

ゆっくり首を横に振って杜丘は踵を返した。しかし、すくなくとも、魔のコートを脱ぎ捨てた軽さはあると、思った。

「どこへ行くのだ、杜丘君！」

伊藤があわてて叫んだ。

杜丘は答えなかった。大股に遠去かった。

「逮捕――いや、連れ戻したまえ、矢村君！」

「永遠の逃亡者でね、やつは……」

矢村は動かなかった。ここで逮捕すれば、かりにすべての容疑が晴れ、余罪に情状を酌んだ処置が出たとしても、杜丘は光を失う。矢村には、わかっていた。長身が裸の疎林を縫って姿が小さくなるのを見送った。

「永遠の逃亡者か……」

光の点になって消えた杜丘を見送って、伊藤はつぶやいた。なんの権力もない一人の逃亡者を、検察庁の名誉にかけて連れ戻すには、足が重かった。

作品を書くまで

西村寿行

「君よ憤怒の河を渉れ」を書こうと思いたったのは、去年（注・昭和四十九年）の五月であった。そのしばらく前に生島治郎さんにお目にかかったとき、冒険小説を書いたらどうかとすすめられていた。

冒険小説かと、ぼくはそのとき思った。子供の頃から読むのは好きであったが、自分で書こうとは思ったことがなかった。また書けるという気もしなかった。

しかし、ぼくの心の中にはそれ以来、冒険小説ということばが棲みついていた。何かを思いたつとぼくはそれをやってしまわないとおちつかない性分である。いらだってくる。いらだちは鎮めなければならない。よし——と、思った。

五月の中旬になって、原稿用紙に向かった。だいたいぼくは原稿用紙に向かってペンを持たないといかなる想像も湧かないたちである。道を歩きながらとか、草原に寝て青空を見ていてとか、何十回そんなことをやっていてもたった一行のストーリーも浮かばない。

だから何かを溜めておくということがまるでない。常に白紙の状態である。

白紙の状態だが、いつのまにか、〈逃亡検事〉というイメージだけはできていた。

さて、とぼくは原稿用紙に向かった。最初はコチョコチョといたずら書きからはじめる。人の名前とか、人間の目玉の絵とか、○や△印を無意味に書いて、一日は終わる。二日、三日目になって数行のストーリーらしきものが書ければいいほうである。陣痛ははるか闇のかなたにあって、なかなかやってこない。陣痛がこないから、その間に無数の用事を思い浮かべる。仕事場の掃除とか、銃の手入れとか、なにもかもやってのけても、まだ陣痛のくる気配はない。

あまり待ち受けていると、じんましんがひょいと顔を出す。

そんなことを十日近くつづける。一種のセレモニーである。才能のないものほどこのセレモニーは長いのではないかと、ぼくは自分に疑いを抱きはじめる。その頃になると、ようやく陣痛が始まる。

原稿用紙に数枚、細字でビッシリと書き込んだ筋書きなるものができ上がるのが約半月後である。陣痛までの苦しみが長いせいか、ぼくはこの筋書きなるものにいうにいえない愛着を感じる。右からみようが左からみようが、もうこれ以上のものはないような気になる。だから仕事が終わって、原稿用紙などは破り棄てても、この筋書きだけは後生大事に保管するのだ。

血と汗の結晶といえばよいのか、無から有を生ぜしめた苦しみがこもっていると思う。すべてはここから生み出されるのだ。よくも悪くも、登場人物の故郷というのはここにしかない。本編の主人公である逃亡検事もそうである。

さて、ぼくは逃亡検事を故郷から放ち、息を吹き込まなければならない。

どうにか六月の終わりまでに資料を揃えたものの、東京で冒険小説を書いたのではろくなものができないのではあるまいかという恐怖に、ぼくは取り憑《つ》かれた。

八方につてを求めて、中央アルプスの山中にあるお寺に執筆部屋を求めた。人跡未踏に近い寺である。ちょうど、梅雨の最中であった。大型ボストンバッグ二個にギッシリ資料を詰めて寺に向かった。

紙面がないから省略するが、その寺は化け物が出るのだった。一晩中、雨のそぼ降る寺の周囲を何ものかがヒイーイ、ヒイーイと呪うがごとくに啼いて回るのである。住職は「仔兎を呼ぶ野兎の声」だといった。野兎がそんな怨霊じみた声で啼くとは、ぼくは初耳だった。念のため、テープに収録して持ち帰り、国立博物館、上野動物園、多摩動物園に問い合わせたが、野兎はそんな啼き声は決してださないといわれた。

それはともかく、夜半に、古くなって筋目の浮いた濡れ縁を何ものかの歩く音がする。

パタン、パタンと行きつ戻りつする。目玉をひん剝いてその音を聴いていた。翌朝、住職に訴えると、狸のいたずらだといわれた。冗談ではない。八畳間が十ほどもある本堂にぼくは独りで寝ているのだ。住職の家族は別棟の近代建築に住んでいた。がんらいぼくは極端な化け物恐怖症である。こんなところは一晩で逃げ出したかった。本来ならそうするところであった。しかし、逃げ出しはしなかった。作中人物の行動に思いをはせたのだ。化け物くらいで逃げ出すようでは、逃亡検事に背骨が入らない。そう思った。

昼間寝て、夜、ウイスキーを飲みながら仕事をした。怨霊が啼き、廊下を何が歩こうとぼくはやがて気にしなくなった。逃亡検事の冒険に没頭したからであった。死を賭けた冒険のかずかずに較べれば、狸や怨霊はとるに足りないのである。いつのまにか、ぼくは毅然たる偉丈夫になっていた。

自分の生みだした逃亡検事が息をしはじめ、筆をとるとたちまち原稿用紙にその精悍な横顔が浮かび、逆にぼくはそれに救われるはめになったのだ。

東京で冒険小説は書けないのではないかと思ったのはまったく正しかった。自らに何かを課すということはぼくのばあい、必要であったように思う。

最後に、この物語を雑誌に掲載し、単行本にするにあたって、『問題小説』編集長（当時）の荒井さんおよび前島さんに一方ならぬ御尽力をいただいたことを感謝します。

■本篇執筆にあたり、左記の文献を参考、または一部を引用させていただきました。（作者）

知里真志保著『アイヌ文学』
八木沼健夫著『クモの話』
大熊一夫著『ルポ・精神病棟』

この作品は1980年10月徳間文庫より刊行されたものの新装版です。

徳間文庫

君《きみ》よ憤怒《ふんぬ》の河《かわ》を渉《わた》れ

〈新装版〉

2005年11月15日 初刷
2018年1月25日 3刷

著者 西《にし》村《むら》寿《じゅ》行《こう》
発行者 平野健一
東京都港区芝大門二―二―二〒105―8055
発行所 株式会社徳間書店
電話 編集〇三(五四〇三)四三四九 販売〇四八(四五一)五九六〇
振替 〇〇一四〇―〇―四四三九二
印刷 製本 株式会社廣済堂

ISBN978-4-19-892341-9 (乱丁、落丁本はお取りかえいたします)